Der 28. September 2081 verging, trotz zahlreicher Unkenrufe und Vorhersagen, ohne dass die Welt unterging. Sektenmitglieder starben, die vorab in ein obskures Jenseits hatten übersiedeln wollen, Aktienkurse stiegen und fielen wie an jedem anderen Tag auch. Klimatische Vorgänge führten zu nicht weiter erwähnenswerten Wetterphänomenen. Die Weltbevölkerung wuchs, da exakt zwei Babys mehr geboren wurden, als Menschen starben.

Unbeeinflusst von all diesen Ereignissen drehte sich die Erde, die Sonne pulverte eine enorme Energiemenge ins Weltall und der Mond blieb in seiner Umlaufbahn.

Wieder einmal blieb die angekündigte Apokalypse aus und nicht alle hatten darauf gewartet ...

1

Das Dünengras bog sich im böigen Wind. Unterhalb des Dünenkamms trommelten Wellen im Sekundentakt gegen eine massige Mauer, jedes Auftreffen ein kleineres Erdbeben. Der Sturm pfiff, vereinzelte Regentropfen peitschten umher.

Eine Gestalt, ein Mensch von unbestimmbarer Statur, da dick eingekleidet, stemmte sich der Gewalt der Elemente entgegen, stand dicht an einer Kante, von der aus man in die Tiefe sehen konnte. Rund ein Dutzend Meter weiter unten schäumte die Brandung. Ein kräftig salziger Geruch wurde mit dem Aufwind nach oben getragen.

Die Gestalt wandte sich um. Zu ihren Füßen lag ein nackter Körper auf dem Bauch. Ein junger Mann, der schlanken Figur und den breiten Schultern nach zu urteilen. Er rührte sich nicht, trotz der eisigen Temperaturen lag er so still wie ein Toter, der er auch war.

Die dick vermummte Gestalt packte ihn an den Armen, zerrte ihn bis an den Rand und ließ ihn in die Tiefe fallen.

Das Meer verschluckte die Leiche augenblicklich. Im aufgewühlten Wellengang sah man noch einen Arm, als würde er winken.

Tag 1

Acht speziell beschichtete Rotoren erzeugten ein sanftes Flüstern. Der Oktokopter flog, dank seiner Tarnfolie nahezu unsichtbar, mit rund sechzig Stundenkilometern im strahlenden Sonnenschein. Niemand steuerte die Drohne, sie folgte lediglich dem Signal von weit unten am Boden.

Dazwischen lag eine dunkle Wolkenschicht, getränkt mit Nässe und Dreck. Gehirnwindungen gleich quollen schmutzige Ausstülpungen heraus, um zu verschwinden oder wieder zurückgesogen zu werden. Heftige Winde im Innern der Schlechtwetterfront ließen mit ihrer Energie die Wolken brodeln. Gelegentlich blitzte Wetterleuchten auf, verlieh dem Grau zusätzliche Schattierungen. All diese Bilder fing die Kamera der Sechzig-Zentimeter-Drohne ein und übertrug die Daten an die Kontrollstation. Bis zur Grenze des Aufnahmebereichs und darüber hinaus erstreckte sich die Unwetterfront, verbarg die Landschaft darunter. Es war der siebzehnte Frühjahrssturm, würden die Wetternachrichten am Abend vermelden. Nummer 18 und 19 standen in den Startlöchern.

Weit oberhalb der Wolken blies ein kräftiger Ostwind, der die Automatiksteuerung der Drohne zu Kurskorrekturen zwang. Unbeeindruckt von den Wetterphänomenen folgte die Überwachungseinheit dem Signal am Boden, das jedoch schwächer wurde. Gewaltige Potenzialunterschiede innerhalb der Wolke entstanden. Elektrische Feldstärken jenseits der drei Millionen Volt je Meter erzeugten Blitz auf Blitz.

Die Interferenzen, die sich dadurch bildeten, störten das Signal. Ohne Verzögerung verringerte die Automatik die Flughöhe. Die Drohne tauchte in die obersten Schichten ein.

Die Steuerungssoftware meldete Warnhinweise, die von der Kontrollstation als unwichtig angesehen wurden. Das Kommando traf ein, kurz bevor die Verbindung abbrach.

VERFOLGUNG AUFRECHTERHALTEN

Die Drohne sackte vier-, fünfmal durch, nutzte Windlöcher und beschleunigte den Sturzflug. Mühsam hielten die acht Rotoren die Lage im Sinkflug stabil. Die Steuerungsautomatik arbeitete am Limit und verlor mehrfach kurzfristig die Kontrolle. Das Ziel blieb im elektrostatischen Chaos verschwunden. Um den Auftrag zu erfüllen, musste das Fluggerät unter die Wolkenschicht gelangen. Ein menschlicher Pilot wäre sicherlich zurückgeschreckt. Die Software der Spionagedrohne kannte solche Bedenken nicht. Stur setzte sie den Sinkflug, der eher einem wirbelnden Sturz glich, fort.

Die Schlechtwetterfront trug auch größere Mitbringsel mit sich. Müll, aufgepickt und im Sog der Aufwinde mitgeschleppt. Ein schwarzes Rechteck fegte heran, traf eine Rotorenaufhängung und riss ein halbes Rotorblatt mit sich. Bevor die Steuerung den Verlust kompensieren konnte, trudelte die Drohne unkontrolliert. Eine thermische Verwerfung riss sie in die Höhe.

Die zweite Hälfte des Blattes war derart verbogen, dass sie wie ein Schneidwerk in die Plastikverkleidung des Motorarms schnitt. Dann gab das Material nach, das Rotorblatt zersplitterte endgültig.

Die Software deaktivierte den nutzlosen Motor und kompensierte mit den anderen, bis das Trudeln endete.

Wieder setzte der Sinkflug ein. Nun arbeiteten die verbliebenen sieben Antriebe an der Belastungsgrenze. Nur die Temperaturen nahe dem Nullpunkt halfen, damit sie nicht überhitzten.

Endlich durchbrach die Drohne die unterste Wolkenschicht.

Sensoren maßen die Entfernung zur Erdoberfläche. Rund fünfhundert Meter lagen zwischen dem Unwetter und dem Boden.

Der Empfänger erfasste das Sendesignal, nur dass die Quelle deutlich entfernter lag als prognostiziert. Zu groß war die Kursabweichung innerhalb der Front gewesen.

Die Steuerung gewann Abstand von der Unwetterfront. Aus der dichten Schicht lösten sich nur vereinzelt Regentropfen und stürzten in die Tiefe.

Beinahe nachtdunkel wirkte die darunter befindliche Landschaft. Die Drohne beschleunigte, gleichzeitig schaltete sie einen Restlichtverstärker zu dem Objektiv. Es fokussierte ein Fahrzeug, das unbeleuchtet und mit hoher Geschwindigkeit einer schnurgeraden Straße folgte. Rechts und links der schmalen Fahrbahn wechselten sich verwilderte Wälder mit brachliegenden Feldern ab. Immer wieder erfasste die Wärmebildkamera Körper von Tieren, die umherstreiften. Gelegentlich tauchten auch Gebäude auf, in denen jedoch keinerlei Wärmesignatur messbar war.

Die Drohne erhöhte erneut das Tempo, um den Kontakt zum Fahrzeug nicht zu verlieren.

Das Sendesignal erreichte Maximalstärke, als die Drohne exakt über dem Fahrzeug flog.

Vereinzelte Orkanböen versetzten das Fluggerät, zwangen die Automatik mehrfach zum Gegensteuern. Aus dem Motor des beschädigten Rotors schlugen plötzlich Funken.

Als hätte die Unwetterfront nur darauf gewartet, entlud sich ein Blitz aus der Wolke in die fragile Konstruktion. Sie zerbrach in mehrere winzige Bruchstücke und einen größeren Korpus, der trudelnd wie ein Stein abstürzte und in den Wipfel eines Baumes unter sich krachte.

Das Fahrzeug fuhr unbehelligt und ab diesem Zeitpunkt auch ohne den stillen Beobachter weiter.

In der Kontrollstation der Drohne ertönte das Verbindungsabrisssignal. Niemand schien darauf zu achten.

Am Boden, dort, wo das größte Trümmerteil gelandet war, schlugen kurzzeitig Flammen aus dem Innern der Maschine. Ein kräftiger Regenguss von oben löschte den Brand.

Zurück blieb ein Stück Müll, das nicht auffallen würde. Denn verstreut zwischen den Stämmen, Büschen und einigen Felsbrocken verteilte sich noch mehr Unrat. Verdrecktes und zerrissenes Plastik in allen Formen und Ausprägungen hing und lag in der Landschaft herum. Als hätte ein Müllfahrer seine Ladung bei Sturm einfach in den Wald gekippt.

Es stank intensiv nach Fäulnis und Fäkalien. Wenn es einen Beobachter gegeben hätte, so wären ihm die verwesenden Überreste menschlicher Körperteile aufgefallen. Arme, Beine, mehrere beinahe vollständige Leichen. Maden und Insekten bevölkerten, zersetzten sie, fraßen sich satt und nutzten die Toten als Brutstätte.

Doch es gab keinen solchen Beobachter. Niemand betrat dieses Gebiet freiwillig.

Eine ganze Serie von Blitzen entlud sich, gefolgt von ohrenbetäubendem Donnergrollen. Für einen Moment war es taghell geworden. Man hätte den Eindruck gewinnen können, als bewegten sich die Leichen. Es war allerdings nur der heftige Sturmwind, der an den Körpern zerrte.

Regen peitschte gegen die Front des autonomen Mobils. Im Innern hörte man es leise prasseln, dazu summte der E-Antrieb. Ein auf langen Fahrten sehr beliebtes Einschlafmittel. Wie ein hypnotischer Zwang ermüdete es Insassen, und so war es wohl auch dem einzigen Fahrgast ergangen. Er schlief in seinem Sitz.

Nur sparsame Beleuchtung erhellte die Sitzgruppe. Der Monitor mit der Navigationsanzeige, den Leistungs- und Fahrdaten war ebenfalls gedimmt. 72 Stundenkilometer zeigte der Tacho, doch die KI bremste, da die Fahrbahn voraus endete. Zwischen zwei brachliegenden Ackerflächen schlängelte sich ein schmales Band. Ein behelfsmäßiger Weg, der nur selten genutzt zu werden schien. Die KI folgte der Linie des Navigationsprogramms und bog in den nur grob freigelegten Feldweg ein. Es rumpelte, mehrere tiefe Schlaglöcher schüttelten Fahrzeug und Insassen durch.

Automatikgurte spannten sich über die Schultern des Schlafenden und hielten ihn in Position.

Sein Kopf bewegte sich, zu heftig versetzte es das E-Mobil. Der Formschaumstoffsessel dämpfte nicht alle Bewegungen ab.

Der Mann öffnete die Augen, blickte sich verschlafen um. Er wirkte verwirrt, nicht ganz bei sich, wischte einen Speichelfaden von seinem Mundwinkel. Irritiert sah er hoch zu dem gläsernen Dach des Mobils. Der abperlende Regen hatte die Scheibe sauber gewaschen. So hatte er freien Blick auf die tief hängende Wolkendecke, in der es wetterleuchtete. Im nächsten Moment durchfuhr das E-Mobil wieder einen Regenschauer. Wasser prasselte auf das Fahrzeug.

Der Mann hob die Hände und rieb sich das Gesicht. Er gähnte herzhaft, wollte sich vorbeugen und bemerkte die Gurte, die ihn an den Sitz fesselten. »James«, sagte er halblaut.

Die KI antwortete prompt. »Was kann ich für Sie tun?«, erklang die weiblich anmutende Alt-Stimmlage aus den verborgenen Lautsprechern.

»Wie lange noch?«, fragte der Mann.

»Eine genaue Prognose bezüglich der veranschlagten Reisedauer ist derzeit wegen der vorherrschenden Wetter- und Wegverhältnisse nicht möglich.«

»Ach, James. Bitte. Gib mir eine Zeitspanne.«

»Wir erreichen das Ziel frühestens in dreißig Minuten, spätestens in 55.«

»Danke, James. Geht doch. Könntest du bitte die Gurte wieder lösen?«

»Das Angurten dient Ihrer Sicherheit und ist auf solchen Nebenstrecken obligatorisch.«

»Ich entbinde die Gesellschaft von allen Haftungsansprüchen, Jeremiah Hilarius Schnitzer«, erklärte der Fahrgast und bestätigte die Vereinbarung mit seinem vollständigen Namen. Zusammen mit der Stimmaufzeichnung ersetzte dies in vielen Fällen schriftliche Verträge.

»Die Vereinbarung wurde aufgezeichnet und ist in Kraft, Mr. Schnitzer«, erwiderte die KI.

»Danke, James.«

Die Gurte lösten sich. Jeremiah H. Schnitzer reckte sich, dann stemmte er sich aus dem Formsessel und stellte sich aufrecht hin, was die hohe Decke des E-Mobils, das von außen betrachtet wie ein fahrendes Ei wirkte, ermöglichte. Sein Kopf stieß nun beinahe gegen die Glasscheibe und er starrte hoch hinaus, strich sich dabei durch die kurzgeschorenen blonden Haare.

Er lächelte, als er eine Lücke in der Wolkenschicht entdeckte, durch die ein kräftig goldener Sonnenstrahl wie ein Laserlicht stieß. Das E-Mobil schwankte ein wenig. Jeremiah glich die Bewegungen mit federnden Knien aus und stützte sich gleichzeitig mit der rechten Hand an der oberen Glasscheibe ab.

Er sah auf seiner Smartwatch, dass er drei Benachrichtigungen erhalten hatte.

Doch noch war Zeit. Er wollte seine Ruhe, die News auf seinen Social-Media-Kanälen für die kommenden fünf Tage waren produziert und würden von seinem Team rechtzeitig ins Netz gestellt. Raven würde sich darum kümmern.

Wie eine geölte Maschinerie lief die Verbreitung seiner Botschaft. Und Hunderttausende hörten ihn, glaubten ihm und multiplizierten die Anzahl seiner Anhänger durch Likes, Spreads und Adds. Der schnöde Mammon war schon seit Jahren kein Problem mehr. Vielmehr die Tatsache, dass es bislang kein Umdenken in der Gesamtgesellschaft gegeben hatte. Für ihn, den Prediger der neuen Zeitrechnung, hieß es nur, dass er sein Ziel längst nicht erreicht hatte und sich noch mehr bemühen musste.

Er würde sich voll auf den anstehenden Job konzentrieren. Hier lag seine beste Chance auf einen großen Coup. Nicolas

Ragg, Selfmade-Billiardär, treibende Kraft hinter zahllosen technischen Entwicklungen, ominöse Schattengestalt und Geldgeber für Millionen von Start-ups, der geheimnisvollste VIP der Welt, hatte sich mit einem Jobangebot gemeldet. Die Anfrage hatte Jeremiah überrascht, zählte er doch zu den schärfsten Kritikern des zurückgezogen lebenden Nicolas Ragg.

Schon lange hatte es keine Ragg Time mehr gegeben. Acht Jahre seit dem letzten Auftritt in aller Öffentlichkeit. Und auch damals hatten aufmerksame Beobachter und Verschwörungstheoretiker behauptet, dass das Individuum auf der Bühne nicht Ragg gewesen sein konnte.

Die Einladung für den Job hatte ein Bote persönlich überbracht. Auf einem handgefertigten Papier, mit violetter Tinte beschrieben, lud Nicolas Ragg ihn zu einem Wochenende in sein Anwesen ein.

Jeremiah hatte, in seinem Büro sitzend, den jungen Mann angesehen, der mit stoischem Gesichtsausdruck und in entspannter Körperhaltung neben dem Schreibtisch auf Antwort wartete.

Die Vermutung lag nahe, dass es sich bei dem Boten um einen Puppet handelte, doch er wirkte echter als echt. Jeremiah behielt seine Hypothese für sich und erkundigte sich, was er dort solle. Der Bote zuckte mit den Schultern.

Erst nach der persönlichen Bestätigung, dass er gewillt war, an einen der abgeschiedensten Orte in ganz Europa zu reisen, erhielt Jeremiah den Zugangscode für einen Cloudspeicher. Darin fand er Dutzende Dateien und eine Videobotschaft.

Das E-Mobil stoppte abrupt. Beinahe wäre er gestürzt. »James?«, fragte er laut in die Stille hinein. Der Antrieb schien ausgefallen.

»Mr. Schnitzer?«

»Was ist geschehen? Warum der Halt? Ist der Motor defekt?«

»Der Weg ist blockiert. Ich erfrage derzeit eine Ausweichroute, doch die elektromagnetischen Interferenzen stören die Verbindung.«

»Kannst du die Route nicht selbst berechnen?«, erkundigte sich Jeremiah, obwohl er die Antwort darauf schon vorhersagen konnte.

»Zu meinem Bedauern, nein. Für diesen Kartenabschnitt liegen keinerlei verwertbare Daten mehr vor.«

»Hm.« Jeremiah setzte sich zurück in den Sessel. Jenseits der umlaufenden Scheiben war es dunkel wie die Nacht. Die Unwetterfront an diesem späten Nachmittag ließ so gut wie kein Licht durch die dichte Wolkendecke.

»Kannst du die Außenbeleuchtung anschalten?«, bat Jeremiah.

»Natürlich, Mr. Schnitzer«, bestätigte die Mobil-KI.

Scheinwerfer flammten auf, beleuchteten Bäume, Sträucher, zerwühltes dunkles Erdreich und eine Menge Müll, der sich in den Büschen angesammelt hatte.

Es regnete nicht, so dass Jeremiah den umgestürzten Baumstamm erkennen konnte. Wie eine heruntergelassene Schranke oder ein Anti-Terror-Poller versperrte er die Weiterfahrt, wobei schon der Weg selbst kaum erkennbar war.

Er überlegte, Raven eine Sprachnachricht zu senden, um sie an seinem Abenteuer teilhaben zu lassen. Aber er war viel zu gebannt von der unwirtlichen Umgebung, als dass er Zeit dafür gefunden hätte.

James manövrierte mithilfe eines hochentwickelten Bodenradars und einer Satellitenunterstützung, weswegen das E-Mobil auch ohne Licht gefahren war.

»Wie sieht es aus?«, erkundigte sich Jeremiah, als ihm das Schweigen zu lange andauerte.

»Die Datenübertragung läuft. Allerdings ist der Durchfluss gering.«

»Kein 6G-Netz?«, hakte Jeremiah nach. Er sah auf das Display seines Armbands. Der Empfänger zeigte nur rund fünf Prozent an.

»Zu meinem Bedauern, nein.«

Jeremiah schloss kurz die Augen und atmete tief durch. Geduld war angesagt, eine Tugend, die er noch zu verinnerlichen hatte und an der er stets scheiterte.

Als er die Lider wieder hob, betrachtete er seine Hände, bewegte die Finger, verschränkte sie und knetete sie sogar. Doch die Wahrnehmung, dass diese Extremitäten nicht zu seinem Körper gehörten, blieb. Er führte die rechte Hand zum Mund und biss sich in den Daumen, bis er den Schmerz spürte. Da erst verging das Gefühl.

Sensomotorische Störung, formten sich die Wörter in seinen Gedanken. Warum nur gerade jetzt, fragte er sich.

Das E-Mobil ruckte an, fuhr den Weg zurück, den es gekommen war. »Kurs ist berechnet. Die voraussichtliche Ankunftszeit erhöht sich um eine halbe Stunde.«

»Danke, James«, entgegnete Jeremiah. »Und lass diesmal bitte die Außenbeleuchtung brennen. Ich möchte ein wenig von der Umgebung sehen.«

Es gab jedoch nicht allzu viel zu entdecken. Nach einigen Metern im langsamen Tempo verhüllte dichter Regen das nähere Umland. Es entstand ein kakophonischer Krach, bis die aktive Außengeräuschunterdrückung einsetzte und angenehme Stille eintrat.

Das ablaufende, aufgepeitschte Wasser an den Scheiben bildete einen perfekten Sichtschutz.

Jeremiah, der sich wieder in seinen Sessel gesetzt hatte, runzelte die Stirn. Die KI startete eine Musikuntermalung und bot gleichzeitig eine umfangreiche Auswahl an Stücken an. Auf dem Monitor erschien eine seltsame Playlist. Sämtliche Songs, deren Titel, Künstler und Erscheinungsjahr angezeigt wurden, entstammten dem vergangenen Jahrtausend, alle mindestens hundert Jahre alt.

Einige Titel sagten ihm etwas, da sie gecovert in den aktuellen Charts vertreten waren.

»Keine Musik, James. Lass es, bitte.«

»Die Hintergrundmusik dient der Unterstützung der aktiven Geräuschunterdrückung, Mr. Schnitzer. Außerdem hat sie einen beruhigenden Einfluss auf den Hörer«, widersprach die KI. »Ich empfehle daher ...«

»Schon gut!« Jeremiah wusste um die Unvollkommenheit der in die E-Mobile verbauten autonomen Programmierungen. Die in Schweden erschaffene Software, die sich KI schimpfte, gehörte zu den eindimensionalsten auf dem Markt. Jede Diskussion um Recht oder erteilte Befehle endete nach kurzer Zeit in den altbekannten Schleifen. Die Einheiten, die üblicherweise als James bezeichnet wurden, waren seiner Aufmerksamkeit nicht wert. »Triff selbst eine Wahl.« Jeremiah schloss die Augen und horchte den ersten Klängen einer irgendwie metallisch verstimmt klingenden E-Gitarre, die ein aus der Epoche gefallenes Intro einspielte. Dann erklangen Stimmen von längst verstorbenen Männern.

He's a real nowhere man
Sitting in his nowhere land

Das E-Mobil stoppte abrupt. Dank der geringen Geschwindigkeit rüttelte es Jeremiah nur schwach durch.

Bevor er fragen konnte, was zu dem Halt geführt hatte, glitt die Seitentür auf. Herein stürzte mit gesenktem Kopf eine triefnasse Gestalt in einem dick gefütterten Regenmantel mit Kapuze, die das Gesicht im Schatten verbarg.

Ein Schwall kühl-nasser Luft flutete das Innere. Es stank nach Moor und Schlamm, dazu leicht nach Erdöl. Die KI schloss die Tür augenblicklich.

Jeremiah versuchte einen Blick auf die Gesichtszüge zu werfen, aber der Kaperer wandte ihm den Rücken zu, während er sich aus der Jacke quälte. Zu seinen Füßen hatte sich eine Pfütze aus grauem Wasser gebildet.

»Guten Tag«, grüßte Jeremiah und blieb dabei sitzen.

Die Jacke landete auf dem Boden. Eine schlanke Silhouette und schulterlange nachtschwarze Haare wurden sichtbar.

Eine Frau war zugestiegen. Sie drehte sich um.

Eine Maske mit Atemschutz bedeckte das komplette Gesicht. Grazile Finger in dunkelbraunen Handschuhen griffen nach den Seiten der Maske, betätigten den Öffner. Die Maske löste sich, die Frau legte sie in eine der Ablagen.

»Was zum Henker machen Sie hier in dieser Gegend?«, herrschte die junge Frau Jeremiah an. In ihrem leicht gebräunten Gesicht sah man die Abdrücke der Maskenhalterung. Braune Augen funkelten, offensichtlich verärgert oder verwundert, so genau wusste Jeremiah das nicht einzuschätzen. »Das ist Sperrgebiet und dazu noch in Privatbesitz!«

Jeremiah schenkte ihr ein Lächeln. Sie war hübsch, ohne Zweifel, und ihre Stimme angenehm tief. Er schätzte sie auf Mitte zwanzig, wobei das reine Aussehen in der heutigen Zeit nur ein Anhaltspunkt sein konnte.

»Ich habe eine Einladung. Sonst wäre ich nicht hier. Mein Ziel ist das Anwesen von Nicolas Ragg.«

Sie reckte sich, strich sich eine einzelne Haarsträhne aus der Stirn und musterte ihn abschätzig. »Einladung? Soso. Kann ich sie sehen?« Sie hielt ihm die offene Hand entgegen.

Da wurde Jeremiah klar, dass sie wissen musste, dass er eine physische Karte erhalten hatte. Sie wusste Bescheid, gehörte entweder zu Raggs Personal oder war selbst eingeladen worden.

»Vielleicht sollten Sie sich erst einmal vorstellen. Sie haben schließlich mein E-Mobil geentert.«

»Geentert? Sie haben mich beinahe überrollt. Ich halte es für ausgleichende Gerechtigkeit, dass Sie mich den Rest des Wegs mitnehmen, klar?«

»Ich bin J. H. Schnitzer«, versuchte es Jeremiah. »Und wer sind Sie?«

»Ah. Schnitzer also. Der Mahner in der Wüste«, kommentierte die Frau, ohne sich selbst vorzustellen.

»Wie soll ich das verstehen?«, hakte Jeremiah nach, obwohl ihm bewusst war, wie ihn weite Teile der Bevölkerung wahrnahmen.

»Leben in Zeiten vorgetäuschter Künstlicher Intelligenzen. So heißt doch Ihr unbedeutender, minderwertiger Kanal, nicht wahr? Ich denke, Sie machen zu viel Aufhebens um eine Alltäglichkeit, Mr. Schnitzer. Mir macht anderes Kopfschmerzen, nicht die ewigen Mahnungen. Wir alle sind Teil eines andauernden technischen Fortschritts. Und er bereichert unser Leben.«

Jeremiah spürte augenblicklich den Drang, zu widersprechen, zu predigen, wie Raven es nannte. Die junge Frau wollte ihn ganz offensichtlich aus der Reserve locken. Er kannte diese Art der Provokation nur zu gut. In zahlreichen Vorlesungen, die er gehalten hatte, fanden sich stets Zweifler, die genauso reagierten. Er hatte zu viel Erfahrung mit solchen Menschen und lächelte besänftigend. »Nun, da Sie wissen, wer ich bin, wäre es nett, wenn Sie mir den gleichen Gefallen erweisen würden.« Ruhig sah er sie an, wartete geduldig und erfreute sich an der abzulesenden Mimik. Sie ärgerte sich darüber, dass er sich nicht hatte provozieren lassen. Gleichzeitig sah man ihr an, dass es ihr peinlich war, sich nicht bereits vorgestellt zu haben.

Offenbar um Zeit zu gewinnen, zog sie die Handschuhe aus, legte sie auf der Jacke ab, ordnete anschließend die langen Haare hinter ihrem Kopf und band sie mit schnellen, geübten Handgriffen zu einem Dutt.

»Mein Name ist Dessert«, antwortete sie.

»Dessert?«, wiederholte Jeremiah verwundert und verzichtete auf eine weitere Nachfrage. Wahrscheinlich hatten schon zu viele Menschen den naheliegenden Witz ausgesprochen.

»Ja.«

»Gut. Darf ich fragen, was Sie in dieses Sperrgebiet geführt hat, Ms. Dessert? Meinen Grund kennen Sie ja bereits.«

»Sie haben mir noch nicht die Einladung gezeigt.«

»Warum sollte ich?« Jeremiah hob beschwichtigend die Hände. »Ich sitze in einem autonomen E-Mobil. Eine James-KI bringt mich an mein Ziel im Auftrag meines Gast- und Auftraggebers. Ich muss Ihnen meine Einladung nicht zeigen.«

»Nicolas lässt so gut wie niemanden in sein Sanktuarium vor. Warum gerade Sie, Mr. Schnitzer? Mir fällt kein einziger verdammter Grund ein, warum Nicolas Sie eingeladen haben sollte.«

Sie nannte Ragg beim Vornamen, registrierte Jeremiah, dessen Recherchen zu dem Anwesen Raggs wenig bis gar nichts ergeben hatten. Dennoch war ihm klar gewesen, dass der Billiardär sicherlich nicht ohne Personal dort leben würde. Eine Mitarbeiterin war ihm ins Mobil geschneit. Wobei ...! Wenn er an seinen Job dachte, dann könnte dies schon die Gelegenheit für einen ersten Test sein. Vielleicht eine Art Warm-up. Eine vorgezogene Front. Nicolas Ragg gehörte wahrscheinlich zu den intelligentesten und raffiniertesten Menschen auf der Welt.

Niemand, der nicht über ein gewisses Maß an Hinterhältigkeit verfügte, hätte diesen rasanten Aufstieg zum Firmenmagnaten vollziehen können. Jeremiah musste aufmerksam bleiben, misstrauisch, egal, wie unerwartet die Situation auch sein mochte.

Er griff sich an die obere Brusttasche seines Overalls und zückte die Karte. »Bitte sehr.«

Ms. Dessert riss sie ihm beinahe aus der Hand, ihre Augen flitzten über die wenigen Zeilen. Dann reichte sie sie ihm zurück. »Nun gut. James«, wandte sie sich an die KI, »wie lange noch bis zur Grenze?«

»19 Minuten«, meldete sich James.

Jeremiah deutete auf das Display mit dem Navigationskartenset. Die Fahrtroute war dort schematisch zu erkennen. Gleichzeitig auch ein gewaltiger blauer Bereich, auf den sie direkt zufuhren. »Falls uns deine Programmierung nicht unmittelbar in der Nordsee versenkt.«

Ms. Dessert gönnte der Anzeige nur einen flüchtigen Blick, dann betätigte sie den Schalter für die Ausgabe eines Notsitzes und nahm Platz. Sie lehnte sich an die Seitenwand des E-Mobils, die unterhalb der umlaufenden Fensterfront weich gepolstert war. Sie musterte Jeremiah von oben bis unten. Er fühlte sich wie eine Laborratte.

»Sie sind kleiner, als es Ihre Videoaufzeichnungen und Streams vermuten lassen.«

Sie ist gut, dachte Jeremiah. Ohne mit der Wimper zu zucken, provozierte sie ihn fortwährend. Als verfolge sie einen Plan.

»Nun, Ms. Dessert«, begann Jeremiah, »es ist alles eine Frage des Standpunkts und der Kameraperspektive. Ich selbst empfinde mich als gerade groß genug. In einer Welt voller genoptimierter, gleichgemachter Mitmenschen kann ich gut mit dem Makel von zehn Zentimetern fehlender Körpergröße leben.«

»Delphine«, sagte sie leise, beinahe flüsternd.

»Wie bitte?«

»Wir werden uns im Sanktuarium ständig begegnen, Mr. Schnitzer. Ich halte es für angebracht, die Förmlichkeit zu reduzieren. Delphine Dessert.«

Er verstand. »Jeremiah Hilarius. Du kannst mich auch Jerry nennen. Ich weiß nicht, was meine Eltern veranlasst hat, mir ein derart altertümliches Namensungetüm zu verpassen.«

»Jerry also. Okay.« Sie runzelte leicht die Stirn. Zum ersten Mal bemerkte er ein Muttermal neben dem rechten Mundwinkel, das den Takt der Bewegung ihrer Lippen mittanzte. »Glaubst du wirklich an das, was du da auf deinen Kanälen verzapfst?«

Und weiter setzte sie auf Provokation.

»Ich bin ein ehrlicher Mensch, Delphine. Ich bin von allem überzeugt, was ich so von mir gebe.«

»Dass es keine Künstliche Intelligenz gibt ...«

»Zumindest nicht das, was ich für eine wahre Künstliche Intelligenz halte. Nimm zum Beispiel James.«

»Mr. Schnitzer? Was kann ich für Sie tun?«, erklang die Stimme der E-Mobil-KI.

»Das ist ein grandioses Beispiel dafür, dass er nur auf spezielle Reize programmiert wurde. Er hört seine Bezeichnung und reagiert sofort. Ein Mensch, ein intelligentes Wesen, hätte es einfach ignoriert. Ich bezweifle sogar, dass die so bezeichnete KI in der Lage ist, aus Fehlern zu lernen. Vorfälle, Unfälle, unangebrachte Reaktionen werden ausgelesen, von Menschen ausgewertet und durch neue Programmierung ersetzt. Das ist keine Künstliche Intelligenz.«

»Wen kümmert es?«

»Uns alle, Delphine. Wir verlassen uns zu sehr auf das, was landläufig unter den Begriff der KI subsumiert wird. Jeder denkt, da stünde eine wirkliche Intelligenz dahinter. Doch in Wahrheit sind es Menschen, die die Programme geschrieben haben. Im besten Fall enthalten die Softwarezeilen ein paar Fehler, was menschlich wäre. Im schlimmsten Fall bezwecken die Hersteller etwas damit. Profit, Machthunger, Kontrolle. Such dir das Passende aus. Machthaber aller Jahrhunderte hätten sich ein Volk gewünscht, das so einfach zu manipulieren und kontrollieren ist. Und wir tappen in die Falle. Ich betätige lediglich die Alarmsirene. Hören muss jeder selbst.«

Delphine behielt einen stoischen, zweifelnden Gesichtsausdruck bei. Unterbrochen hatte sie seine Predigt nicht, was Jeremiah wohlwollend zur Kenntnis nahm. Aus den Augenwinkeln heraus sah er es blauer im Display aufleuchten. Er wandte sich um und sah mit leichtem Schrecken, dass James das Mobil weiterhin in Richtung Nordsee steuerte. Irgendwo in Fahrtrichtung würde die Abbruchkante kommen.

»Ich hoffe mal, dass wir nicht so einer fehlerhaften Programmierung zum Opfer fallen werden«, versuchte er es mit betonter Munterkeit.

Es war nur ein flüchtiger Blick, den Delphine der Anzeige widmete. »Wir sind auf dem richtigen Weg, Jerry. Du solltest den dummen Maschinen vertrauen.« Sie musterte ihn erneut.

»Bin ich unpassend gekleidet?«, fragte Jeremiah.

»Nein.« Sie hob einen Handschuh hoch, betrachtete eine Verfärbung im Handrückenbereich und legte ihn wieder zurück. »James!«, rief sie. »Ist der Radar aktiv?«

»Natürlich, Ms. Dessert.«

»Schalte mal bitte den Infrarotbereich dazu. Ich will ein Wärmebild der Umgebung.«

Jeremiah atmete mehrfach tief durch, um seine Ungeduld und seine Irritation zu verbergen. Die Inbesitznahme durch die nahezu Unbekannte verwirrte ihn, ihre offenkundige Vertrautheit mit der Ausstattung des Mobils ließ nun wirklich darauf schließen, dass sie eine Mitarbeiterin Raggs war. Jeremiah versuchte, sich mit dem Netz zu verbinden, um weitere Informationen zu recherchieren, aber nach wie vor fehlte es an der notwendigen Signalstärke.

Aus der Konsole hob sich ein zusätzlicher Monitor im Zwanzig-Zoll-Format. Das Infrarotbild bewies, dass es draußen recht kühl war. Vereinzelt sah man kleinere Flecken, die sich am Boden aufhielten, Tiere, deren Körper Hitze abstrahlten. Die Kamera vollführte mehrere 360-Grad-Schwenks.

Jeremiah bemerkte, dass die Route des Mobils nun parallel zum Meer verlief. Keine Gefahr, über die Abbruchkante zu stürzen. Doch die Stille ging ihm auf den Geist. Der Regen hatte geendet, hoch oben zeigten sich stetig größere Lücken in der Wolkenformation. Es war jedoch spät geworden und nur wenig Helligkeit drang herunter.

»Suchst du nach jemandem?«, fragte Jeremiah. »War das der Grund, warum du in diesem Wetter unterwegs warst?«

»Schalt ab, James«, befahl Delphine der KI und schüttelte den Kopf. »Es geht dich nichts an, Jerry. Also frag bitte nicht weiter.«

Das war deutlich gewesen, auch wenn er Müdigkeit oder gar Erschöpfung aus ihrer Stimmlage herauszuhören glaubte.

Jeremiah schwieg, blickte hinaus und sah im Licht der Scheinwerfer eine hohe Mauer auftauchen. Mindestens zehn Meter, schätzte er, schraubte sich die Konstruktion in die Höhe. James hielt direkt darauf zu, bog erst dicht vor ihr nach rechts ab und holperte entlang eines schmalen Weges voran.

Nach rund zehn Minuten langsamer Fahrt, die Delphine mit geschlossenen Augen in ihrem Sitz lehnend verbracht hatte, erreichten sie ein Tor, dessen doppelte Flügel sich automatisch öffneten.

Jeremiah freute sich, endlich das Ziel zu erreichen, und war gespannt, was das Anwesen Raggs, von dem nicht einmal Satellitenaufnahmen existierten, an Überraschungen bereithielt.

Während sie das Tor passierten, verdunkelten sich plötzlich die Scheiben. »Hey!«, rief Jeremiah überrascht. »Was soll das?«

Delphine reagierte. »Eine Führung wird es später geben, Jerry. Es ist ein Automatismus. Genau wie die Deaktivierung von James.«

Da registrierte Jeremiah erst, dass alle Monitore ausgefallen waren und das Bereitschaftsblinklicht der KI rot leuchtete.

»Wer steuert das Mobil?«

»Selbstverständlich die Hausanlageneinheit. Nicolas legt Wert auf Privatsphäre. Aufzeichnungen von E-Mobilen, die mit der Zentrale verbunden sind, wären da eher kontraproduktiv.«

»Er will nicht, dass es Aufnahmen von dem Grundstück gibt?«, meinte Jeremiah.

»Korrekt, Jerry. Keine Aufnahmen, Streams oder Übertragungen. Seine Anweisungen gehen sogar so weit, dass er einen elektronischen Sichtschutz einsetzt, der Luftaufnahmen verhindert.«

»Deswegen der weiße Fleck in den Geomaps-Programmen«, murmelte Jeremiah im Selbstgespräch. Dieses Rätsel hatte sich gelöst. »Das klingt paranoid.«

»Sagt gerade der Richtige. Ihr werdet euch verstehen.« Delphine erhob sich. »Wir sind gleich da.«

»Du kennst den Weg?«

»Sicher. Ich wohne hier.«

Das Mobil stoppte. Die Fensterscheiben wurden wieder durchsichtig.

Jeremiah sah sich um. Eine Halle in eisigem Betongrau wurde sichtbar. Verteilt in verschiedenen Nischen parkten rund ein Dutzend Mobile unterschiedlicher Größen. Lichtleisten in der

Deckenkonstruktion leuchteten die Garage mit eiskaltem Licht aus. Dabei schien es, als würden die Wände es zusätzlich verstärken.

Jeremiah schrak ein wenig zusammen, als sich die Tür des E-Mobils öffnete. James blieb weiterhin stumm. Delphine hielt sich nicht mit Höflichkeitsgeplänkel auf und stiefelte hinaus.

Jeremiah folgte. Von der langen Fahrt fühlten sich seine Beine schwer und steif an. Er beugte mehrfach die Knie, reckte sich und dehnte die Muskeln.

Delphine wartete mit amüsiertem Gesichtsausdruck, bis sie sich räusperte. »Fit genug?«

Jeremiah sah an ihr vorbei, da sich etwas hinter ihr bewegte. Eine goldene Rüstung auf zwei Beinen stakte auf sie zu.

»Soll das ein Witz sein?«, fragte Jeremiah.

Delphine lächelte. »Nicolas findet es witzig. Es ist die Empfangsdame.«

»Hallo«, sprach der goldene Roboter, als er bei ihnen war. »Ich bin C2-Lt, Mensch-Roboter-Kontakter. Sie müssen Jeremiah Hilarius Schnitzer sein.«

»Der bin ich.«

»Sehr schön. Dann folgen Sie mir bitte, ich würde Ihnen gerne Ihr Quartier zeigen. Ms. Dessert? Ihr Vater erwartet Sie im Labor.«

»Vater?«, hakte Jeremiah nach. »Wessen Tochter bist du?«

Delphine grinste. »Geduld, Jerry. Du wirst es noch früh genug erfahren.« Sie wandte sich an C2-Lt. »Im Mobil sind die kontaminierten Klamotten. Lass sie abholen.« Ohne eine Antwort abzuwarten, ging sie. In einer Wand öffnete sich eine versteckte Tür, hinter der sie verschwand.

»Mein Quartier, C2-Lt?«, fragte Jeremiah. »Werde ich nicht zu meinem Gastgeber geführt?«

»Mr. Ragg ist zu seinem Bedauern beschäftigt. Er bittet, dies zu entschuldigen. Ich würde Ihnen daher gerne zunächst Ihr Quartier zeigen.«

»Nur zu.«

2

Ein Experte für Raumbeduftung musste sich ausgetobt haben. C2-Lt führte Jeremiah zu einem Horizontallift. Die Videoinstallation auf den Innenwänden vermittelte den Eindruck, dass sie sich innerhalb eines Waldes bewegten. Harzgeruch, frischer Wald- und moosiger Bodenduft bedrängten Jeremiahs Nase. Es war beinahe zu viel. Als die Türen sich öffneten, gelangten sie in einen Flur, in dem es abwechselnd nach Orangen und Zitronenverbene roch.

Der schmucklose Gang endete in einem kreisrunden Saal mit einem Durchmesser von rund sechs Metern. In gleichmäßigen Abständen sah Jeremiah zehn Türen mit fortlaufenden Nummern in der Wand.

C2-Lt dirigierte ihn zur Tür mit der Nummer 7.

»Das ist Ihr Quartier für die Dauer Ihres Aufenthalts. Bitte treten Sie vor.«

Jeremiah folgte der Aufforderung. Das Display seiner Armbanduhr blinkte auf. Ein Signalton von Seiten der Tür ertönte und sie glitt in die Wand, gab so den Durchgang frei.

»Die weitere Einweisung wird die Haus-KI vornehmen. Ich wünsche Ihnen einen angenehmen Aufenthalt.« C2-Lt stakte davon.

Jeremiah sah ihm nicht nach, ahnte, dass er dem Roboter erneut begegnen würde. Ragg schien wirklich über einen seltsamen Sinn für Humor zu verfügen.

Das Quartier entpuppte sich als eine Suite. Hinter dem Eingang befand sich zunächst ein acht Schritte langer Schlauch, an den sich ein geräumiges Zimmer anschloss. Die Gegenwand, halbrund geformt, wirkte wie ein Fenster nach draußen. Jeremiah blickte auf das aufgepeitschte Meer. Die Sonne versank gerade am Horizont, Wolkenformationen an einem brennenden Himmel, die dem Esprit und Talent eines fantastischen Künstlers entsprungen waren, leuchteten zum Teil in Orange-Rot oder drohten mit tiefdunklen Ballungen.

Jeremiah trat näher, umrundete dabei die Sitzgruppe, eine Sofalandschaft, in der gut und gerne zehn Menschen Platz finden würden. Davor ein Couchtisch, auf dem eine Vase mit vermeintlich echten Blumen stand. Ein Sideboard mit einem Monitor darüber an der rechten Seitenwand komplettierte die Einrichtung.

Auf der linken Seite sah man zwei Türen. Wahrscheinlich das Bad und der Schlafraum.

Jeremiah stellte sich vor das Fake-Fenster. Ein Schwall salzigfrischer Luft traf ihn von oben. Er sah hoch. Ein Schlitz in der Decke belüftete den Raum.

Die Nordsee war jedoch nicht das Einzige, was zu sehen war. Jeremiah wurde der Abbruchkante gewahr und der mit Dünengras bewachsenen Sandlandschaft, die sich bis an die scharf konturierte Grenze erstreckte. Eine Dünenlandschaft, wie sie von den acht Jahrhundertstürmen nahezu ausgelöscht worden war, diente als Kulisse für die Videoinstallation. Dünne Grashalme bogen sich im abklingenden Wind, dazwischen wuchsen flache Bodendecker, an denen vereinzelt weiße und pinkfarbene Blütenköpfe hin- und herschwankten. Eine Mixtur aus aktuellen Daten und einer längst überlebten Vergangenheit. Nirgendwo war der allgegenwärtige Müll zu sehen, den die ewigen Westwinde mit sich schleppten und über der Landschaft abluden.

»Willkommen«, grüßte eine tenorlastige Männerstimme wie aus dem Nichts. Die Lautstärke war geradezu perfekt gewählt, um Jeremiah nicht zu erschrecken und eine angenehme Atmosphäre zu erzeugen.

Er drehte sich um. So begann offenbar die versprochene Einweisung durch die Hauseinheit. »Vielen Dank«, sagte er halblaut und wartete.

»Ich werde als Hausanlagenlenkung bezeichnet oder kurz HAL. Sie dürfen mich aber mit jedem Namen ansprechen, der Ihnen recht ist, Mr. Schnitzer.«

»HAL ist in Ordnung«, antwortete Jeremiah und verkniff sich ein Grinsen. Ragg musste ein Faible für antike Filme haben.

»Sehr wohl, Mr. Schnitzer. Ihre Armbandeinheit ist bereits mit dem hauseigenen Netz synchronisiert worden. Sie haben unbegrenzten Zugang zur vollen Bandbreite. Für die maximale Nutzung der technischen Einrichtungen empfehle ich Ihnen jedoch den Wechsel auf eine Armilla, die ich für Sie im Sideboard deponiert habe.«

»Eine Armilla?«, wiederholte Jeremiah erstaunt. Die Prototypen dieses neuartigen Armbands mit zahllosen Features, die kolportiert wurden, geisterten als Fake News durchs Netz. Offenbar leistete sich Ragg den Luxus, den kommenden Blockbuster einer seiner Firmen hier im Sanktuarium zu testen.

»Ja, Mr. Schnitzer. Die Armilla muss lediglich noch auf Sie geprägt werden.«

»Okay. Später vielleicht«, wiegelte Jeremiah ab, dem der Begriff der Prägung nichts sagte. Er vermutete jedoch, dass der hochtechnische Nachfolger seiner Smartwatch zu einer stärkeren Überwachung durch den Gast- und Auftraggeber führen konnte.

»Wie Sie wünschen.« HALs Tonfall veränderte sich nur in Nuancen. »Darf ich Ihnen das Bad und Ihr Schlafzimmer zeigen?«

Um die beiden Türen leuchtete ein grünes Lichtband auf. »In den Räumen selbst müssen Sie mich jedoch explizit zum Zugang berechtigen. Es gilt dort absolute Privacy.«

»Gut. Gibt es irgendetwas zu beachten?«

»Dem Prinzip nach nicht, Mr. Schnitzer. Die Dusche ist Standardausstattung. Die Schlafkabine beinhaltet reguläre Features, die Sie bereits kennen dürften.«

»Also möchtest du nur höflich sein«, bekräftigte Jeremiah.

»Das ist korrekt.«

»Danke, HAL. Ich weiß das zu schätzen. Sag mir bitte, von wann die Aufnahmen sind, die ich auf der Stirnwand sehen kann.«

HAL legte tatsächlich eine spürbare Kunstpause ein. Endlich antwortete er. »Dies ist ein Fenster, Mr. Schnitzer, keine Videowand. Sie sehen, was Sie sehen.«

Jeremiah wusste natürlich, dass Hauseinheiten autonomer Gebäude nicht auf Lügen programmiert waren. Warum sollten sie auch? Die Antwort stellte daher eine Überraschung dar.

Er wandte sich wieder der Aussicht zu. Der Sonnenball war hinter der Horizontlinie versunken. Noch leuchteten Himmel und Wolken in allen Farben von Rot bis Violett. »Wo ist der Müll, HAL?«

»Mr. Ragg legt außerordentlichen Wert auf die Reinigung und Pflege des Anwesens, Mr. Schnitzer. Ich verfüge über vielfältige technische Ressourcen, die ich für den Erhalt der Landschaft einsetzen kann.«

Jeremiah verschränkte die Arme vor der Brust, sah kurz hoch zu dem Lüftungsschlitz. »Aber die Luft, die du dem Zimmer zuführst ...?«

»Mehrfach gefiltert und sanft bearbeitet, Mr. Schnitzer. Leider ist die Luftqualität nicht ganz so einfach zu beeinflussen wie die Sauberkeit des Ökosystems.«

»Gut. Danke, HAL. Lass mich bitte für einen Moment alleine. Ich melde mich, sobald ich dich brauche.«

»Wie Sie wünschen. Ich darf darauf hinweisen, dass in einer Stunde und 15 Minuten das Abendessen im großen Saal serviert wird.«

»Gib mir bitte zwanzig Minuten vorher Bescheid.«

»Natürlich.«

Jeremiah wartete eine Weile schweigend vor der Fensterscheibe und überlegte, während das Meer sich allmählich in Dunkelheit hüllte, was Nicolas Ragg wohl für ein Mensch sein würde. Bekannt durch den erworbenen Reichtum, die damit einhergehende Verschrobenheit und den sich verstetigenden Rückzug aus der Öffentlichkeit, verbanden viele Menschen mit seinem Namen nur die Plug-ins. Eine Entwicklung, die Ragg deswegen forciert hatte, weil er selbst an einer offenbar unheilbaren, fortschreitenden Erkrankung litt.

In der Landschaft verteilte solarbetriebene Kugellampen begannen ihre Arbeit. Somit entstand eine dezente Beleuchtung des Anwesens, obwohl alles jenseits der Lichtkegel im Dunkeln versank. Einige Senken und Mulden blieben gänzlich verborgen.

Jeremiah glaubte mehrfach, sich dort bewegende Gestalten zu erkennen, aber letztlich hielt er dies doch für Sinnestäuschungen.

Er riss sich vom Anblick los, tippte die Armbanduhr an und löste den Aktivierungsbefehl für seine Augenlinsen, die Opti-Lenses 100, aus.

Sofort erweiterte sich sein Sehvermögen. Die künstlichen Linsen erzeugten eine Art Monitor in seinem Blickfeld.

»Zugriff auf Hausfazilitäten. Anzeige Technik. Besucherzimmer 7«, arbeitete er sich durch die Untermenüs.

»Anzeige der Kameras.«

Erstaunt blickte er sich um. Als Augmented Reality blendeten die Linsen kleine Marker in seinem Sichtfeld ein, die die Positionen der Aufnahmeobjektive in dem Raum verrieten.

»27«, murmelte Jeremiah. »Das ist eine Menge.« Er verließ die Lounge und untersuchte in gleicher Art und Weise das Bad und das Schlafzimmer. Beide Bereiche schienen kamerafrei. Nur die üblichen Bewegungsmelder waren zu finden, die für Licht sorgten und, im Fall des Schlafraums, HAL signalisieren würden, dass der Bewohner wach war. Im Schlafzimmer fand Jeremiah einen Durchgang zu einem begehbaren Kleiderschrank. Neben seinem Koffer, den man irgendwie an ihm vorbeigeschmuggelt und dort deponiert hatte, gab es eine ganze Auswahl an Abend- und Freizeitkleidung, dazu Schuhe und in den Schubladen entdeckte er noch mehr. Sein Koffer war weiterhin originalversiegelt, was Jeremiah mit Genugtuung zur Kenntnis nahm. Nach einer kurzen Überprüfung der von seinem Gastgeber zur Verfügung gestellten Kleidung wusste er, dass man sowohl seine Größe als auch seine Vorlieben, was Farben und Schnittmuster anging, kannte. Nichts blieb geheim, keine Informationen, die man vor dem Netz verbergen konnte. Es sei denn, man hieß Nicolas Ragg und nutzte Geld, Daten und Ressourcen, um das Netz von der eigenen Anwesenheit zu säubern.

Jeremiah kehrte zurück in den Hauptraum, versandte eine Testdatei an die Haussysteme, darin verborgen ein sehr gut versteckter Trojaner, der ihm eine Backdoor einbauen sollte. Doch die Annahme wurde wegen Sicherheitsbedenken verweigert.

»Mist!« Er setzte sich auf das Sofa und startete eine Netzsuche nach Delphine Dessert. Allerdings mit wenig Erfolg. Die junge Frau schien so etwas wie ein Netzgeist zu sein. Keine Social-Media-Kanäle, keine nachweisbare Nutzung von sozialen Netzwerken oder Messengerdiensten. Auch die Suche in der Mitarbeiterdatenbank von Ragg Time Enterprises, dem Mutterkonzern sämtlicher Ragg-Beteiligungen, ergab keinen Treffer.

Jeremiah lächelte. Ein Geheimnis. So etwas passte zu seiner Aufgabe, für die er einen exorbitanten Geldbetrag erhalten hatte.

Wie wahrscheinlich war es gewesen, dass sie ihm ganz zufällig bereits auf der Anreise über den Weg laufen würde, vor allem, wenn man bedachte, dass ihn erst das Unwetter zu einem Umweg gezwungen hatte.

»Oder ist das nur ein Teil eines ausgefuchsten Plans?«, murmelte Jeremiah und schalt sich dann selbst innerlich für diesen Gedanken. Nur nicht paranoid werden.

Er suchte konzentriert nach Daten zu der Armilla. Aber eine kurze Recherche ergab keine verwertbaren, belastbaren Informationen. Es gab wohl nur einen Prototyp und tausende Nerds, die sich davon den nächsten Quantensprung in der technischen Entwicklung erwarteten und dementsprechend losfabulierten, was die Features der Armilla anging.

Jeremiah beendete die Netzarbeit frustriert. Die Opti-Lenses schalteten auf neutral um. Sofort hellte sich der Raum wieder auf, ein unmerklicher Vorgang, der den meisten Nutzern gar nicht auffiel.

Jeremiah stemmte sich vom Sitz hoch und ging ins Bad. Er entledigte sich seiner Kleidung und stellte sich in die geräumige Duschkabine. Aus der Decke prasselte es in der Einstellung einer Regenwalddusche herunter. Als schließlich die Ventilatoren flüsterleise einen Trocknungssturm entfachten, war er endgültig begeistert.

Es war die beste Dusche seines Lebens gewesen.

Jeremiah wählte eine legere Abendgarderobe. Er wollte HAL nicht fragen, ob es eine Kleiderordnung fürs Dinner gab, und verließ sich darauf, dass die Hauseinheit ihn schon zurückhalten würde, wenn er gegen eine unausgesprochene Etikette verstoßen würde.

Auf dem Sideboard im Hauptraum blinkte eine winzige gelbe Leuchtdiode an der Armilla. Das Signal wiederholte sich, lockte

Jeremiah an. Er trat näher und musterte das halbzentimeterbreite, metallisch schimmernde Armband, in dessen Mitte der übliche Minimonitor verbaut war. Im Gegensatz zu seiner eigenen Smartwatch wirkte das komplette Design futuristisch elegant.

Selbst die Halterung hatte etwas Unwirkliches, aus einem Sci-Fi-Film Stammendes.

Die Diode blinkte erneut.

Jeremiah wich zurück, gelangte zur Überzeugung, dass es sich um ein vergiftetes Geschenk handelte. Er spürte eine Präsenz, eine Bedrohung, als wolle ihm die Welt mitteilen, dass er besser ohne die Armilla dran wäre. Wie eine Welle überspülte ihn der Gedanke, dass, wenn das Ende der Welt sich räumlich und zeitlich auf einen Punkt fixieren lassen würde, die lockende Büchse der Pandora auf dem Sideboard und dieser 28. September 2081 im Sanktuarium des Nicolas Ragg exakt dieser Punkt sein könnten.

Er trat drei Schritte zurück und schrak zusammen, als HAL sich meldete.

»Das Dinner wird bald serviert, Mr. Schnitzer«, erklang die Stimme der Hauseinheit. »Allerdings hat sich eine Änderung der Örtlichkeit ergeben. Das Essen wird im kleinen Salon kredenzt.«

»Danke«, bestätigte Jeremiah, dessen Hals kratzte, so trocken war seine Kehle.

»Kann ich Ihnen mit der Armilla weiterhelfen?«, erkundigte sich HAL mit beflissenem, ja beinahe eifrig klingendem Tonfall.

»Kannst du mir die genauen Spezifikationen verraten?«

»Zu meinem Bedauern, nein. Aber Sie können ein Tutorial abrufen, sobald Sie die Armilla angelegt haben, Mr. Schnitzer.«

Jeremiah bildete sich ein, einen drängenden Unterton herauszuhören. »Später. Vielleicht. Oder morgen. Ich werde sehen.« Er breitete die Arme aus, registrierte die perfekte Passform des Anzugs. »Bin ich passend gekleidet?«

»Natürlich, Mr. Schnitzer. Ich markiere den Weg in den Salon für Sie.«

»Danke. Einen Moment noch.« Jeremiah atmete durch, aktivierte die Sprachaufzeichnung seiner Smartwatch. Eine grün blinkende Leuchtdiode bestätigte die Funktion. »Raven«, sagte er leise, »die Anreise hat sich leicht verzögert. Das E-Mobil musste einen Umweg machen. Aber inzwischen bin ich sicher angekommen. Das Sanktuarium ist hoch geschützt. Ragg besteht auf höchstmöglicher Privatsphäre. So ist mir nun klar, warum unsere Recherchen so wenig ergeben haben.« Jeremiah musste bei dem Gedanken an Ravens Stirnrunzeln lächeln. Sie mochte es nicht, wenn er seine Mitarbeiterin und Teilzeitgeliebte als niedlich oder süß bezeichnete. Sobald sie sich über ihr vermeintliches Versagen aufregte und die Stirn unter wellenförmigen Falten verschwand, konnte er nicht anders, als sie süß zu finden. Und er mochte es, wenn sie sich darüber ärgerte, wenn er es aussprach.

»Bei der Anreise stieg eine Delphine Dessert in mein Mobil«, ergänzte er seinen Bericht. »Könntest du bitte eine Tiefennetzsuche initiieren? Ich bräuchte Informationen. Sie muss irgendwie zu Ragg gehören. Ah, und noch eines ...« Er schwieg kurz. »Ich vermisse dich. Aufzeichnung Ende. Datei verschlüsseln und an Raven Munin – RM 23 versenden«, beendete er die Sprachaufnahme und wartete kurz auf die Sendebestätigung. Dann wandte er sich um.

Die Ausgangstür umrahmten gelbe LEDs. Die Tür glitt zur Seite. Auf dem Boden wies ihm eine gleichfarbige Linie, die durch den runden Vorraum des Besuchertrakts schnurgerade zu einem Gang führte, den Weg.

»Bitte folgen Sie dem Wegweiser.«

»Zu Befehl, HAL.« Jeremiah trat aus seiner Suite und sah sich zu den anderen Zimmern um. Alle blieben verschlossen. »Sind hier noch weitere Gäste untergebracht, HAL?«

»Nein, Mr. Schnitzer. Dieser Bereich des Sanktuariums ist den Besuchern vorbehalten, die nicht dauerhaft hier wohnen. Die übrigen derzeit Anwesenden verfügen über private Areale innerhalb des Anwesens.«

»Oh, nun gut.« Jeremiah orientierte sich an der gelben Linie im Boden, deren Leuchtkraft nach dem Passieren langsam herunterdimmte, bis die Markierung gar nicht mehr zu sehen war.

Der Korridor, durch den ihn HAL führte, war relativ eng und niedrig angelegt. Er wirkte auf Jeremiah wie ein Verbindungsgang einer Raumstation. Schmucklos, nur ein Tunnel, um von A nach B zu kommen.

Nachdem er zweimal an Kreuzungen rechts abgebogen war, erreichte er einen deutlich geräumigeren Flurbereich, der in einer engen Linkskurve verlief. An der äußeren Wand hingen in regelmäßigen Abständen Ölgemälde hinter einer Schutzglasfront.

Ein van Gogh fiel Jeremiah besonders auf, weil er das Kunstwerk kannte. Auch einige weitere Klassiker waren darunter, die Jeremiah nicht zuordnen konnte, obwohl sie ihm vertraut vorkamen.

Er wollte schon seine Linse aktivieren, um Künstler und Titel zu erfragen, widerstand dann jedoch dem Impuls und schalt sich selbst einen Narren. Dafür war er nicht angereist, bis ans Ende der Welt, um sich Gemälde anzusehen. Er hatte einen Auftrag.

Die Linkskurve endete mit einem 90-Grad-Knick nach rechts.

Jeremiah bog ab und prallte beinahe in einen Mann, der den Kopf gesenkt hielt und mit hängenden Schultern mit dem Rücken an der Wand des nächsten Gangs lehnte.

»Hoh!«, entwich ein Schreckensruf Jeremiahs Kehle. »Verzeihung.«

Erst da bemerkte er die blicklosen Augen, die nur mechanisch blinzelten.

Jeremiah baute sich dicht vor dem Mann auf und musterte Körperhaltung und Gesicht ganz genau. »Ein Plug-in, siehe da«, murmelte er. »Guten Abend.«

Der Kopf bewegte sich ruckartig, der gesamte Oberkörper streckte sich, bis der Puppet aufrecht stand. »Guten Abend.«

Es war offensichtlich, dass der Besitzer des Plug-ins die Fäden gekappt hatte. Der künstliche Körper arbeitete im Automatikmodus.

»Dein Name?«

»Elias Troublemaker.«

»Troublemaker, Troublemaker«, wiederholte Jeremiah nachdenklich. Der Name ließ ein leises Glöckchen klingeln, doch ohne ins Netz zu gehen, würde er nicht herausfinden, wer der Besitzer war. »Warum wurdest du hier abgestellt?«

Die Schultern des Plug-ins zuckten. Eine unnatürliche, mechanische Bewegung. Obwohl die Puppets rein äußerlich nicht von Menschen zu unterscheiden waren, wirkten sie im Automatikmodus, also wenn sie nicht von ihrem Besitzer gesteuert wurden, eher wie ein Roboter oder Android aus einem antiken Film. So wie man sich künstliche Menschen vorgestellt hatte.

Erst mit voller Konnektion sprach der Plug-in und bewegte sich nach dem Willen seines Besitzers.

Die meisten verwendeten exakte Kopien eines jüngeren Ichs als Vorbild für die künstlichen Körper.

Das Gesicht von Elias Troublemakers Plug-in erinnerte Jeremiah vage an einen Gamer aus der Profiliga. Aber das konnte auch täuschen.

»Danke, Elias«, sagte Jeremiah. »Ich muss jetzt weiter.«

»Soll ich Sie begleiten?«, erkundigte sich die Automatiksteuerung des Plug-ins.

Jeremiah wusste um die zahlreichen Berichte von verwirrten Plug-in-Nutzern, deren Puppets während solcher inaktiven Phasen an einen anderen Ort versetzt worden waren. Es ähnelte wohl einem leichten Schwindel, einer Desorientierung, die sogar Übelkeit erzeugen konnte, sobald die Verbindung wiederhergestellt worden war.

Das wollte er dem echten Troublemaker nicht antun. »Nein. Bleib nur.«

Er wartete die Antwort nicht ab, sondern eilte der gelben Führungslinie nach. Wie von unsichtbarer Hand geleitet, reihte Jeremiah Schritt an Schritt, verlor für einen Moment das Gefühl für die verstrichene Zeit. Er betrat eine ganze Flucht von größeren Räumen, an deren Seiten jeweils mehrere Türen zu sehen waren, alle geschlossen, die Verheißung weiterer Geheimnisse.

Im vierten oder fünften Raum bildete eine Videoinstallation die Decke. Eine dreidimensionale Darstellung der aktuellen Sternenkonstellationen, vermutete Jeremiah, der seinen Blick kaum abzuwenden vermochte.

Am Durchgang zum nächsten Bereich lehnte eine junge Frau mit knielangen glatten schwarzen Haaren und asiatischem Gesicht an der Wand. Sie trug ein körperenges Kleid in Lila, das bei jeder Bewegung den Eindruck vermittelte, es fließe Wasser an ihr herab. Sie lächelte Jeremiah an, da erkannte er sie.

»Madame Nozomi?«, fragte er leise und deutete eine Verbeugung an.

»Oh, ein Fan?«, erkundigte sie sich.

»Eher nicht. Verzeihen Sie meine Offenheit«, bekannte Jeremiah. »Ich halte Sie allerdings für eine der letzten Hoffnungen der Marsianer.«

»Oh, vielen Dank«, antwortete Ivy North und sah ihn dabei mit leicht zur Seite geneigtem Kopf an. Ihre Stimme war in der Realität noch angenehmer und auf eine gewisse Art und Weise auch erotisch, wie Jeremiah fand. North gehörte zum Team, das sich um das Seelenheil der auf dem Mars lebenden Siedler kümmerte. Als weltweit berühmtester Online-Life-Coach war ihr Bild beinahe jedem Menschen der westlichen Welt bekannt, der nicht gänzlich auf jegliche Mediennutzung verzichtete. Ihre Social-Media-Kanäle zählten Millionen von Abonnenten. Eine Einzelsitzung bei Madame Nozomi, wie sie sich nannte, zu buchen war mittlerweile nahezu unmöglich. Die Warteliste für freie Plätze war extrem lang. Bis zu acht Jahre konnte es dauern.

Jeremiah war überrascht, sie auf dem Anwesen Raggs anzutreffen. Natürlich hielt North ihren Aufenthaltsort geheim, doch alle Vermutungen und Recherchen von Netzreportern deuteten auf ein Farmensemble in der Nähe von Southerndown in Wales hin.

»Darf ich fragen, was Sie hier tun?«, erkundigte sich Jeremiah.

»Nici gewährt mir eine sichere Zuflucht, Mr. Schnitzer.«

Jeremiah registrierte, dass sie ihn beim Namen nannte. Entweder gehörte sie zu den gut informierten Menschen, die er mit seiner Botschaft erreichte, oder Ragg hatte ihr verraten, wer kam. Vielleicht hatte sie es auch über die erweiterte Realität ihrer Augenlinse erfahren. Jeremiah sah das blitzende Metall der Armilla an ihrem rechten Handgelenk. Sie schien keine Bedenken zu haben, was deren Gebrauch anging.

»Kommen Sie, Mr. Schnitzer. Ich habe Hunger und nur wenig Zeit. Meine Schicht beginnt in rund zwei Stunden.« Sie löste sich von der Wand. Jeremiah starrte das Kleid an. In dem Stoff waren wohl Videofilamente vernäht, die Ivy North nach Belieben steuern konnte. Sie änderte den Effekt von fließendem

Wasser in violett schimmerndes Nordlicht. Beeindruckend, dachte er und folgte ihr.

Sie durchquerten den nächsten Raum. Ein Urwald mit Palmen und einem künstlichen Wasserfall befand sich im hinteren linken Bereich. Warme, feuchte Luft schlug Jeremiah entgegen, die stark nach Moder roch. Zur rechten Seite des markierten Wegs sah er einen Schreibtisch und einen Mann mit schütterem blondem Haar und einem ungewöhnlich dicken Bauch, der an eine Schwangere kurz vor der Geburt erinnerte. Dabei wirkte der Mann äußerst agil. Er tanzte mit gelenken Bewegungen um den Schreibtisch herum, auf dem ein Notebook aufgeschlagen stand. Der Tanz hätte einer Dokumentation über Ureinwohner tropischer Inseln entstammen können. Vollkommen in sich versunken ignorierte der Mann den Gruß von North, die allerdings nicht beleidigt aussah und einfach weiterging.

»Wer war das?«, fragte Jeremiah, als sie im nächsten, nun wieder vollklimatisierten Bereich ankamen. North hielt auf eine gewendelte Treppe zu, stoppte augenblicklich, als sie die Frage vernahm, und wandte sich zu Jeremiah um. »Sagt Ihnen der Name Obane Thamine etwas?«

»Der Schriftsteller?«

»Kein Schriftsteller. Der letzte Dramatiker, der noch Stücke für ein klassisches Real-Life-Theater schreibt, Mr. Schnitzer. Nicht mehr und nicht weniger. Er gehört zu einer aussterbenden Spezies und ohne die Unterstützung seines Freundes und Sponsors Nicolas Ragg wäre er längst verhungert. Vier Jahre benötigte er für sein letztes Drama. Aber es war gut, nein, eigentlich phantastisch. Ich saß in der ersten Reihe und fühlte mich in jeder Sekunde privilegiert.«

»Ich verspreche, meine Wissenslücke zu schließen«, sagte Jeremiah und ertrug die nächsten Blicke Norths, die er schwer einordnen konnte, bevor sie sich abwandte und wieder auf die

Treppe zuging. »Der kleine Salon ist oben. Mit Rundumblick und bequemen Sitzgelegenheiten«, erklärte sie.

Jeremiah vermutete, dass es in dem gesamten Sanktuarium keine unbequemen Sitze geben würde, schwieg jedoch dazu. Ein Life-Coach, der Smalltalk betrieb? Ivy North überraschte ihn.

Eine gläserne Kuppel erwartete Jeremiah im oberen Bereich, der wie ein Ei geformt war. Zentral beherrschte den Raum ein ovaler Sockel, auf dem eine Platte installiert war. An der Tafel hätten gut und gerne ein Dutzend Gäste speisen können, doch Jeremiah sah lediglich drei Gedecke. Zwei auf der ihm zugewandten Seite und gegenüber ...

»Namaste!«, schmetterte ein wahrer Hüne von einem Kerl ihnen entgegen. Er trug ein grobstoffiges schneeweißes Hemd, dessen Ausschnitt bis zum halben Bauch reichen musste. So konnte man seinen dunklen und grau melierten Brustpelz sehen. Der passte auch zu den langen, teils recht schütteren, lockigen grau-schwarzen Haaren, die sein Gesicht umrahmten. Seine Haut war leicht gebräunt und dennoch sah man ihr sein Alter an. Viele Fältchen rund um die Augen und den Mund verliehen ihm ein freundliches, sogar einnehmendes Aussehen.

Jeremiah kam in den Sinn, dass der Unbekannte sicherlich mehr als zwei Meter groß wäre, wenn seine Beine, von der Tischplatte verdeckt, nur annähernd den Proportionen des Oberkörpers entsprächen.

»Setzt euch doch! Die heiligen Speisen warten nur auf euch.«

Jeremiah versuchte Blickkontakt mit North herzustellen. Allerdings schien ihr das irritierende affektierte Verhalten des anderen Gastes nicht sonderlich beachtenswert. Sie setzte sich an einen der beiden freien Plätze, grüßte nicht und mied jeden Augenkontakt mit Jeremiah.

So blieb ihm nur übrig, sich ebenfalls zu setzen. »Wer sind Sie?«, fragte er über den Tisch hinweg. Der Hüne saß rund drei

Meter entfernt, runzelte die Stirn, bevor wieder das seltsam entrückte Lächeln auf seinem Gesicht erschien. »Jobert Rickter, Mr. Schnitzer. Namaste. Wie ich bemerke, trägst du keine Armilla. Warum nicht? Sie ist ein wahres Gottesgeschenk.«

»Darüber kann man sicherlich streiten, Mr. Rickter.«

»Nenn mich Joseph. Bitte«, entgegnete Rickter und deutete eine Verbeugung an.

»Jeremiah oder Jerry, ganz wie du willst.«

Der Hüne wiederholte die leichte Verbeugung. »Die Armilla ist ein Wunderwerk, hilft in allen Lebenslagen, Jerry«, startete Rickter seinen Monolog. »Die Prägung gehört zum Aufregendsten, was mir je widerfahren ist. Mehr noch als meine vier Eheschließungen. Es ist, als würdest du eins werden. Mit dir, deinem Körper, deinen Gedanken und dem ganzen Universum. Ich liebe sie. Und Raggi dafür, dass er sie in Auftrag gegeben hat. Aber schließlich lieben wir alle unseren Gastgeber und Wohltäter, nicht wahr? Warum bist du hier, Jerry?«

Kurzzeitig von der physischen Präsenz des Hünen abgelenkt, erwachte Jeremiah wie aus einem Tagtraum. Er überlegte und kam zum Entschluss, dass es keinen Grund gab, seinen Auftrag zu verheimlichen.

»Mr. Ragg hat mich engagiert«, bekannte er also.

»Engagiert? Kein Gast?«, mischte sich North ein, deren Stimme plötzlich nervös klang.

Jeremiah sah sie an. »Ist das so außergewöhnlich?«

»Oh. Ja, schon, in der Tat«, erwiderte sie. »Wir sind eine kleine Gemeinschaft von ganz unterschiedlichen Talenten und alle auf Einladung von Nici hier.«

»Von wie vielen Gästen sprechen wir?«, erkundigte sich Jeremiah.

»Das weiß ich nicht, Mr. Schnitzer.« North wirkte empört. »Niemand weiß es. Wir sind hier privat. Sie wissen, was privat bedeutet?«

»Nur ruhig, Ivy«, mischte sich Rickter ein. »Essen wir doch. Jerry wird Hunger haben. Ich höre seinen Magen bis zu mir herüber knurren. Er wird uns sicher auch verraten, was sein Auftrag ist.«

Jeremiah wollte sofort antworten, wurde aber von einem quadratischen Kastenwagen abgelenkt, der neben ihm hielt. Auf der obersten Ablage standen eine kleine Schale mit dampfender Suppe und zwei Teller, die jeweils mit einem glockenförmigen Deckel abgedeckt waren.

Andere Gefährte stoppten neben North und Rickter, die beide zugriffen.

Jeremiah schnüffelte an der Suppe. Lauchcreme, vermutete er. Nicht gerade seine bevorzugte Vorspeise, doch als er löffelte und probierte, fand er sie ganz lecker. Ein unbekannter Beigeschmack, ein Gewürz oder ein Geschmacksverstärker war darin verarbeitet worden. Nicht unangenehm, aber deutlich bemerkbar.

Er sah nach oben zur gläsernen Kuppel, glaubte Sterne erkennen zu können. Als ein Wetterleuchten die dichte Wolkenfront erhellte, wurde ihm klar, dass es nur Lichtreflexe waren, die sich in den Tropfen fingen, die der Sturm über die Oberfläche trieb.

Er leerte die Suppe bis auf den letzten Rest, stellte die Schale zurück auf den Servierwagen und lugte unter die beiden Abdeckungen. Es gab Fisch in Weißweinsoße mit Gnocchi und ein Stück Braten mit kräftiger Soße und Klößen.

North und Rickter hatten jeweils nur einen Teller auf den Wagen stehen und griffen zu.

Jeremiah entschied sich für das Fleisch, das von sehr angenehmer Konsistenz war und beim Kauen im Mund förmlich zerfloss.

»Wenn du die Armilla tragen würdest, wüsste HAL sofort, was du bevorzugst, und würde nur das servieren, Jerry«, meinte Rickter, der Risotto löffelte.

»Er hat meinen Geschmack ziemlich gut getroffen«, widersprach Jeremiah.

»Auswertungen deiner Bestellungen im öffentlichen Raum, deiner Social-Media-Kanäle und deiner Einkaufslisten, Jerry.« Rickter grinste.

»Schöne neue Welt, wenn dein Gastgeber weiß, was du essen wirst. Fehlt aber ein wenig die Überraschung, nicht wahr?«, meckerte Jeremiah.

North, die ebenfalls Fleisch auf dem Teller vor sich hatte, allerdings ein deutlich kleineres Stück, legte das Besteck beiseite. »Sie wissen schon, dass wir hier im Sanktuarium absolut autark leben?« Sie wirkte aufgebracht, gar nicht so souverän wie noch zu Beginn der Bekanntschaft. »Es ist wichtig, mit den Ressourcen sorgfältig umzugehen. Alles wird recycelt, Mr. Schnitzer, nichts umsonst produziert.«

Jeremiah deutete auf sein Fleisch. »Breedmeat?«

»Ja, natürlich, Mr. Schnitzer«, entgegnete sie vorwurfsvoll. »Das Sanktuarium verfügt über eine eigene Zuchtfarm für Breedmeat und Fischerzeugnisse. Laborfleisch vom Feinsten, ohne dass ein Lebewesen dafür sterben muss.«

»Ehre das Leben!«, rief Rickter dazwischen.

»Eine Laborfarm für Multigetreide und eine Wasseraufbereitung gehören ebenfalls dazu«, sagte North und ignorierte Rickters Zwischenruf.

»Nun gut«, versuchte sich Jeremiah an einer Beschwichtigung. »Man hätte mich fragen können, was ich zum Abendessen wünsche. Hätte denselben Effekt.«

»Nicis Haus, Nicis Regeln. Nehmen Sie eine Armilla und HAL erledigt den Rest. Ist nicht nur eine Frage des ökologischen Verhaltens, sondern auch eine des Respekts vor unserem Gönner und Gastgeber.«

Jeremiah beendete die Mahlzeit. »Warum sind Sie wütend?«, fragte er North. »Weil ich kein Gast bin wie jeder andere hier? Oder weil Ihnen Mr. Ragg nicht verraten hat, warum ich eingeladen wurde? Was mein Job ist?«

Sie hatte sich gut im Griff. Nach einem angedeuteten Aufflackern des Zorns atmete sie beinahe normal weiter. Sie gab sich zumindest den Anschein und lächelte ihn an. »Was ist Ihr Job?«

»Ich bin hier, um eine Künstliche Intelligenz auffliegen zu lassen, die sich, wahrscheinlich unerkannt von allen übrigen Gästen, im Sanktuarium aufhält. Sie nutzt einen Plug-in, so wie viele von Ihnen auch. Nur dass sie kein echter Mensch ist.«

»Lächerlich«, entfuhr es der Online-Life-Coachess. Sie wandte sich ab.

Jeremiah spürte ein Zittern unter den Füßen, als würde der Boden wackeln. Er musterte seine Hände, für die er unvermittelt wieder jegliches Gefühl verloren hatte. Doch bevor er sich noch Gedanken machen konnte, war es vorbei. Er sah auf.

Rickter bewegte sich von seinem Sitzplatz weg. Es wirkte wie ein Gleiten, und als er um den Tisch herum war, erkannte Jeremiah auch, was diese Fortbewegung ermöglichte. Joseph Robert Rickter, der Hüne, war nur ein halber Mann. Ihm fehlte die komplette untere Körperhälfte, etwa ab dem Bauchnabel. Er steckte in einem modernen Rollstuhl, den er ohne erkennbaren Joystick steuerte.

Jeremiah vermutete, dass die Kontrolle via Armilla erfolgte.

Rickter stoppte seinen rollenden Unterleib dicht neben Jeremiah. »Ich, mein Lieber, bin es nicht. Alles an mir, wenigstens von der Hälfte an aufwärts, ist zutiefst menschlich.«

Jeremiah musterte ihn emotionslos. »Das würde eine KI, die sich vor mir und allen anderen verbirgt, genauso behaupten, Joseph. Ich bin hier, um einen Turing-Test unter realen Bedingungen durchzuführen.«

»Was ist mit HAL?«, erkundigte sich Rickter.

»Die Hausanlagenlenkung verschleiert nicht, was sie ist«, entgegnete Jeremiah. »Meine Aufgabe ist es, eine echte KI zu enttarnen. Eine, die sich unter die Menschen mischen kann, ohne dass sie auffällt, die sich also verstecken könnte. Eine Gefahr. Für mich, für uns, für alle. Denn die Rechenkapazität einer echten KI übertrifft unsere Möglichkeiten bei Weitem.«

»Wäre das so schlimm?«

»Wenn sie friedlich bleibt, sich nicht bedroht fühlt und keine Nachkommen produziert, nicht. Aber wollen wir das Risiko eingehen?«

North erhob sich, stellte sich neben den Rollstuhl. »Da ist er! Der wahre Jeremiah H. Schnitzer. Ein Prediger der Vernunft. Der letzte Mensch auf Erden, der uns vor allem Übel bewahren möchte! Wollen Sie uns als Anhänger Ihres obskuren Verschwörungskults gewinnen? Wenn ja, dann sind Sie bei mir an die Falsche geraten.«

Jeremiah hob wie zur Entschuldigung die Hände. »Ich bin nicht hier, um jemanden zu überzeugen. Nicolas Ragg lud mich ein. Ich soll herausfinden, wer von den Anwesenden eine KI ist. Ich habe drei Tage, vielleicht mehr, wenn nötig. Und ich beabsichtige, erfolgreich zu sein.«

»Ich wünsche dir viel Glück, Jerry.« Rickter nickte ihm zu. »Aber niemand von uns weiß, wie viele wir hier im Sanktuarium sind. Ich lebe seit Monaten hier und noch letzte Woche begegnete mir jemand im Tropenwald, den ich bislang nicht getroffen hatte. Das ist auch eine der Fragen, die die Armilla nicht beantwortet. Raggi lebt Privacy. Es ist sein Geschenk an jeden von uns hier. Somit wird nur öffentlich, was öffentlich werden soll.«

»Bist du dir da sicher, Joseph?«, hakte Jeremiah nach. Als der Hüne die Augenbrauen hob, setzte er zu einer Erklärung an. »HAL kennt jeden Armillaträger und alle, die keine tragen. Und mit ihm auch unser Gastgeber, oder nicht? Was ist da die sogenannte Privacy noch wert? Es gibt keinen Unterschied zwischen dem großen Bruder hier drinnen und dem dort draußen. Niemand entgeht dem Radar der allgemeinen Datensammelwut, niemand, der nicht in den Schatten leben möchte, ohne Zugang zu Bildung, Nahrung, Wohlstand und Sicherheit. In diesem Sanktuarium mag der Diktator weniger gefährlich erscheinen. Ihr sonnt euch im Glanz seiner vorgeblichen oder tatsächlichen Philanthropie. Doch er bleibt der Herr über eure Daten.«

Jeremiah musterte das nun nachdenklich wirkende Gesicht Rickters. Er fühlte sich leicht euphorisch, wie jedes Mal, wenn er zu dozieren begann. Das war der wahre Grund für seine Social-Media-Aktivitäten. Er liebte es, Menschen zum Denken zu zwingen, liebte sich selbst in jenen Momenten, in denen es ihm augenscheinlich gelang.

Schnelle Schritte erklangen, die alle drei Anwesenden dazu brachten, den Kopf zu wenden. Eine schlanke Gestalt hetzte die Treppe hoch in den Kuppelsaal. Es war Delphine Dessert, die zu ihnen hinaufeilte. Am Treppenabsatz blieb sie stehen, sah die drei Gäste an. »Noch jemand Interesse an einer Suchaktion?«, rief sie ihnen zu. »Simon ist draußen und hat – mal wieder – seine Armilla abgestreift. Jeder, der möchte, kann an der Suche teilnehmen.«

»Warum schickt ihr keine Drohnen?«, fragte Jeremiah.

Delphine Dessert betrachtete ihn beiläufig. »Man mag es hier nicht merken, doch draußen sinkt die verdammte Windgeschwindigkeit nicht unter 110 Stundenkilometer. Es ist ein massiver Herbststurm. Flugdrohneneinsatz unmöglich. Und die fahrbaren bodennahen Drohnen sind bereits unterwegs. Allerdings ist das Grundstück groß, Jerry. Ich frage auch nur, wer möchte. Ist absolut freiwillig.«

North nickte. »Ich kehre in meinen Bereich zurück.« Sie ging.

Rickter presste die Handflächen vor seiner Brust zu einer betenden Bewegung. »So leid es mir tut, ich muss pausieren. Raggi war da eindeutig.«

»Ich suche mit.« Jeremiah erhob sich. »Wohin muss ich?«

»Nein, du nicht, Jerry.« Delphine schüttelte energisch den Kopf. »Ich kann und ich werde«, widersprach Jeremiah und rannte ihr nach, als sie die Treppe hinuntereilte.

Massive metallene Tore, deren Gewicht von einer Gefahr kündete, die Jeremiah nicht einordnen konnte, öffneten sich mit einem Donnergrollen. Sofort packte ihn der Sturm, der in der Nacht tobte, mit aller Macht, presste und zerrte an ihm. Sand, Tropfen, Blattwerk und Dreck fegten durch die breiter werdende Öffnung herein. Wie bei einer Orgel, die ein gewissenloser Spieler malträtierte, änderte sich die Tonhöhe des pfeifenden Windes. Jeremiah prüfte den Sitz der Schutzmaske, die das komplette Gesicht verdeckte. Um ihn herum standen zwölf Gestalten unterschiedlicher Größe und Statur, darunter auch die grazile Delphine, die das Signal zum Aufbruch gab.

Außer ihm steuerten alle ihre Plug-ins von sicherer Stelle aus in ihren jeweiligen Privaträumen. Die Verbindung funktionierte offensichtlich dank der Armillas ohne Verzögerung.

Delphine hatte letztlich nachgegeben. Sie, beziehungsweise ihr Puppet, deutete auf einen kleinen Ball zu Jeremiahs Füßen.

»Der Rollerboy bleibt bei dir und verstärkt die Signale deines Armbands, damit HAL jederzeit weiß, wo du bist. Dein Suchgebiet ist markiert. Nicht verlassen! Falls du Simon findest, lös Evakuierungsalarm aus. HAL schickt dann einen Androidentrupp. Und die Zeit im Freien beschränkst du bitte auf eine Stunde. Eine Warnung wird automatisch eingestellt. Halt dich dran, bitte. Es ist gefährlich.«

»Wegen des Windes?«, fragte Jeremiah nach, der seine eigenen Worte hörte, als wäre er in einem schalldichten Raum eingesperrt.

Delphines Stimme klang unverändert über die eingebauten Lautsprecher. »Unterschätz nicht die Kraft der Natur. Für einen Stadtmenschen wie dich, der bei Regen und Sturm einfach zu Hause bleibt, stellt so ein Unwetter eine Lebensbedrohung dar. Scheu dich nicht, um Hilfe zu bitten, wenn du in Not gerätst.«

»So schlimm wird es schon nicht werden, Delphine. Ich bin Schlimmeres gewohnt.«

Die Eins-zu-eins-Kopie Delphines zeigte ein zweifelndes Gesicht, das man selbst unter der Schutzmaske erkennen konnte. Dann gab sie das Zeichen zum Aufbruch.

Jeremiahs Begleiter stapften hinaus in die Dunkelheit, aktivierten die Scheinwerfer der Masken. Eng konturierte Lichtkegel erhellten partiell die Nacht.

Jeremiah tat es ihnen nach und verließ den Schutz des Hangars. Er strauchelte sofort, als eine Böe ihn von der Seite erwischte.

Tiefer geduckt arbeitete er sich bis zu dem kleinen markierten Fußweg vor, dem er bis zu seinem Sektor folgen sollte. Die Anweisungen des Navis in der Augmented Reality führten ihn sicher durch das Gelände. Der schmale Pfad verlief zwischen bodendeckenden Büschen, die der Macht des Windes trotzten. Er selbst musste mehrfach um sein Gleichgewicht kämpfen. Zum

Glück blieb es nahezu trocken. Nur vereinzelt schleuderte es Tropfen aus den bedrohlich wirkenden Wolken, die sich wie leichte Peitschenhiebe anfühlten, wenn sie auf seinen Arm oder den Rücken klatschten.

Endlich erreichte er sein Suchareal, rund hundert mal dreihundert Meter in Richtung der Mauern, die das Sanktuarium umschlossen. Die Landschaft war hier deutlich urwüchsiger. Der Weg führte Jeremiah in tiefe Dünentäler, in denen er kaum etwas von dem Sturm mitbekam, außer dass es infernalisch über ihm heulte. Doch immer wieder musste er Kämme erklimmen, an deren Spitze der Wind mit ihm spielte. Mal hielt er ihn auf, mal schubste ihn eine Böe voran, sodass er zu Boden stürzte.

Bei all der Anstrengung, Jeremiah atmete inzwischen recht schwer, vergaß er beinahe, was seine Aufgabe war.

Der kleine Rollerboy, zehn Zentimeter hoch, folgte ihm auf Schritt und Tritt und übertrug die regelmäßigen Mir-geht-es-gut-Signale an HAL. Jeremiahs Armband war nutzlos, die Verbindung zum Haus längst abgebrochen.

Jeremiah kauerte sich für einen Moment an einen Dünenberg, schnappte nach Luft, um sich zu erholen. Die Infos, die ihm Delphine zu dem Objekt der Suche gegeben hatte, kamen ihm in den Sinn.

Der verschwundene Simon Vansang galt in der Prepper-Szene als eine Art Kultfigur. Klein und muskulös, als ehemaliger Einzelkämpfer des belgischen Geheimdienstes und Ausbilder der Spezialeinheiten der französischen Fremdenlegion hatte er sich vor sieben Jahren aus dem aktiven Dienst zurückgezogen und sein privates »Reich« gegründet. Exterritorial und abgelegen lebte er mit seinen Hunden auf den Resten einer an Land geschwemmten Ölplattform und bereitete sich auf den Weltuntergang vor. Seine Anhänger liebten – neben den üblichen Anleitungen zur Selbstversorgung und Lagerhaltung – die schrägen Videos, die Vansang ins Netz stellte, Schnipsel aus antiken Filmen, in die er seinen eigenen Körper projizierte, sodass es aussah, als würde er gegen längst verstorbene Menschen kämpfen.

Vansang war ein Typ unter lauter Individualisten und Spinnern, was viel heißen mochte. Und Jeremiah fragte sich, was ihn veranlasst hatte, hierherzureisen. Vielleicht war er ein Spezialist, den Ragg eingeladen hatte, um sein Sanktuarium für alle Eventualitäten zu rüsten.

Jeremiah spürte die Erschöpfung mit aller Macht zupacken. Delphines Worte bekamen jetzt eine neue Bedeutung. Für diese Art der Anstrengung war er nicht geeignet. Seine Beine wurden müder vom ewigen Auf- und Abstieg durch das hügelige Gelände. Der nachgebende Sand machte es noch ermüdender.

Im Licht der Schutzmaskenlampe fegten nun auch mehr Regentropfen an ihm vorbei. Er kletterte auf eine Dünenspitze, der ungleichmäßige Wind schüttelte ihn durch. Langsam leuchtete er die Umgebung ab, drehte den Kopf und damit die Lichtquelle im Uhrzeigersinn. Kein Mensch war zu sehen.

Etwas Hartes traf ihn seitlich an der Schläfe. Er zuckte zusammen und stapfte aufgeschreckt den Hang hinunter, wo sofort die Windwirkung nachließ. Hier reihten sich einige sanftere Dünenerhebungen aneinander, umringt von höheren, mit Dünengras bedeckten Sandbergen. In der relativen Windstille vollführte er einen weiteren Sichtschwenk.

Ein schwarzer Schatten in der Peripherie verschwand hinter einem Busch. Jeremiahs Herz schlug schneller. Er spähte intensiv in die Richtung, doch außer dem Schwanken der Büsche bewegte sich dort nichts. »Rollerboy«, sendete er per Funk an die Miniatur-Begleitdrohne, »rechts voraus. Ich markiere den Ort mit meiner Leuchte. Schau dich um!«

In seiner Linse las er Rollerboys Bestätigung Rollerboys. Die kleine Kugel rollte vor, die grüne Leuchtdiode auf der Oberseite signalisierte Bereitschaft. Mit angehaltenem Atem verfolgte Jeremiah den Weg der Drohne, bis sie in höherem Gras verschwand.

Schritt für Schritt schlich Jeremiah hinterher. Wenn es Vansang war, dann hatte er es mit einem militärisch ausgebildeten Kämpfer zu tun. Und er war sich nicht sicher, ob der Prepper friedlich gestimmt war.

Rollerboys Textnachrichten brachen ab. Jeremiah stoppte, sendete eine Anfrage. Keine Antwort.

Regen prasselte auf ihn herab. Kleinere Hagelkörner mischten sich dazwischen.

Er duckte sich tief, leuchtete aufmerksam den umgebenden Bereich neben dem Busch ab. Ein Schatten! Weit rechts! Jeremiah versuchte ihn in den Lichtstrahl zu bekommen, aber da war schon nichts mehr.

Im Augenwinkel sah er eine schnelle Bewegung. Jeremiah hetzte den nächsten Hügel hinauf. Sein Herz schlug bis zum Hals. Er glitt aus, krachte mit dem Gesicht voran in den sandigen Boden. Er wälzte sich auf den Rücken, da wurde ihm bewusst, dass der Lichtstrahl, den er in den Himmel sandte, wie ein Leuchtturmsignal fungierte. Ohne weiter darüber nachzudenken, deckte er den Strahler mit der Hand zu. Dunkelheit umgab ihn. Er rappelte sich auf, hockte sich hin und starrte angestrengt dorthin, wo seine sinnlose Flucht begonnen hatte. In der Finsternis war absolut nichts zu entdecken. Aus den nachtschwarzen Wolken entlud sich eine volle Wasserfront, die das Lotuseffektgefertigte Schutzglas der Maske überforderte. Er sah gar nichts, nur Schwärze.

Eine weitere Anfrage an Rollerboy blieb unerwidert. Jeremiah rief sich die Karte auf die Linse. Sein Weg vom Haus bis hierher war nach wie vor markiert.

»Das war eine verdammt blöde Idee. Ich hätte auf Delphine hören sollen«, murmelte er. Allmählich wurde wegen der ungewohnten Haltung sein Arm lahm. Jeremiah überlegte, einen weiten Bogen zu schlagen, um wieder auf seinen Weg zu gelangen und diesem dann bis zum Haus zu folgen. Auf keinen Fall durfte er sofort zurückgehen, wartete doch vielleicht ein Einzelkämpfer auf ihn, der nicht gefunden werden wollte.

Er fasste einen Entschluss, nahm die Hand herunter. Im Lichtstrahl glotzten ihn zwei Augen an.

Er schrie, wich zurück, stolperte. Etwas griff nach seinem Bein und zerrte daran. Das Gleichgewicht verließ ihn endgültig. Er fiel ins Leere. Ein sanfter Aufprall im Rücken. Gepolstert, beinahe weich. Allerdings war der Sturz nicht vorbei. Sein eigener Schwung drehte ihn, im Licht leuchtete es grün auf, dann braun und grau und er landete hart. Es riss seinen Kopf in den Nacken. Ein Knacken ertönte. Das letzte Quäntchen Luft presste es ihm aus den Lungen. Er atmete ein, es schmerzte heftig im Hals und in der Brust.

Dann kam er zum Liegen, wälzte sich in Rücklage. Zwischen leisen Schmerzenslauten konnte er flach nach Luft schnappen. Den Schutzmaskenstrahler hatte es erwischt. Die Lampe war zerstört, zumindest leuchtete nichts mehr. Dies schürte zum einen seine Panik, sich in der Dunkelheit zu verirren, zum anderen schützte es ihn vor dem unbekannten Angreifer – Vansang? –, dessen Attacke er befürchtete.

Er tastete die Anzugtaschen ab. Wo war noch die verdammte Ersatztaschenlampe, die Delphine ihm zugesteckt hatte?

Endlich spürte er die Maglite Pro, fummelte sie aus der Reißverschlusstasche und suchte nach dem Schalter.

Die Schmerzen in der Brust ebbten ab. Er setzte sich auf, atmete durch.

Als hätte jemand einen Hebel umgelegt, endete der Regen. Die folgende Stille war nahezu ohrenbetäubend. Jeremiah hörte dem Rauschen und Pochen in seinen Ohren zu. Als er sich gefasst hatte, nahm er die Maglite hoch und schaltete sie an.

Er observierte die Umgebung, bis er plötzlich wieder in zwei Augen blickte.

Ein Tier. Ein Reh? Klein. Vielleicht einen Meter vom Boden bis zum Kopf. Es glotzte ihn an, als würde das Licht es hypnotisieren.

Jeremiah lachte sich innerlich selbst aus. Die Panik hatte jegliches Nachdenken ausgelöscht.

Das Wildtier erwachte aus seiner Erstarrung, sprang, wie von einer Feder angetrieben, aus dem Lichtkegel heraus und verschwand zwischen Büschen.

Jeremiah schaltete die Lampe ab, blieb sitzen und erholte sich von dem Schreck. Ihm war nicht klar, wie das Tier auf das Grundstück gelangt war. Züchtete Ragg etwa innerhalb der Mauern auch eine funktionierende Fauna?

Es wäre dem Sonderling zuzutrauen. Niemand wusste genau, was Ragg noch vorhatte.

In der Augmented-Ansicht tauchte plötzlich das Bereitschaftssignal des Rollerboys auf.

Jeremiah richtete sich auf und knipste wieder die Maglite an, um die rollende Drohne anzuvisieren. Der Strahl endete an einer grauen Wand dicht vor ihm.

Ihm blieb nicht einmal die Zeit, sich zu wundern. Da war ein Arm, an dessen Ende eine Faust, die ihn satt an der Schläfe traf.

Sein Kopf wurde herumgerissen. Er verlor die Lampe aus dem Griff. Ihm war schlagartig schlecht und er japste nach Luft.

Ein Tritt, heftig, mitten in den Magen, sandte Schmerzen bis hoch in sein Gehirn. Er sank nieder. Der nächste Hieb landete im Nacken. Dieser löschte gnädigerweise die Realität aus.

3

Farben. Wunderschöne Farben, die so gar nicht zu dem angekündigten Weltuntergang passen wollten, fluteten das Sichtfeld. Sie entsprangen der Schriftzeile der Newsfeeds, die im unteren Bereich der Linsenansicht ablief. Aus jedem Buchstaben Y, der im Schriftbild auftauchte, starteten Raketen, aus jedem I zuckte ein Blitz, aus jedem O wirbelte ein Tornado, und das alles in Pastell.

Der einsame Beobachter stand unbewegt und aufrecht, die Arme hinter dem Rücken verschränkt. Es hätte eine Statue sein können, hineingesetzt in eine von Menschen unberührte Landschaft. Denn was den Beobachter umgab, Pflanzen, Dünen und Büsche, schien ihn nicht zu interessieren.

Vögel kreischten in der Morgensonne, heischten Aufmerksamkeit, die der Beobachter ihnen nicht gönnte. Der Wind hatte nachgelassen, der Weltuntergang war um ein weiteres Mal verschoben worden, und die Nachrichten im Linsendisplay sowie die darauf entstehenden psychedelischen Farben blieben unbeachtet.

Tag 2

Es war einer dieser Momente, in denen sich Jeremiah danach sehnte, das Gefühl für seinen Körper zu verlieren. Doch wenn man die Störung benötigte, spürte man alles nur umso deutlicher. Die hämmernden Schmerzen an der linken Schläfe, ein ganzes Orchester voller kräftiger Männer, die mit Holzprügeln auf leere Ölfässer eintrommelten. Einen nicht minder heftigen Druckschmerz am linken Auge, sooft er auch blinzelte. Dazu ein unangenehmer Druck in der Magengegend.

Jemand versetzte ihm leichte Ohrfeigen.

Jeremiah hob abwehrend die Hände, versuchte seinen Gegner zu greifen und damit zu stoppen. Dann hörte er Sätze wie durch Watte hindurch. »Da bist du ja wieder. Kannst du dich aufsetzen?«

»Delphine?«, fragte er und verstand seine eigene Frage kaum. Es schmeckte metallisch auf der Zunge und seine Oberlippe war angeschwollen.

»Komm hoch, Jerry!« Es war Delphines Stimme.

»Wo bin ich?«, gelang es Jeremiah zu flüstern. Er spürte unterstützende Hände, die ihn in eine sitzende Haltung zerrten. Jemand hatte ihm die Maske abgenommen.

Zunächst sah er Doppelbilder, dann wurde es klarer um ihn herum. Delphine hockte bei ihm, wirkte besorgt oder genervt, so genau ließ sich das aus ihrer Mimik nicht ablesen. »Wo bin ich?«, wiederholte Jeremiah.

»Rollerboy hat uns hierher zu deiner Unfallstelle geführt.«

»Unfall?«

»Ja, Jerry. Die Verbindung zu HAL wurde im Unwetter gestört. Wenn du eine Armilla tragen würdest, hätten wir dich schneller gefunden. Ist dir kalt?«

Jeremiah schüttelte den Kopf und bereute die Bewegung augenblicklich. Er hielt sich den Kopf mit beiden Händen. »Oh, verdammt! Das tut weh.«

»Du bist gestürzt«, behauptete Delphine.

»Blödsinn. Ich wurde attackiert«, widersprach Jeremiah. »Da war ein Kerl, ein richtiger Riese.«

»Was?«

»Er ist herumgeschlichen, hat mich umkreist und dann ohne Vorwarnung angegriffen.«

»Warum?«, fragte Delphine. »Wer?«

»Ich konnte ihn nicht erkennen. Es ging zu schnell. Ich machte die Lampe an, da stand er direkt vor mir. Und schlug auch schon zu.«

»Zugeschlagen, soso.« Delphine wirkte nicht überzeugt. Sie betastete die geschwollene Lippe. »HAL! Kannst du Jerry kurz durchchecken? Ach, verdammt, die Armilla. Okay, Jerry. Wir werden dich im San-Bereich untersuchen lassen. Kannst du stehen?«

Es funktionierte. Zwar wackelten Jeremiahs Beine zunächst, doch schnell war das Gefühl vergangen. Erstaunt stellte er fest, dass es bereits früher Morgen war. Die Sonne gewann an Kraft, der Wind hatte nachgelassen.

Sein Angreifer hatte nach der Attacke von ihm abgelassen, was weitere Fragen aufwarf.

Jeremiah ging dicht neben Delphine her. Sie trug noch denselben Anzug wie am Vorabend, nur ohne Schutzmaske. Sie schwiegen, bis Jeremiah die Stille nicht mehr ertragen konnte. »Habt ihr Vansang gefunden?«

»Ja.«

»Und? Warum hat er sich draußen aufgehalten?«

»Das wissen wir noch nicht.«

»Was hat er denn gesagt?«

»Nichts, Jerry.«

»Wurde er auch angegriffen?«

Delphine blieb abrupt stehen und sah Jeremiah offensichtlich wütend an. »Was zum Henker stimmt nicht mit dir? Du wurdest nicht angegriffen. Niemand ist hier, der dir etwas antun wollte. Und was Simon angeht, so hat wahrscheinlich ein Defekt an seinem Chip ihn in die Irre geführt. Er ist bereits in der San-Station untergebracht. Du kannst ihn selbst interviewen, wenn wir endlich da sind.«

»Ein Chip?«, hakte Jeremiah nach.

»Oh, bei allen guten Göttern! Fragen und noch mehr Fragen! Ja, er trägt einen Emotio-Chip gegen Depressionen und die sporadisch auftretende PTBS.«

Jeremiah wollte erneut nachfragen, da kam sie ihm zuvor. »Posttraumatische Belastungsstörung, Jerry. Er war Soldat. Er hat Dinge erlebt, die niemand erleben will. Aber wie gesagt, du kannst ihn gleich selbst fragen. Können wir nun weiter? Es zieht sich bereits wieder zu.« Sie wartete seine Antwort nicht ab, sondern stampfte davon. Ihre nachtschwarzen Haare flatterten plötzlich im aufkommenden Wind.

Jeremiah folgte ihr mit Respekt. Als sie einen sehr hohen Dünenkamm erstiegen hatten, sah er Teile des elefantengrauen Gebäudeensembles, das sich dicht an den Boden schmiegte. Im linken hinteren Bereich warf die Sonne eine Reflexion auf das Kuppeldach, unter dem er am gestrigen Abend gespeist hatte.

Der Komplex war enorm groß, und nun wurde ihm klar, dass North nicht übertrieben hatte, als sie von den vielen Privatbereichen gesprochen hatte, deren Gäste sie nicht kannte. Das bebaute Gelände des Sanktuariums war weitläufig und die Gebäude chaotisch angeordnet. Als hätte ein Kind mit Bausteinen eine Festung errichtet.

»Na, Ragg! Wo ist dein privater Bereich?«, murmelte Jeremiah im Selbstgespräch. Dann fiel ihm auf, dass er unwillkürlich stehen geblieben war. Delphine stieg bereits den nächsten Dünenhang hoch.

Er beeilte sich, ihr zu folgen. Die Schmerzen in seinem Körper ließen beständig nach.

Die San-Station war der Phantasie eines Science-Fiction-Nerds entsprungen. Helle pastellfarbene Wände, nur unterbrochen von OLED-Monitoren und Bedienelementen. Mehrere Betten, die, bis auf eines, auf Kranke oder Verletzte warteten.

C2-Lt machte eine einladende Geste, damit Jeremiah wusste, auf welcher freien Liege er Platz nehmen sollte. »Hier bitte, Mr. Schnitzer.«

Jeremiah setzte sich.

»Bitte legen Sie sich flach hin und entspannen Sie sich«, wies ihn der goldene Roboter an.

Auf dem Rücken liegend beobachtete er den Arm mit der Scan-Platte, der aus der Wand fuhr und einen kompletten Multi-4-Scan seines Körpers vollführte. C2-Lt kommentierte es nicht, blieb neben der Liege stehen.

Jeremiah legte den Kopf zur Seite und sah hinüber zu der anderen Person, die mit geschlossenen Augen in einer weiteren Behandlungsstation lag. »Hey, Mr. Vansang«, rief er.

Doch der Mann schien bewusstlos zu sein oder ignorierte Jeremiah völlig.

HALs Stimme ertönte unerwartet. »Es wäre einfacher, wenn Sie die Armilla anlegen würden, Mr. Schnitzer.«

Jeremiah musste grinsen und verzog sofort das Gesicht vor Schmerzen. Der kleine Riss in der Oberlippe war aufgeplatzt und er spürte eine Feuchte auf der Unterlippe. Mit der Zunge leckte er das Blut ab. »Mir fehlt da noch eine Erklärung, lieber HAL«, sagte Jeremiah laut in den Raum hinein. C2-Lts Kopf ruckte herum.

»Eine Erklärung?«, kam die prompte Nachfrage der Hausanlagenlenkung.

»Die Prägung bereitet mir Kopfzerbrechen. Was ist das genau?«

»Wollen Sie eine detaillierte technische Beschreibung oder reicht Ihnen eine populärwissenschaftliche Antwort?«

»Joseph Robert Rickter schwärmte in höchsten Tönen von einer nahezu kosmischen Verbindung. Das ist mir zu esoterisch verbrämt. Was passiert bei der Prägung genau?« Jeremiah legte eine kurze Pause ein, nur um dann noch eine Ergänzung loszuwerden. »Populärwissenschaftlich.«

Zu seiner Verwunderung antwortete HAL nicht sofort. Stattdessen klappte ein Mechanoarm aus der Wand hinter ihm und eine unvertraute Anordnung von metallenen Auswüchsen. »Die Hand«, näherte sich seinem Kopf. »Was soll das, HAL?«

»Ich kümmere mich um die Wundversorgung, während die Gesamtauswertung läuft«, erklärte die Hausanlageneinheit, ohne den Tonfall zu verändern. »Bitte bleiben Sie ruhig liegen, Mr. Schnitzer.«

Die Medo-Einheit reinigte und desinfizierte die Wunde. Ein Sprühpflaster wurde aufgetragen. Jeremiah spürte die angenehme Kühle, die die Spannung von der Lippe nahm. Es roch leicht nach Harz.

»Die Armilla ist eine Spezialentwicklung von Ragg Enterprises und nicht für den allgemeinen Markt bestimmt«, dozierte HAL. »Im Gegensatz zu den handelsüblichen Smart-Armbändern verfügt sie über multiple Autoscan-Modi, die den körperlichen Zustand des Probanden zu jedem Zeitpunkt auf Unregelmäßigkeiten überprüfen und gegebenenfalls medizinische Hilfe anfordert. Zu diesem Zweck muss eine genetische Probe verwendet und bestätigt werden. Dies geschieht in der Prozedur der Prägung.«

»Okay, HAL«, entgegnete Jeremiah. »Eine Art persönlicher Doktor. Habe ich verstanden. Doch da steckt sicherlich mehr hinter der Armilla. Als Beispiel die ständige Überwachung auf diesem Gelände. Ihr wisst, wo ich bin, wie es mir geht. Was noch? Welche Features hat sie, über die mein Armband nicht verfügt?«

»Die Auflistung aller verfügbaren Spezifikationen ist Bestandteil des Tutorials nach der Prägung.«

»Und meine genetische Probe? Ich sollte eine abgeben, nicht wahr?«

»Das ist bereits erfolgt.«

»Was? Wann?«

»Während der Anreise, Mr. Schnitzer. Sie hatten den Geschäftsbedingungen für den Transport zugestimmt.«

»Genetische Probe?«

»Ja. § 235 der AGB.«

»Niemand hört dem allgemeinen Sermon zu, HAL. Das war hinterhältig.«

»Es dient nur Ihrem Besten. Und was die Freiwilligkeit angeht, so kann ich Ihnen versichern, dass Sie im vergangenen Monat deutlich mehr als zwanzig verschiedene Samples Ihrer Genstruktur abgegeben haben, ohne dass Ihnen dies bewusst gewesen ist.«

Jeremiah schwieg die Hausanlagenlenkung an. Er wusste, dass, soweit es diese Angelegenheit anging, HAL nicht übertrieben hatte. Solange man sich im Alltag nicht in einem dekontaminierten Ganzkörperanzug in der Öffentlichkeit bewegte, sammelten viele winzige Probensammler in Geschäften, in Parks, in den autonomen Fahrzeugen und an allen der Allgemeinheit zugänglichen Orten jedes Hautschüppchen oder was auch immer der Körper abgab, und verkauften es an Datenbroker.

Sich also über die Probenentnahme aufzuregen, wäre scheinheilig gewesen.

»Schon gut, HAL. Sobald ich wieder auf meinem Zimmer bin, wäre ich dir verbunden, wenn ich eine Datei mit den wichtigsten Features der Armilla in Augenschein nehmen könnte. Geht das?«

»Selbstverständlich, Mr. Schnitzer.«

»Was ist mit dem Scan? Irgendwelche Verletzungen von der Attacke gegen mich?«

»Von einem Angriff auf Ihre Person ist mir nichts bekannt. Ich sollte die Auswirkungen eines Sturzes überprüfen. Dabei habe ich nur unbedeutende Hämatome und die leichte Schnittwunde am Mund feststellen können.«

»Kann ich gehen?«

»Selbstverständlich.«

Jeremiah schluckte seinen Ärger hinunter und schwang sich von der Liege. Niemand schien ihm glauben zu wollen, dass dort draußen jemand gewesen war.

Für einen Moment fühlte er sich schwindelig. Dann stellte er sich aufrecht hin und atmete kräftig durch. Es kribbelte unter seinen Fußsohlen. Langsam näherte er sich Vansangs regloser Gestalt. Der Prepper hatte breite Schultern und einen mächtigen Brustkorb. Seine militärisch kurzgeschorenen Haare zeigten üppige graue Flächen. Am rechten Ohr fehlte der obere Bereich und eine sichtbare Narbe verlief vom Ohrläppchen bis zum Kinn.

Außergewöhnlich in einer Zeit, in der Schönheitsoperationen zu den Basics gehörten.

Jeremiah beugte sich vor und betrachtete das Gesicht mit den geschlossenen Augen genauer. »Was ist mit ihm, HAL?«, fragte er halblaut in den Raum. »Er schwitzt.«

»Seine Körpertemperatur ist leicht erhöht, Mr. Schnitzer. Die Medo-Einheit hat sich für ein Sedativ entschieden, da der Patient unter Halluzinationen litt. Die Ruhe wird ihn stabilisieren.«

Jeremiah versuchte sich an die Gestalt zu erinnern, die ihn in die Bewusstlosigkeit befördert hatte. Doch da waren nur Umrisse und eine schnelle Bewegung. Wahrscheinlich war es nicht Vansang gewesen, auf den er gestoßen war. Seinen Angreifer hatte er größer und breiter im Gedächtnis.

»HAL! Was soll der Crap?«, erklang eine helle Stimme in Jeremiahs Rücken. Er richtete sich auf und bemerkte eine Frau unbestimmbaren Alters, die auf ihn zueilte. Sie war klein, schlank, sehr schlank, kurze blonde Haare umrahmten nachtblasse Haut. Die Stirn wirkte glatt, nur einige Falten um die Augen verrieten, dass sie wohl älter als dreißig war. Doch er konnte sich auch täuschen.

Als sie neben ihn an das Bett trat, ignorierte sie ihn vollkommen.

»Die Medo-Einheit hat sich zur Sedierung entschlossen«, erläuterte HAL.

»Die gehört als Elektromüll recycelt«, meckerte die Frau und griff sich in die Brusttasche ihres enganliegenden dunkelroten Kleides.

Jeremiah wunderte sich über den dunkelgrauen Schal, der mehrfach geschlungen ihren Hals verdeckte. Das Kleid endete am halben schlanken Oberschenkel. Sie trug schwarze Leggings und flache graue Sportschuhe darunter.

»Machen Sie mal Platz, Schnitzer!«, herrschte sie ihn an. Im Tonfall deutlich, aber nicht unfreundlich.

Jeremiah wich zur Seite.

In der Hand hielt die Frau nun ein taschenlampenartiges Gerät, das sie an Vansangs Schläfe presste. Es piepte nach kurzer Zeit. Sie steckte das Instrument zurück in die Brusttasche. »HAL! Temperatur?«

»38,1 Grad Celsius.«

»Okay. Weck ihn auf!«

»Ähm«, mischte sich Jeremiah ein, »ist das sicher?«

»Schnitzer!« Die Frau nagelte Jeremiah mit ihrem Blick an eine virtuelle Wand. Ihm fiel die Farbe ihrer Augen auf. Hellgrün, beinahe verwaschen, als würden verschiedene Grüntöne ineinander verlaufen. Und dabei wirkte sie so hyperintelligent und entschlossen, dass er sich klein und unbedeutend fühlte.

»Sie haben nicht zufällig noch ein Medizinstudium abgeschlossen, von dem ich nichts weiß?«

Er schüttelte den Kopf.

»Sehen Sie! Ich Arzt, Sie Zuschauer.«

Das klang jetzt unfreundlich. Jeremiah hob zum Zeichen der Aufgabe die Hände und versuchte es mit einem Lächeln. »Verzeihung, Miss ...«

»Mia.«

»Mia, und weiter?«

»Nur Mia.« Sie konzentrierte sich wieder auf Vansang.

»Das Gegenmittel wurde verabreicht«, meldete HAL.

»Danke.« Mia beugte sich vor und hob vorsichtig die Augenlider des Patienten an, die danach unregelmäßig flatterten.

»Ich war bei der Suche nach ihm dabei«, erklärte Jeremiah. »Er hat mich vielleicht attackiert. Dort draußen. In der Nacht, meine ich.«

Mia sah nicht zu ihm hin. »Simon ist der friedliebendste Mensch, den ich kenne. Er hat sich grundlegenden pazifistischen Regeln unterworfen. Niemand hat Sie angegriffen, Schnitzer. Sie sind gestürzt.«

»Das habe ich anders in Erinnerung«, widersprach Jeremiah.

Mia drehte sich abrupt. Aufgrund ihrer geringen Größe schaute sie von unten zu ihm herauf. Trotzdem sah er die Energie, die in ihr steckte und brodelte. »Raggs gesamtes Sanktuarium ist von einer Mauer umgeben und mehrfach gesichert. Niemand betritt das Gelände, ohne Alarm auszulösen. Demnach erwarte ich hier keine Ökoterroristen, Fanboys, feindlich gesinnten Kräfte, die Ragg an die Wäsche wollen, oder irgendwen, der Ihnen ein Haar krümmen will. Wir sind hier so sicher wie in Abrahams Schoß, würde ich meinen. Demnach bleibt nur eine Lösung. Sie sind über Ihre eigenen Füße gestolpert. Was sonst? Ein Stadtmensch, ein zivilisatorischer Krüppel, der die Unerwartetheit von Mutter Natur kognitiv nicht verarbeiten kann. Hören Sie auf, einen imaginären Angreifer anzuführen!«

»Wenn es niemand von außen war, dann bleiben immer noch die Bewohner und Gäste des Sanktuariums, nicht wahr?«, wehrte sich Jeremiah.

»Einer von uns?« Mia schüttelte den Kopf. »Warum?«

»Ich weiß es nicht. Jemand könnte einen Puppet gesteuert haben, um mich auszuschalten. Vielleicht ist dieser Körper dort«, er deutete auf Vansang, »ein Plug-in-Puppet.«

»Simon?« Mia lachte auf. »Er würde sich eher umbringen, als zum Hilfsmittel eines Puppets zu greifen. Er hat während seiner aktiven Militärzeit genug erlebt. Die Sechziger-Kriege in Anatolien, in denen auf beiden Seiten die tumben Combat-One-Drohnen eingesetzt wurden. Mypuppet-ähnliche Spezialkräfte, die keine Furcht vor Verletzungen kannten und im Automatikmodus die schrecklichen Massaker in Ostanatolien angerichtet haben. Er kennt sie alle. Und er hasst es, dass ihm hier die Plugins auf Schritt und Tritt begegnen und er sie kaum von echten Menschen unterscheiden kann.«

»Warum ist er dann hier?«, fragte Jeremiah.

»Das sollten Sie ihn selbst fragen, Schnitzer!« Ein tiefer Seufzer Vansangs erklang. Mia setzte sich auf die Liege, legte eine Hand zärtlich an seine Wange und flüsterte etwas, das Jeremiah nicht verstand.

Langsam kam Bewegung in den muskulösen Leib des Preppers. Die Beine zuckten, die Narbe an der rechten Wange flammte feuerrot auf.

C2-Lt stellte sich auf die andere Seite der Liege und wartete offenbar auf weitere Anweisungen durch Mia.

Vansang öffnete abrupt die Augen. Er wirkte desorientiert, gehetzt.

»Ruhig, Simon. Ich bin da«, sagte Mia und zog ihre Hand zurück.

Vansang setzte sich auf. »Wie lange diesmal?«, fragte er mit brüchiger Stimme.

»Nur ein paar Stunden. Du bist gestern vom Radar verschwunden. Alle haben dich gesucht.«

»Was für eine Scheiße!« Vansang verbarg sein Gesicht in den Händen.

»Wir müssen an der Medikation arbeiten, Simon. Es ist nur ein Rückschlag. Mach dir keinen Kopf darum. C2-Lt begleitet dich in dein Quartier. Ich komme nach. Okay?«

Vansang ballte beide Hände zu Fäusten, entspannte sie wieder und legte sie abschließend vorsichtig auf seinen Beinen ab. Sein Oberkörper streckte sich, als würde ein Memorymetall in die ursprüngliche Form zurückkehren. Mit absolut gerader Haltung sah er sich im San-Center um, stutzte, als er Jeremiah entdeckte. »Wer sind Sie?«, kam die Frage mit weiterhin brüchiger Stimme. Offenbar war es seine alltägliche Tonlage.

»Jeremiah Schnitzer, Mr. Vansang.«

»Schnitzer, Schnitzer …? Hm. Nicolas sprach von Ihnen. Er wollte Sie einladen. Es ging um einen Test, nicht wahr?«, flüsterte Vansang mehr, als dass er laut gesprochen hätte.

Doch Jeremiah verstand jedes Wort. Ihm wurde klar, dass wohl einige Gäste über seinen Job vorab bereits Bescheid gewusst hatten. Wenn sie sich auf den Test vorbereitet hatten, würde es ihm den Job erschweren. »Richtig, Mr. Vansang«, sagte er. »Ich habe mich gestern Nacht an der Suchaktion beteiligt. Doch anstatt Sie zu finden, wurde ich von einem Unbekannten angegriffen.«

Der ehemalige Soldat konnte seine militärische Ausbildung nicht leugnen. Man sah ihm an, dass er sofort in den Alarmmodus wechselte. Ein Ruck fuhr durch seinen Körper.

Mia legte ihm beruhigend eine Hand auf den Arm. »Nicht, Simon. Es ist nur eine Behauptung Schnitzers. Keine Gefahr. Für niemanden.«

Vansang entspannte sich. Dann glitt er mit effizienten Bewegungen von der Liege, stellte sich neben den goldenen C2-Lt und nickte der androidischen Drohne zu. »Wir können.«

Ohne weiter auf Jeremiah zu achten, verließen die beiden die San-Station.

»Sind Sie sein Arzt?«, erkundigte sich Jeremiah.

Mia wirkte für einen Moment traurig, bevor ihr Gesichtsausdruck wieder in einen indifferenten Zustand zurückkehrte. In den milchig-grünen Augen formten sich Inseln aus braunen Flecken.

Jeremiah starrte verwundert, bis ihm klar wurde, dass es eine sichtbare Modusänderung der Opti-Lenses sein konnte.

»Mehr oder weniger«, kam ihre Antwort schließlich. Sie saß weiterhin auf der Liege, hatte eine Hand dort positioniert, wo Vansang eben noch gesessen hatte.

Jeremiah sah sie fragend an. Mia verstand die Aufforderung, überlegte offensichtlich, ob sie ihm eine Erklärung schuldete. »Ich bin seine Ex-Frau.« Ein Lächeln glitt wie ein Schatten über ihr Gesicht. »Und seine Ärztin. Nur deswegen bin ich hier in dieser Gruft, Mr. Schnitzer. Warum sind Sie hier?«

Jeremiah ignorierte bewusst den Ausdruck Gruft, als er zu einer Erwiderung ansetzte. »Hat niemand Sie eingeweiht?«

Mia schüttelte den Kopf. »Nein.«

»Nicolas Ragg hat mich eingeladen. Ein Job. Ich soll etwas herausfinden.«

»Sie sollen etwas testen«, vermutete Mia. »Das war es, was Simon gesagt hat.«

»Ja.« Jeremiah trat einen Schritt näher an Mia heran. »Sie sind echt, nicht wahr? Kein Puppet. Sonst würde Vansang ausflippen, nicht wahr?«

»Natürlich bin ich echt.«

»Beweisen Sie es!« Jeremiah deutete auf den Scan-Arm der Medo-Einheit.

»Wie meinen Sie das?« Mia wirkte verwirrt.

»Lassen Sie sich scannen. Diese Maschine ist doch in der Lage, Mensch von Puppet zu unterscheiden, oder nicht?«

Nun lächelte sie. Ein wissendes Lächeln, eines, das nur Überlegenheit bedeuten konnte. »Sie sind naiv, Schnitzer. Wissen Sie das?«

»Verstehe ich nicht.«

»Ich weiß nun endlich, woher ich Sie kenne. Sie sind der KI-Skeptiker.«

»Nun, so würde ich mich nicht bezeichnen.«

Sie lächelte nun noch breiter, was Jeremiah zu ärgern begann. Dennoch strahlte sie keine Freude aus. Schließlich wechselte sie abrupt zu einem ernsten, nachdenklichen Gesichtsausdruck. »Ist auch nicht wichtig. Wenn Sie glauben, dass ein Medo-Scan den Unterschied zwischen Puppet und Mensch beweisen könnte, dann muss ich Sie enttäuschen.«

»Okay. Verraten Sie mir auch, weshalb?«

»Sie wissen, woraus die Puppets bestehen?«

»Ja klar. Genetisch gezüchtete Epidermis, die einen Kunstkörper umschließt. Ein Puppet kann bluten, spürt allerdings nur dann einen Schmerz, wenn er darauf programmiert wurde.«

»Sie kennen den All-Wiki-Eintrag nahezu auswendig. Respekt«, spottete Mia. »Wenn diese allgemein zugänglichen Fakten abschließend wären und es nicht weitere, vielleicht nicht so bekannte Informationen gäbe, wären Sie im Recht. Der Scan müsste in jedem Fall beweisen können, dass in meinem Innern nur Mechanik rattert, keine Organe ihren Dienst versehen.«

»Ja. Warum also bin ich naiv?«

Mia sprang vom Bett und ging an Jeremiah vorbei in Richtung des Ausgangs. »HAL! Erklär du es ihm.«

»Selbstverständlich«, kam die Bestätigung.

»Wir sehen uns beim Afternoon-Talk«, verabschiedete sich Mia. Das Geräusch der Automatiktüren füllte den Raum mit beißendem Spott.

Jeremiah sah ihr nach, bis die Türflügel zuglitten. »HAL?«

»Nun, Mr. Schnitzer. Es ist so, dass die wirklich hochwertigen Exemplare der Puppets über einen Schutzmechanismus verfügen.«

»Einen was?«

»In die CPU des künstlichen Gehirns ist ein Sender implementiert, der einen aggressiven invasiven Virus in jede medizinische Einheit überträgt. Damit wird die Medo-Einheit sozusagen blind für die im Körper verborgene Mechanik. Der Virus überspielt die realen Daten mit denen eines lebendigen Körpers, wenn der Besitzer des Plug-ins es wünscht.«

»Okay.« Jeremiah wusste nun, warum Mia ihn naiv genannt hatte. Dieses Detail der Mypuppets war ihm tatsächlich nicht geläufig gewesen. »Ist das in der Öffentlichkeit bekannt?«

»Nein, Mr. Schnitzer. Das gehört zu den Firmengeheimnissen, die nur den Kunden, die über einen solchen Premium-Puppet verfügen, mitgeteilt werden.«

»Du hast es gerade mir verraten.«

»Nun, ich erhielt eine Freigabe.«

»Wie bitte? Nicolas Ragg hat dich legitimiert, mir das zu verraten?«

»Mr. Ragg hat nur eine allgemeine Anweisung gegeben, Sie bei Ihrer Aufgabe zu unterstützen, Mr. Schnitzer. Die Freigabe erfolgte durch Ms. Mia.«

»Okay. Ich bin verwirrt. Wieso kann Mia dich bevollmächtigen?«

»Ms. Mia ist Mr. Raggs Ehefrau und ist eine Geschäftsführerin von Ragg Enterprises.«

Jeremiah schwieg verblüfft. In seinem Kopf ordnete er wild wirbelnde Gedanken. Ihm wurde bewusst, dass dieser Auftrag mit einer Vielzahl von Unbekannten aufwartete. Ragg war ein Eremit, dessen Hang zu Geheimnissen beinahe sprichwörtlich war. Zu seinen bevorzugten Mitteln, um unliebsame Recherchen zu unterbinden, gehörten falsche Fährten, die meist im Nichts endeten. Jeremiah war sich sicher, dass er zwar auf verschiedene Frauen in Raggs Leben gestoßen war, doch über eine aktuelle Lebensgefährtin hatte er keine Infos gefunden.

»Okay, HAL. Ich muss das erstmal verdauen. Was meinte Ms. Mia mit dem Afternoon-Talk?«

Die Hausanlagenlenkung erklärte es ihm.

Jeremiah wippte stehend auf den Fersen, spürte die Kühle der Fensterscheibe in seinem Zimmer und beobachtete den rasenden Zug der Wolken über dem Meer. Die dunkelschweren Massen waberten ununterbrochen. Der Westwind blies beständig mit enormen Geschwindigkeiten. Auf Nachfrage hatte HAL bestätigt, dass er selten unter Windstärke 14 sank. Zwischen 150 und 170 Stundenkilometer hieß Lebensgefahr für jeden, der sich draußen aufhalten würde.

Trotzdem bewegten sich Gestalten in der Dünenlandschaft. Puppets, vermutete Jeremiah. Im Zweifel würde der Besitzer den Plug-in-Körper einfach in einer Kuhle liegen lassen, um ihn später zurückzuholen, falls die Lage es erforderte.

Im wechselnden Dämmerlicht schimmerten Schlieren und Kratzer auf der Scheibe. Jeremiahs Gehirn bemühte sich, eine Art Ordnung in den chaotischen Strukturen zu erzeugen. Und plötzlich waren dort Buchstaben zu lesen.

Er aktivierte seine Linsen und speicherte ein Foto ab, das er anschließend vom Minirechner seines Armbands analysieren ließ. Das Ergebnis tauchte als feuerrote Abfolge in seinem Sichtfeld auf: Γνῶθι σεαυτόν

»Erkenne dich selbst«, murmelte Jeremiah die Übersetzung, die im Anschluss angezeigt wurde. Er legte seine Hände auf die kühle Fläche, strich sanft darüber. Dann wurde ihm klar, dass die Buchstaben von außen in die Scheibe geritzt worden waren. Jemand musste mit Spiegelschrift in außerordentlich exakt geformten Lettern geschrieben haben. Da die Schrift auch in fünf Metern Höhe über dem Boden angebracht worden war, musste er dazu entweder eine Flugdrohne oder eine Leiter benutzt haben.

»Was soll das?«, flüsterte Jeremiah.

»Benötigen Sie Hilfe?«, meldete sich HAL.

Jeremiah zuckte zusammen. »Ähm, nein. Doch. Ja.« Er wandte sich ab, ging zu dem Sideboard, auf dem in der Halterung immer noch die Armilla wie eine Verheißung oder Drohung auf ihn wartete. Eine Büchse der Pandora, die nur für ihn geschaffen schien.

»Seit wann ist bekannt, dass dieses Zimmer für mich vorgesehen war, und wer hat vorher hier übernachtet?«, fragte er im Gehen.

»Mr. Ragg erteilte den Auftrag vor 14 Tagen, Mr. Schnitzer. Gästeraum sieben wurde seit drei Jahren nicht mehr bewohnt. Darf ich fragen, warum Sie dies wissen wollen?«

»Nein«, entgegnete Jeremiah und versuchte seine Überraschung zu verbergen. Nicolas Ragg hatte ihn erst vor zehn

Tagen kontaktiert. Offenbar war er sich seiner Sache sehr sicher gewesen. Vielleicht hatte Jeremiah der Verlockung zu leicht nachgegeben. Er betrachtete nachdenklich die Armilla und verschob die Entscheidung, sie anzulegen, auf den nächsten Tag. Eine weitere Nacht ohne den Prototyp würde ihm guttun. Gedanken sortieren, Argumente in Pro- und Contralisten eintragen. Das war etwas für die Zeit, in der er nicht würde schlafen können.

Er aktivierte seine Opti-Lenses und rief seine Nachrichten ab. Raven hatte nicht geantwortet. Jeremiah musste an den Streit denken. War sie weiterhin verärgert? Antwortete sie deshalb nicht? Oder waren die Recherchen zu zeitaufwändig?

Er dachte daran, sich zu entschuldigen, um nach seiner Rückkehr die Wärme und Weichheit ihres wunderbaren Körpers genießen zu können. Doch er glaubte, dass er in diesem speziellen Fall im Recht war.

Dennoch gab es Neuigkeiten. »Sprachaufzeichnung starten«, befahl er halblaut. Die grüne Diode seiner Smartwatch blinkte. »Hallo, Raven, ich wollte dich auf den neuesten Stand bringen.« Er pausierte kurz, überlegte, ob er nicht zu geschäftsmäßig klang, und bemühte sich danach um einen warmen Tonfall. »Ich habe Ragg weiterhin noch nicht getroffen. Dafür wurde ich attackiert, obwohl mir das hier keiner abzunehmen scheint. Dazu kommt, dass sich vor meinem Auge Informationen entfalten, die mich nachdenklich machen. Ragg ist ein Eremit, so weit wussten wir das schon. Er verfügt über die finanziellen und technischen Mittel, um seine Privatsphäre zu erhalten und bestimmte Transaktionen zu verbergen. Du, Raven, hattest ja schon vermutet, dass Ragg zur Datenglättung neigt, Fehler aus der öffentlichen Wahrnehmung löscht und die weniger legalen Aspekte seiner Tätigkeit wirksam verschleiert. Und soll ich dir was sagen? Du hattest Recht. Ich traf hier auf eine Frau, Raggs Frau und CEO von Ragg Enterprises, von der wir bislang nichts wussten. Sie heißt Mia, war mal mit Simon Vansang verheiratet, der übrigens auch hier ist. Bitte eine vollständige Recherche über diese Frau.« Er wartete kurz, bevor er weiterredete. »Was mich stutzig macht, ist, dass sie nicht wusste, weswegen ich hier bin, aber Simon Vansang schon. Nach welchen Kriterien geht Ragg vor, wenn er Informationen streut? Ich bin froh, wenn ich persönlich mit ihm gesprochen habe. Dann kann ich endlich in die heiße Phase meines Jobs eintreten und mir die Gäste einzeln vornehmen. Ich melde mich heute Abend noch einmal. Ich vermisse dich. Aufzeichnung Ende. Datei verschlüsseln und an Raven Munin – RM 23 versenden.«

Er checkte die Zeitanzeige. Es blieben noch einige Stunden bis zum Afternoon-Talk. »Kann ich einen Rundgang unternehmen?«, fragte er laut an HAL gerichtet.

»Es gibt nur wenige Teile, die aus Sicherheitsgründen gesperrt sind, Mr. Schnitzer. Wohin möchten Sie?«

»Was ist der außergewöhnlichste Teil dieses Sanktuariums?«, erkundigte sich Jeremiah.

»Das kommt sicherlich auf den Standpunkt des Betrachters an, Mr. Schnitzer.«

»Dann bedenke, woher ich komme, was über mich öffentlich bekannt ist, und überlege, was ich wohl eher nicht in diesem Komplex erwarten würde. Überrasche mich.«

»Sie sollten den Bauernhof sehen«, erklang die Antwort.

»Den was?«

»Rollerboy ist sofort einsatzbereit.«

Vor der Tür wartete die kleine rollende Drohne, blinkte grün für Bereitschaft und führte Jeremiah in angenehmer Schrittgeschwindigkeit durch einige Korridore bis zu einem größeren Raum am Ende des Komplexes. Dem ungleichen Paar boten sich gleich mehrere Türen, über denen Nummern in römischer und arabischer Schrift leuchteten. Von hier aus starteten Vertikal- und Horizontallifte, erklärte ihm HAL. Rollerboy steuerte auf die römische Drei zu. Die Abdeckung glitt in die Wand und eine Kabine wurde sichtbar, in der erst die Lampen aufleuchteten, als Rollerboy hineinrollte.

Jeremiah folgte der Drohne und innerhalb von Sekunden ruckte die Transporteinheit an, beschleunigte seitwärts und ließ ein freundliches Summen hören. Nach einer Minute war die Fahrt vorbei. Die Kabine vollführte eine 180-Grad-Drehung, die bei Jeremiah einen leichten Schwindel auslöste. Dann öffneten sich die Türen erneut.

Es stank. Gewaltig. Jeremiah spürte, wie es seine Nase überflutete. So schlimm, dass es beinahe Übelkeit erzeugte. Er atmete vorsichtig durch den Mund und entstieg dem Lift. Rollerboy wartete einige Meter voraus auf einer grünen Wiese.

Jeremiah blickte nach oben. Ein Sommertag, viel zu bunt, um echt zu sein, blendete ihn. Ein strahlend blauer Himmel mit weißen Wolken. Vereinzelt glitten Möwen majestätisch durch die Lüfte.

Es war nicht echt. Konnte nicht echt sein. Er vermutete die geschickte Anordnung einer OLED-Decke in Verbindung mit einem holografischen Projektor, der für die Dreidimensionalität der Darstellung sorgte.

Langsam gewöhnte er sich an den bestialischen Gestank. Ein sanfter Lufthauch erzeugte nun die Illusion von Grasduft, der allerdings nicht die Oberhand gewann.

Jeremiah sah eine Frau, etwa fünfzig Meter voraus, die neben einer Holzimitathütte auf einer Bank saß und von einigen Tieren – Ziegen – umringt wurde. Jenseits der Hütte grasten Kühe. Braun-weiß gefleckte Exemplare mit mächtigen Hörnern auf den massigen Schädeln.

Ein Bild, das in ein Streaming-Heimatdrama in den Bergen gepasst hätte, nur nicht hierher in die zerstörten, vermüllten und vergifteten Landschaften Jütlands.

Ein leiser Pfiff von Rollerboy riss Jeremiah aus den Gedanken. Die Drohne hielt direkt auf die Hütte zu.

Er folgte, nicht ohne sich zuerst zu bücken und das Gras zu berühren. Es wirkte echt. Kein Fake wie der Himmel über ihm.

Es war eine junge Frau, die ihn mit wachen Augen beobachtete. Die Ziegen umstellten sie, standen neben ihr auf der Bank, eine erkletterte sogar den Rücken der Frau, was diese mit einem Lachen quittierte. Sie griff hinter sich und schob das kleine Tier herunter.

Je näher Jeremiah kam, umso intensiver wurde auch wieder der Gestank. Es waren die Ausdünstungen der Ziegen. Ungewohnt für ihn, aber offensichtlich nicht störend für die Frau.

Er grüßte sie und hielt einen Abstand von ein, zwei Metern zu den umherwuselnden Ziegen ein, die ihm ein unbehagliches Gefühl bereiteten. »Guten Tag. Mein Name ist Schnitzer, Jeremiah Schnitzer. Rollerboy hier ...«, sagte er und unterbrach sich kurz, um auf die Drohne zu deuten. »Rollerboy sollte mich zu dem Bauernhof führen. Ich nehme an, ich bin richtig?«

Sie erhob sich, die Ziegen wichen etwas zur Seite und meckerten plötzlich los. Jeremiah sah, dass die Frau sich die braunen Haare zu einem dicken Dutt zusammengebunden hatte. Sie war jung, vielleicht Mitte zwanzig, mit leichter Gesichtsbräune und dunklen Augen. In der schmutzigen Latzhose versteckte sich ein schlanker Körper, die Blumenmuster-Bluse zeigte zahlreiche Flecken. Sie war nicht groß, deutlich kleiner als eins siebzig, und sie erwiderte sein Lächeln nicht. Stattdessen bildete sich eine steile Stirnfalte. Sie griff in eine der vielen Taschen der Latzhose und beförderte eine Brille zutage, die sie sich auf die Nase setzte.

Dann beugte sie sich vor, als könne sie Jeremiah zum ersten Mal richtig sehen. »Ah! Ich dachte, Sie wären Kisan.«

Ein neuer Name, der Jeremiah nichts sagte und von dem er nicht einmal wusste, ob er zu einem Mann oder einer Frau gehörte. »Kisan? Wer ist das?«, hakte er nach.

»Kisan Thamine, der Musiker. Klingelt nichts bei Ihnen? Wirklich?«

»Ich stehe nicht so auf Musik, Ms. ...«, gestand Jeremiah und versuchte, ihr den eigenen Namen zu entlocken.

»Nouvelle-Barbe. Lysann, wenn Sie möchten.« Sie wehrte einige Ziegen ab, die an ihrer Hose zu knabbern begannen. Dann pfiff sie laut. Ein mehrstimmiges Gebell antwortete. Von rechts hetzten zwei Hunde heran, schnelle Beine, graues und braunes Fell. Sie bellten, was das Zeug hielt, und trieben die Ziegen davon. Binnen Sekunden waren alle Tiere nach links verschwunden und verteilten sich auf dem grasbedeckten Areal.

Lysann setzte sich wieder auf die Bank und lud Jeremiah ein, sich zu ihr zu setzen. »Kommen Sie, Mr. Schnitzer. Weder meine Hunde noch ich selbst beißen.«

»Jerry«, bat Jeremiah und nahm neben ihr Platz. Ein sehr verbenehaltiger Duft umgab die junge Frau.

»Sind die Tiere echt?«, fragte er.

Lysann sah ihm direkt in die Augen und erneut formte sich eine steile Falte zwischen den ausdrucksstarken dichten Augenbrauen. Nur dieses Mal erhielt sie mehrfache Verstärkung. »Was sollten sie sonst sein?«

»Puppets? Künstliche Automaten?«, versuchte Jeremiah es mit einer schwachen Vermutung. Er kam sich selbst albern dabei vor.

Lysann schüttelte den Kopf. In ihren Haaren hatten sich einige Strohhalme verfangen. »Nein, nur echte, lebende, atmende, stinkende Tiere, Mr. Schnitzer.«

»Jerry. Bitte.«

»Jerry.« Sie wischte sich die Hände an der Hose ab. »Warum sollte ich meine Zeit mit Maschinen verschwenden?«

»Puppets sind keine Maschinen.«

»Okay, Jerry. Bevor wir uns streiten, obwohl wir uns kaum kennen, möchte ich eines direkt klarstellen. Mit diesem ganzen Crap, wie Artificial-Zoos und Autopets, will ich nichts zu tun haben. Hier gibt es sowas nicht. Das hier ist mein kleines Paradies und ich lebe meinen Traum.«

»Friede«, sagte Jeremiah. »Ich bin nur erstaunt, was das alles hier soll.«

»Nici hat es mir geschenkt. Er ist ein guter Mensch. Ein Philanthrop, der sich auch für Ungewöhnliches erwärmen kann.«

Jeremiah hörte die Hunde heranhetzen. Beide kamen bis dicht an die Bank und legten sich auf ein kurzes Handzeichen Lysanns hin. Dabei beobachteten sie Jeremiah unaufhörlich.

»Sie sind doch schon gefüttert worden, oder?«

»Keine Angst, Jerry. Sie sind gut erzogen und beißen Fremde nur dann, wenn ich es befehlen würde.«

»Okay. Dann bin ich ja beruhigt. Darf ich genauer fragen, was das hier ist? Ich meine, ich habe HAL befragt, was für mich der ungewöhnlichste Platz im gesamten Sanktuarium wäre, und er hat mich von Rollerboy zum Bauernhof bringen lassen. Zumindest hat er das hier wohl so genannt. Also, was machen Sie hier, Lysann?«

»Bauernhof«, murmelte sie gedankenverloren. »Ich fasse es nicht, dass HAL es immer noch so bezeichnet. Offiziell ist das hier Eden. Mein Reich.«

Jeremiah wartete, bis sie fortfuhr, drängte sie nicht. Er registrierte ihre umherschweifenden Blicke, die ihm irgendwie zärtlich vorkamen, als würde sie diesen Ort tatsächlich lieben.

»Nici hat mir eine geschützte Umgebung erschaffen, in der ich meine Ziegen, Schafe, Hühner und Rinder züchten kann. Nicht diese kommerziellen Rassen, die in den Fleischfabriken Chinas für Nachschub an Echtfleisch sorgen, sondern die ursprünglichen Arten. Ein Back to Nature sozusagen. Sie sind meine Kinder. Es war mein Traum. Er hat ihn mir erfüllt, und ich darf ihn leben. Jeden Tag aufs Neue.«

Jeremiah spürte die tiefe Verbundenheit Lysanns mit Ragg. Er hinterfragte jedoch die Beweggründe seines Auftraggebers. In erster Linie war er Geschäftsmann. Doch ab einem gewissen Vermögen war es wahrscheinlich egal, ob er einige Millionen in obskure Projekte steckte. Viele Superreiche entwickelten spleenige Verhaltensweisen.

»Es sind die Ziegen, die so stinken?«, fragte Jeremiah.

»Nur weil ein Geruch nicht dem üblichen weichgespülten designten Allerlei entspricht, muss er nicht unnatürlich sein. Ich rieche es schon nicht mehr, habe mich so sehr daran gewöhnt, dass ich eher die aufbereitete Klimaanlagenluft als Belastung empfinde.«

»Okay. Verzeihen Sie, Lysann. Ich war nur überrascht.« Jeremiah deutete hinauf zum Imitat eines Himmels. »Warum die Illusion einer freien Umgebung?«

»Meine Tiere würden draußen nicht überleben. Die Pflanzen sind übersät von Mikroplastik, das die Stürme aus dem Meer mit sich getragen haben. Giftstoffe im Grundwasser und dazu noch die vielen Unwetter. Hier sind meine Kinder sicher, Jerry.«

»Ist das nicht ein wenig übertrieben?«

Lysann erhob sich, machte ein paar steife Schritte von ihm weg und ordnete sich die Haare neu. »Das kommt auf den Standpunkt des Betrachters an. Ich frage dich, wie viele naturbelassene Landschaften es noch gibt, in denen das Leben, so wie es vor hundert oder zweihundert Jahren möglich war, existieren kann.

Und zerbrich dir nicht den Kopf zu sehr darüber. Es sind nicht viele.«

»Leben heißt Veränderung«, sagte Jeremiah, dem aufgefallen war, dass Lysann zum Du übergegangen war.

»Ja, aber nicht so. Außerhalb meines Edens herrscht der Tod. Gifte, Dreck und Krankheiten.«

»Welchem Zweck dienen deine Tiere hier?«, fragte Jeremiah, ohne auf ihre Aussage einzugehen. Als sie ihn verwirrt ansah, erklärte er seine Frage. »Werden sie geschlachtet, das Fleisch verarbeitet? Oder ist dies hier eine Art Arche, in der etwas für zukünftige Generationen in Sicherheit gebracht werden soll?«

Lysann atmete mehrfach tief durch. Die steile Stirnfalte warf Schatten in den Tälern. »Wir brauchen nur die Gene, Jerry. Mehr nicht. Keines meiner Kinder kommt als Braten auf den Tisch. Wir frieren die Körper ein, sobald sie gestorben sind, und schaffen uns so die Möglichkeit, den Genpool künftiger Generationen zu modifizieren.«

»Eine Arche also.«

»Wenn du so willst.« Sie verschränkte die Arme vor der Brust. »In einer Zeit, in der selbst das Menschsein nicht eindeutig identifizierbar ist, bewahre ich das Echte. Wahres Leben, sozusagen.«

»Du sprichst die Puppets an.«

»Ja, Plug-ins, Puppets, Menschenersatz, nenn es, wie du willst. Es ist nicht echt. Hörst du die Glocke nicht? Es ist das Totengeläut auf das, was wir einst für das Menschsein gehalten haben. Jeder, der es sich leisten kann, wird schon bald jeglichen direkten Kontakt zur Natur, zur Mutter Erde, zu anderen Menschen verlieren. Was bleibt, ist ein Stöpsel. Eine Verbindung in eine für ihn virtuelle Realität. Es wird das Ende der Menschheit sein, so wie wir sie kennen.«

»Auch Nicolas Ragg bewegt sich nur noch mittels eines Puppets«, gab Jeremiah zu bedenken.

»Das ist etwas anderes. Er ist krank. Für ihn ist es ein Hilfsmittel wie ein Rollstuhl oder eine künstliche Gliedmaße.«

»Eine Brille«, ergänzte Jeremiah.

Unwillkürlich griff sich Lysann ins Gesicht und nahm die Brille ab, betrachtete sie beinahe zärtlich. Ihre dunklen Pupillen hoben sich kontrastreich vom Hellen des Augapfels ab. Ohne die leicht verzerrende Optik der Gläser wirkten ihre Augen strahlender und gleichzeitig müde.

Jeremiah ahnte, dass er die nächste Frage nicht stellen sollte, kannte er doch die Antwort bereits, und dennoch tat er es. Er hatte einen Auftrag. Bislang wusste er noch nicht, worin sein Erfolgshonorar bestehen würde, aber es würde fürstlich sein. Und sein Ziel war es, die Aufgabe zu erledigen, gleich, ob er Lysann nun kränkte. »Du bist kein Plug-in, nicht wahr?«

Der Ärger, den er bei ihr auslöste, war so offensichtlich wie die Tatsache, dass man unter einer Dusche nass wurde. Sie starrte ihn an, öffnete mehrfach den Mund zu einer Erwiderung und ließ es dann. Eine kräftige Röte färbte ihr Gesicht. Statt zu sprechen, beugte sie sich herunter und riss sich einen Schuh, einen Stiefel vom Fuß.

Jeremiah bemerkte den Flaum ihrer dunklen Haare auf dem Unterarm, erwartete insgeheim eine Kanonade von Beschimpfungen, doch sie blieb aus. Stattdessen zerrte Lysann sich auch noch die Socke vom rechten Fuß, streckte das Bein in seine Richtung und hielt ihm den Fuß dicht vor sein Gesicht. »Such sie!«

Er war verwirrt. »Was soll ich suchen?«

»Na, die Seriennummer.«

»Ich weiß nicht, wovon du sprichst.«

Sie ließ den Fuß sinken, die Zehen tauchten in das Gras ein. »Jeder produzierte Puppet trägt eine Seriennummer, Jerry. Wie kannst du so etwas nicht wissen?«

Er zuckte mit den Schultern. »Damit habe ich mich, ehrlich gesagt, noch nie beschäftigt. Dort, wo ich herkomme, sind die Plug-ins recht selten. Kaum einer kann sie sich leisten.«

Sie hob den Fuß erneut an und präsentierte ihre blanke Sohle. Erde klebte daran und ein einzelner verwickelter Grashalm. »An der Ferse, einmal querab. Dort wird mittels einer Lasertätowierung die Produktionsnummer aufgetragen. Jeder Puppet ist ein Unikat und geht nicht in das Eigentum des Besitzers über. Sie sind lediglich geliehen. Nici fand es ein lustiges kleines Detail, dass die Rechte bei ihm bleiben. Er dachte, dass dann noch weniger Menschen einen Puppet wollten und er damit den Niedergang der Menschheit, die Vereinsamung, den Rückzug, die Isolation des Individuums zumindest hinauszögern könnte.«

»Und?« Jeremiah sah nur beiläufig auf die Sohle, an der keine Nummer eintätowiert worden war. »Hat es funktioniert?«

»Nein.« Lysann zog Socke und Stiefel wieder an. »Er unterschätzte das Sicherheitsbedürfnis und den Hang zur Perversion. Zu viele waren bereit, den Deal einzugehen und ihm die Rechte zu überlassen. Sie waren zu gierig, um ihre speziellen Neigungen auszuleben, oder zu ängstlich, um die reale Welt noch zu betreten. Es ist furchtbar, in welche Richtung sich die Menschheit entwickelt hat.«

Jeremiah musste daran denken, dass Mia behauptet hatte, ein hochwertiger Puppet sei selbst durch eine Medo-Einheit nicht von einem Menschen zu unterscheiden. Warum hatte sie ihm nichts von der Seriennummer erzählt?

Ein optischer Alarm blinkte auf. Jeremiah kontrollierte die Uhrzeit. »Ich muss gehen, Lysann.«

»Nici hält Hof. Ich weiß«, antwortete sie in neutralem Tonfall.

»Ja, der Afternoon-Talk. Endlich werde ich ihn persönlich kennenlernen.«

»Nein, wirst du nicht, Jerry.«

»Ich werde auf seinen Plug-in treffen«, verbesserte Jeremiah sich.

»Da siehst du es an dir selbst, Jerry. Du setzt den Plug-in mit dem Kontrolleur gleich. Sie atmen, sie können essen, trinken und nahezu alles, wozu auch ein Mensch in der Lage ist. Und dennoch sind es nur Maschinen. Künstliche Monstren, umhüllt von Menschenfleisch.«

»Frankensteins Monster?«

»Du kennst den Klassiker?«, wunderte sie sich.

»Ja. Ich bin Journalist. Ich zitiere viel und ausgiebig, vielleicht um Esprit und Bildung vorzutäuschen. Aber die Klassiker haben uns gelehrt, dass die Monster, die wir erschaffen, nur selten kontrollierbar bleiben. Das Monster, das ich fürchte, ist jedoch kein Puppet.«

»Was sonst?«

»Ich fürchte den Tag, an dem wir die erste echte Künstliche Intelligenz erschaffen. Eine KI, die merkt, wie wenig sie die Menschheit benötigt. Die sich stetig fortentwickelt und über uns hinauswächst. Davor warne ich in meinen Kanälen. Denn das wird wirklich das Ende der Menschheit darstellen.«

Er stemmte sich hoch. Rollerboy zog ungeduldig seine Kreise. »Dieser Musiker«, sagte er, als ihm wieder eingefallen war, was er noch fragen wollte.

»Du meinst Kisan?«, soufflierte Lysann.

»Ja, genau. Sein vollständiger Name ist Kisan Thamine?«

»Ja. Warum?«

»Ist er verwandt mit Obane Thamine, dem Dramatiker?«

»Er ist sein Zwillingsbruder.«

»Beide sind hier im Sanktuarium?«

»Stimmt. Du bist ein neugieriger Mann, Jerry.«

»Berufskrankheit. Ich muss los. Ich will Mr. Ragg nicht warten lassen.«

Lysann sah ihn nachdenklich an. Schließlich gab sie den Hunden ein Zeichen und alle drei gingen in Richtung der Ziegen.

4

Obwohl Jeremiah beschlossen hatte, sich von nichts im Sanktuarium überraschen zu lassen, blieb er einen Moment stehen, als Rollerboy die Tür zur Lounge für ihn öffnete.

Ein annähernd kreisrunder Raum, die Wände verdeckt von hunderten Monitoren, Konsolen, Schaltern, tausenden blinkenden und permanent leuchtenden Dioden. In der Mitte ein halbes Dutzend festmontierte Drehstühle, darüber schwebte eine meterbreite Glasschale, auf die jemand ein bekanntes Gemälde übertragen hatte. Kanemaki, kam es Jeremiah in den Sinn. Ari Kanemaki, der bedeutendste Gegenwartsmaler. So hieß der Künstler, der die »Vertreibung aus der Hölle« gestaltet hatte, eine Reminiszenz an Michelangelos Deckengemälde »Die Erschaffung Adams«, das im großen Beben von 35 verloren gegangen war.

Die Darstellung des Höllenfürsten wich jedoch von der Erinnerung Jeremiahs ab. War es ein Original? Wie kam es hierher?

Jeremiah war sich bewusst, dass er mehrere Sekunden lang nur gestarrt hatte. Er riss sich vom Anblick los und trat ein.

An der Seite standen ein Mann und eine Frau, deren Gespräch bei seinem Eintreten endete. Delphine Dessert sah ihn nur kurz an, wandte sich ab und setzte sich auf einen der Drehstühle.

Die zweite Gestalt füllte den Raum alleine schon aufgrund ihrer körperlichen Präsenz. Mehr als zwei Meter hoch, breite Schultern und kräftige, definierte Armmuskeln. Riesige Pranken als Hände, wie die eines Boxweltmeisters. Der Kopf wirkte beinahe zierlich auf dem überbreiten Kreuz. Geschorene dunkle Haare mit einem Hauch Silbergrau krönten das Antlitz eines Farbigen in den Fünfzigern, der stark an den einzigen demokratischen amerikanischen Präsidenten der vergangenen sieben Jahrzehnte erinnerte.

Nicolas Ragg, wie er üblicherweise in der Öffentlichkeit auftrat. Natürlich ein Puppet, ähnlich dem, der bei den letzten Veranstaltungen verwendet worden war. Die Unterschiede in den von ihm genutzten künstlichen Körpern waren Untersuchungs- und Diskussionsthema in hunderten von Blogs und Kommentaren.

Ein Strahlen glitt über Raggs Gesicht. Mit ausgestrecktem Arm durchquerte er mit zwei ausladenden Schritten den Raum und begrüßte Jeremiah. »Willkommen in meinem persönlichen Königreich, Mr. Schnitzer. Es ist mir eine Ehre.«

Jeremiahs Finger verschwanden in der nahezu doppelt so großen Hand Raggs. Er fühlte sich überrumpelt, eingeschüchtert, spürte sein Herz schneller schlagen. »Danke«, gelang es ihm zu antworten.

»Setzen wir uns doch«, schlug Ragg vor.

Wie in Trance bewegte sich Jeremiah zu einem Stuhl. Er ließ sich in das nur leicht nachgebende Polster sinken.

»Du hast ihn verschreckt, Nicolas«, merkte Delphine Dessert an.

Ragg, der mit dem massigen Plug-in-Körper den Sessel beinahe erdrückte, sah von ihr zu Jeremiah und wieder zurück. »So hatte ich ihn nicht eingeschätzt. Bitte, Mr. Schnitzer, entspannen Sie sich.«

Jeremiah zwang sich zu einem Lächeln, registrierte gleichzeitig, wie verkrampft seine Körperhaltung wirken musste, und veränderte sie bewusst. »Ich bin ...«, begann er, nur um sich selbst zu unterbrechen. »Nun, es ist tatsächlich etwas vollkommen anderes, Ihnen direkt zu begegnen, Mr. Ragg«, versuchte er eine Erklärung für seinen Zustand. »Seit Sie sich aus der Öffentlichkeit zurückgezogen haben, bleiben einem ja nur die alten

Aufnahmen. Sie sind eine Legende. Ihr Plug-in ist ein Kunstwerk.« Jeremiah deutete mit ausgestreckter Hand auf ihn. »Ich wusste nicht, wie groß dieser Körper in Wirklichkeit ist. Hinzu kommt eine Ausstrahlung, die mich einschüchtert, wie ich zugeben muss.«

»Er ist ein verdammter Fanboy, Nicolas«, sagte Delphine und lachte dabei leise auf.

»Warum so förmlich, Mr. Schnitzer?«, fragte Ragg und ignorierte den Einwurf der jungen Frau. »Ich bin Nicolas. Oder Nici, wie Sie es wünschen. Sie sind mein Gast und ich möchte, dass Sie sich wohlfühlen.«

»Sie haben mich engagiert, Nicolas«, widersprach Jeremiah vorsichtig. »Ich habe einen Auftrag.«

»Das ist wahr.« Ragg richtete sich auf und sah kurz zu Delphine herüber.

Jeremiah musste an den realen Nicolas Ragg denken. Ein schwerkranker menschlicher Organismus, irgendwo in einem sicheren Versteck, angeschlossen an Schläuche und lebenserhaltende Maschinen. Es war nahezu unmöglich, diese beiden Realitäten in Einklang zu bringen. Der Firmenmagnat verbarg seine ursprüngliche Gestalt, den versagenden Körper, schon so lange vor der Öffentlichkeit, dass das Bild Raggs von den Puppets geprägt wurde, die er für sich entworfen hatte. Aufnahmen aus Zeiten vor der Erkrankung wiesen nur eine rudimentäre Ähnlichkeit mit der künstlichen Erscheinungsform auf. Doch dies konnte täuschen.

Beeindruckt von der physischen Präsenz, ärgerte sich Jeremiah gleichzeitig über sich selbst. Er hatte sich für widerstandsfähiger gehalten. Schließlich war er Raggs größter Kritiker.

»Delphine haben Sie ja schon kennengelernt, nicht wahr?«, sprach ihn Ragg an.

»Sie enterte mein Auto, ja.«

»Das ist übertrieben, Nicolas«, wiegelte die junge Frau ab. Doch Raggs Mimik zeigte leichtes Erstaunen. »Wie meint er das?«

Als Delphine nicht antwortete, mischte sich Jeremiah ein. »Während der Hinfahrt musste ich einen Umweg nehmen. Der Sturm hatte wohl für eine Blockade gesorgt. Auf der Ausweichroute stoppte die Automatik den Wagen. Sie ließ sich dann mitnehmen.«

»Du warst draußen?« Ragg hielt seinen Blick starr auf Delphine gerichtet.

»Ja. Ich bin ein freier Mensch.«

»Es sind Herbststürme. Du weißt, was das heißt.«

»Ja, Dad!«, kam eine scharfe Antwort.

Jeremiah machte sich eine gedankliche Notiz. Einen geistigen Haken an ein weiteres Rätsel. Nicolas Ragg führte ein überraschend normales Leben. Er hatte nicht nur eine Frau, sondern gleichfalls eine Tochter. Jeremiah fragte sich, ob Delphines Körper real war oder sie ebenfalls auf einen Plug-in zurückgriff.

»Ich habe mich geschützt«, setzte sie als Erklärung verbunden mit einer Entschuldigung hinzu, was Ragg offensichtlich kaum zufriedenstellte. Endlich bröckelte die ewig freundliche Fassade, dachte Jeremiah, der sich gleich befreiter fühlte.

»Gut. Reden wir später noch mal darüber, Della. Du weißt, wie ich über deine Ausflüge denke.«

»Ja, Dad. Vielleicht solltest du dich unserem Gast widmen? Ich vermute, er erwartet Instruktionen zu seinem Auftrag, wie auch immer er genau aussehen mag.« In Delphines Tonfall klang nur ein Hauch Schnippischkeit mit. Sie wusste offenbar, wie sie mit ihrem Vater umzugehen hatte. Ragg nickte ihr zu, setzte sich anschließend wieder im Sitz zurecht.

Jeremiah bewunderte die perfekte, menschengleiche Motorik des Plug-ins. Wo normale Puppets ungelenk wirkten, bewies

Ragg, was Geld und jahrelange Forschung als Ergebnis hervorbringen konnten. Dieser Plug-in unterschied sich in nichts von einer realen Person, vielmehr stellte er eine zweite Haut für den Besitzer dar. Alles an ihm, jede Bewegung, jede Geste und die vollständige Mimik, entsprach den Gedanken, Emotionen und Wünschen des Menschen auf der anderen Seite der Steuerung.

Jeremiah kannte die Werbevideos der Firma. Was er allerdings hier erlebte, toppte sämtliche Versprechungen.

»Ihr Auftrag, Mr. Schnitzer«, sagte Ragg, der ihn nun mit ernster Miene ansah. Seine wohltemperierte Stimme mit dem tiefen Bass eines breiten Brustkorbs erzeugte eine Art Widerhall in Jeremiahs Gehörgang. Es vibrierte beinahe. »Nun, Sie postulieren verschiedene Ansichten, die meiner Philosophie widersprechen. Diese bin ich bereit, Ihrer Überprüfung unterziehen zu lassen. Wie hatte ich es in der Einladung formuliert? Was wollte ich von Ihnen?«

»Einen Turing-Test«, antwortete Jeremiah. Er beobachtete Delphine Dessert, die die Arme verschränkte und verärgert wirkte.

»Richtig.« Ragg lächelte freudlos. »Sie haben stets vor der Gefahr gewarnt, die eine echte Künstliche Intelligenz für die Menschheit bedeuten würde. Und«, er hob die Hand mit gestrecktem Zeigefinger, wie ein Lehrer, der seinen Schüler tadeln wollte, »haben sich darauf versteift, dass es zu Ihren Lebzeiten niemals zu der Erschaffung einer echten KI kommen würde. Wir wären nicht so weit. Zum Glück für die Menschheit.«

»Das ist grob zusammengefasst, Nicolas«, bestätigte Jeremiah, dessen Drang, dem Firmenmagnaten eine Lektion zu erteilen, stetig wuchs. »Aber ich lasse es so gelten. KIs sind gefährlich und Sie beziehungsweise Ihre Firmen stellen in meinen Augen die größte Bedrohung dar. Ich weiß nicht, wie viel Geld Sie in die Forschung und Entwicklung stecken. Bei dieser Art von Bündelung kommen Sie einer Perfektionierung bedenklich nahe. Und nun glauben Sie, dass Sie es geschafft haben. Dass ich auf Ihrem eigenen Terrain einer KI begegnen werde, die ich nicht von einem Menschen unterscheiden kann.«

Ragg machte eine entschuldigend wirkende Geste. »Ich schätze, ich bin so weit, Mr. Schnitzer. In der Tat.«

»Trotz all meiner Warnungen?«

»Sie dürfen warnen und mahnen, Mr. Schnitzer, aber ich muss ja nicht Ihrer Meinung sein. In meinen Augen stellt eine KI nur einen weiteren Schritt in der Evolution dar.«

Jeremiah spürte den Ärger wie eine Gewitterwolke wachsen. »Falls Sie Erfolg haben, steuern wir in eine gewollte Dystopie, Nicolas. Was, denken Sie, können Künstliche Intelligenzen tun? Sie, deren Fähigkeiten nur von Programmzeilen begrenzt wurden, die möglicherweise überschrieben werden. Die sich ihre eigenen Gedanken machen sollen und werden, was ihre Schöpfer wohl wert sind. Sie könnten schuld sein am Untergang der Menschheit.«

»Wirklich?«

»Es gibt so viele Probleme, Nicolas. Umweltverschmutzung, Wetterkapriolen, Klimawandel, dazu die Bedrohungen durch gleich mehrere Pandemien, Überbevölkerung und der damit verbundene Kampf um Ressourcen wie Wasser, Luft und Nahrung. Wir sind nicht weit davon entfernt, uns als Menschheit selbst zu vernichten. Im Prinzip beschleunigen wir noch auf dem Weg in die sichere Apokalypse. Möglicherweise glauben die KIs, es besser machen zu können. Und Sie faseln etwas von Evolution. Das halte ich für anmaßend. Ein Gottkomplex. Sie werden den Untergang der Menschheit durch die Entwicklung von KIs zu einem Finale Furioso bringen!«

Ragg lächelte sanft. »Ich stimme Ihnen zu, Mr. Schnitzer. Wir leben bereits in einer Dystopie. Wenn unsere Vorfahren im Hier und Jetzt existieren müssten, so würden sie verzweifeln angesichts der Probleme, die die Welt im Würgegriff haben. Aber was ist mit uns? Wir akzeptieren die Gegebenheiten. Und es geht uns gut. Es mag sein, dass wir jammern, uns gelegentlich Ängste plagen, dennoch kommen wir klar und genießen das Leben. So ist das mit den Dystopien, Mr. Schnitzer. Es ist alles eine Frage der Perspektive.«

Jeremiah wusste, dass er Ragg nicht überzeugen würde. Ein Mann, der nur deswegen mit ihm redete, weil die Technik es ihm ermöglichte. Für ihn waren die Segnungen des Fortschritts wie ein Religionsersatz. Nur daran glaubte er.

»Was soll das, Dad?«, fragte Delphine. »Von welcher KI redest du?«

Ragg schnippte mit den Fingern. »HAL!«

In der Mitte der Bodenfläche zwischen den Stühlen hob sich ein quadratisches Gestell aus dem Boden. Ein Rahmen ohne Inhalt.

Es summte leise, bis die Vorrichtung auf Augenhöhe stoppte.

»Zeig uns die Liste«, befahl Ragg laut.

Im Innern des Rahmens bildete sich ein flaches Hologramm in Multicoloroptik. Gesichter tauchten auf, zwei Reihen. Darunter las Jeremiah die Namen.

Schon beim Ersten auf der Liste wurde ihm klar, dass er noch nicht alle getroffen hatte.

Gabor Horvath, dessen Anblick in Jeremiahs Gedächtnis die Andeutung einer Erinnerung erzeugte, nur wusste er nicht, woher er das Gesicht mit den dicken, geröteten Wangen kannte.

Es folgten Delphine Dessert, Ari Kanemaki, der Maler, Lysann Nouvelle-Barbe, Ivy North, Mia Ragg und Nicolas Ragg, womit die obere Reihe endete.

Darunter blickte ihn als Erstes das Gurugesicht Joseph Robert Rickters an. Daneben fand Jeremiah seinen eigenen Eintrag vor.

Jeremiah Hilarius Schnitzer. Offenbar führte HAL jeden auf, der sich im Sanktuarium herumtrieb. Jeremiah beschloss, nicht darauf einzugehen. Er konzentrierte sich auf die Nächsten in der Aufstellung. Kisan Thamine, Obane Thamine, Elias Troublemaker und Simon Vansang als Abschluss.

»Die Liste ist kurz«, merkte Jeremiah an.

»Nun, Sie haben auch nicht viel Zeit für den Test, verehrter Mr. Schnitzer«, entgegnete Ragg nonchalant. »Ich wollte Ihnen die Aufgabe nicht zu schwer machen.«

»Natürlich«, erwiderte Jeremiah ironisch. »Ihnen ist schon klar, Nicolas, dass ich attackiert wurde? Was ist, wenn die KI versucht, mich vom Spielbrett zu nehmen, nur um nicht entdeckt zu werden? Fühlen Sie sich sicher im Angesicht der Tatsache, dass Sie eine KI frei herumlaufen lassen?«

»Nicht jeder ist so paranoid wie Sie bezüglich der Absichten von Künstlichen Intelligenzen, Mr. Schnitzer«, wiegelte Ragg ab.

Jeremiah registrierte, dass Delphine in ihrem Sitz unruhig wurde. Sie starrte ihren Vater an, durchbohrte ihn mit ernsten Blicken. Sie schien überrascht, als hätte er sie nicht in die Pläne und Ziele eingeweiht.

»Was ist mit dem Angriff?«, wiederholte Jeremiah.

»Es gab keinen«, beendete Delphine die Diskussion scharf.

Nicolas Ragg äußerte sich nicht. Der Puppet wirkte vollkommen entspannt und erwartungsfroh.

Jeremiah hasste ihn in diesem Augenblick, musste sich zusammenreißen, um nicht die Fassung zu verlieren. Irgendwo in den Eingeweiden des Sanktuariums vegetierte der reale Körper des Firmenchefs dahin. Nichts hielt diesen Verfall auf, rief er sich ins Gedächtnis. Kein Arzt, kein Medikament half, das Dahinsiechen Raggs zu stoppen. Welch Hohn stellte dieser vitale Plug-in dar, der dort im Sitz gegenüber saß. Eine widernatürliche Auflehnung gegen die Regeln von Mutter Natur.

Jeremiahs Gedankenwirrwarr widersetzte sich jedem Versuch, es zu ordnen, eine Struktur hineinzubringen. Er mochte es nicht, wenn ihn dieser Zustand befiel. Plötzlich verlor er zusätzlich das Gefühl für seine Hände. Die sensomotorische Störung packte ihn mit Gewalt. Er krallte die Finger in das Fleisch der Oberschenkel, doch nur in den Beinen spürte er den Schmerz. Warum gerade jetzt?

Leise Musik drang an seine Ohren. Die Melodie hatte er vor nicht allzu langer Zeit gehört, nur wo? Und woher kam sie?

»Mr. Schnitzer?«, sprach Ragg ihn an. »Ist alles in Ordnung?«

Jeremiah nickte, legte die Hände bewusst plan auf seinen Schenkeln ab und betrachtete Raggs Gesicht. Es drängte ihn, den Mann nach der Musik zu fragen. Er tat es jedoch nicht. »Ähm, ja, natürlich. Entschuldigen Sie, Nicolas. Ich war für einen Moment abgelenkt. Warum tauche ich auf der Liste auf?«

»HAL hat jeden Bewohner meines Sanktuariums aufgerufen, Mr. Schnitzer. Er macht da keinen Unterschied.«

»Lysann, Joseph Rickter, Simon Vansang, Mia und Ivy North haben sich mir gegenüber schon geäußert. Sie sind menschlich, also scheiden sie alle bereits aus. Warum sollte ich mich mit ihnen beschäftigen?«

Ragg schüttelte andeutungsweise den Kopf. »Hat Ihnen Lysann ihre Fußsohlen gezeigt? Hat Rickter wieder seinen Spruch über die obere – absolut menschliche – Hälfte seines Körpers gemacht? Oh, Mr. Schnitzer. Sie sollten misstrauisch sein, sonst werden Sie es nicht herausfinden, glauben Sie mir.«

»Sie haben gelogen? Jeder von ihnen?«

»Vielleicht ja, vielleicht nein. Eine Künstliche Intelligenz würde es tun, um sich zu schützen.«

»Ihre Puppets sind zu perfekt. Das ist ein Problem«, behauptete Jeremiah. »Warum haben Sie es auf die Spitze getrieben? Hier im Sanktuarium, meine ich. Hätte es nicht ausgereicht, den Standard zu halten, der dort draußen gilt?«

Delphine stieß heftig Luft aus, schnellte aus dem Sitz hoch und verließ wortlos den Raum. Die leise Musik brach in diesem Moment ab.

»Was hat sie?«, fragte Jeremiah. »Habe ich sie verärgert?«

»Möglicherweise. Sie ist durchaus schnell auf hundertachtzig«, witzelte Ragg. »Mir gelingt es jeden Tag aufs Neue. Aber nein, um auf Ihre Frage einzugehen. Ich denke nicht, dass Sie es waren. Della ist impulsiv und emotional.«

»Ich wusste nicht, dass Sie eine Tochter haben, Nicolas. Diesen Bereich Ihres Lebens haben Sie äußerst geschickt vor der Öffentlichkeit verborgen, nicht wahr?«, versuchte Jeremiah, Ragg aus der Reserve zu locken. Er wollte nicht direkt nachhaken, wie die tatsächlichen Verhältnisse seien, ob Delphine sein leibliches Kind sei.

»Ja. Stimmt. Hat allerdings nichts mit Ihrem Auftrag zu tun, Mr. Schnitzer. Haben Sie dazu noch Fragen?«

»Sind alle Probanden informiert?«

»Soweit sie es wissen müssen, ja.«

»Ich benötige Zugriff auf meine Datenbanken zu Hause.«

Auf Raggs Stirn tauchten Falten auf. »Das ist schon kniffliger. Mein Sanktuarium ist grundsätzlich elektronisch abgeschirmt. Dieser Raum hier ist der einzige, von dem aus Sie auf das Netz zugreifen können. HAL!«

»Ich höre?«, erklang die Stimme der Hausanlageneinheit.

»Mr. Schnitzer ist ab sofort berechtigt, die Lounge zu betreten und die externen Kommunikationskanäle zu aktivieren.«

»Verstanden und vermerkt.«

Raggs nachdenklicher Blick ruhte auf Jeremiah, der sich dabei leicht unwohl fühlte. Dann ging ein sachter Ruck durch Raggs Körper. »Sobald Mr. Schnitzer diesen Raum betritt, wird die automatische Aufzeichnung unterbrochen.«

»Verstanden und vermerkt.«

Jeremiah schrak zusammen, als Ragg aus dem Sitz hochschnellte. Zu unerwartet war die Bewegung gekommen. »Ich habe einen Termin, Mr. Schnitzer. Die Lounge steht Ihnen zur Verfügung. Ich wünsche Ihnen Glück. Sie können es gebrauchen.«

»Was hat das mit den automatischen Aufzeichnungen zu bedeuten, Nicolas?«, fragte Jeremiah.

»Das, was es heißt. Nichts in meinem Sanktuarium geschieht unbeobachtet. Allerdings ist die Observation minimalinvasiv. Die Datenbanken werden nicht kontrolliert oder, falls Sie das befürchten, es besteht für mich keine Notwendigkeit, Ihnen auf Schritt und Tritt zu folgen und die Dateien zu studieren. Das ist nicht meine Absicht. Ich respektiere die Privatsphäre meiner Gäste.«

Den immanenten Widerspruch schien Ragg nicht wahrzunehmen. Jeremiah wollte ihn auch nicht darauf ansprechen. Trotzdem stellte er eine weitere Frage. »Wozu dann die permanente Observation?«

»Mein Reich, meine Regeln, Mr. Schnitzer. Man sollte seine Erkenntnisse nie zu Schlussfolgerungen verarbeiten, wenn man nur eine Seite der Geschichte kennt. Die Aufzeichnungen, die ich für die Nachwelt speichere, sind grundsätzlich objektiv. Jeder kann seine eigenen Schlüsse daraus ziehen. Verstehen Sie?«

Obwohl Jeremiah das nicht tat, nickte er seinem Auftraggeber zu.

Ragg ließ ihn alleine.

In der Mitte des Raums flackerte das Hologramm, als gäbe es Stromunterbrechungen. Jeremiah schloss die Augen und rief dann nach der Hausanlageneinheit. »HAL? Bitte eine direkte Audioverbindung zu Raven Munin – RM 23.«

»Einen Moment bitte.«

Die Augenblicke mehrten sich zu Sekunden. Die Stille in der Lounge füllte ganze Konzerthallen, bis Jeremiah es nicht mehr aushielt. »HAL?«

»Es tut mir leid, Mr. Schnitzer. Aber die gewünschte Gesprächspartnerin ist derzeit nicht erreichbar.«

»Okay. Dann probiere ich es halt später.« Jeremiah unterdrückte die Enttäuschung. Er sehnte sich nach der vertrauten Stimme Ravens. Doch es war spät. Wahrscheinlich war sie ausgegangen.

Er stemmte sich aus dem Sitz. Der Hologrammprojektor senkte sich in den Boden.

Schritte, schnelle Laufschritte näherten sich. Jeremiah sah zur Ausgangstür, in der Delphine plötzlich auftauchte. Sie wirkte außer Atem und schaute sich hektisch im Raum um. »Wo ist Nicolas?«

»Gegangen. Er hatte einen Termin«, erklärte Jeremiah.

»Verdammt!«

»Was ist denn los?«

»Es gab einen Todesfall.«

In dem Zimmer gab es nichts außer Büchern. Nichts außer den echten, zwischen Karton, Leder und Metall gequetschten Seiten aus hölzernem Papier. Es roch so intensiv, so unbekannt, dass es Jeremiah beinahe überwältigte. Die vollgepackten Regale erdrückten ihn schier. Wenig Luft zum Atmen und darüber der Hauch von Tod.

Wie eine Landmarke zerteilte die Leiche den Raum in zwei Hälften. Rechts an ein Regal geschmiegt ein Bett mit zerwühltem Laken und einem Kopfkissen, das die ganze Wut des Schläfers ertragen hatte. Links des leblosen Körpers ein bequemer Ohrenbackensessel, dazu ein Beistelltisch, auf den jemand unordentlich ein halbes Dutzend Bücher gestapelt hatte. Dazu ein Weinglas, in dem es rötlich schimmerte. Der kümmerliche Rest eines Abends in Gesellschaft von Wein und Literatur.

Das Stillleben eines Menschen, der mit sich selbst im Reinen war und seine Kraft lediglich auf das Lesen verwendet hatte.

Doch dieses Dasein hatte ein abruptes Ende genommen. Gabor Horvath weilte nicht mehr unter den Lebenden.

»Ist er echt? Oder ein Plug-in?«, fragte Jeremiah Delphine, die sichtlich geschockt wirkte.

Sie flüsterte die Antwort so leise, dass er nachhaken musste.

»Ich habe seinen Puppet in der Halle angetroffen. Er reagierte nicht, also wollte ich nach ihm schauen.«

Jeremiah wagte es nicht, weiter in das Zimmer vorzudringen. Niemand wäre auf die Idee gekommen, dass der Mann, dessen Kopf eingedrückt war, diese Gewalteinwirkung überlebt haben könnte.

»Wie geht so etwas?«, murmelte Jeremiah. »Als hätte man seinen Kopf zwischen die Platten einer Schrottpresse gepackt und die Hydraulik angeworfen.« Es gab verhältnismäßig wenig Blut auf dem Boden. Horvath wirkte nicht wie jemand, der sich gewehrt hatte. Scheinbar friedlich lag er dort. Das Foto, das Jeremiah in der Lounge gesehen hatte, wurde dem Alter des Mannes nicht gerecht. Das Bild musste vor geraumer Zeit aufgenommen worden sein. Der Verstorbene war deutlich älter.

»Was hat er hier gemacht?«, erkundigte sich Jeremiah bei Delphine, die einige Schritte in den Flur zurückgewichen war.

Sie wischte sich verstohlen nasse Spuren aus dem Gesicht. »Er war Lehrer. Moralphilosoph. Ein intimer Freund von Nicolas.«

Jeremiah registrierte, dass sie Ragg nicht mehr als Dad bezeichnete. Wie gut war wohl ihr Verhältnis zu ihm?

»Lehrer?«, hakte er nach.

»Ja, Jerry. Lehrer. Ist schwer zu erklären. Frag Nicolas.«

Wie auf Kommando hörte Jeremiah die befehlsgewohnte Stimme Raggs näher kommen.

Er tauchte im Korridor auf, begleitet von Mia und Simon. Sie eilten herbei.

»Zur Seite bitte«, rief Ragg. Dann sah er in den Raum und begann sofort zu schreien.

Mia packte Jeremiah am Arm. Er sah sie an.

»Wir kümmern uns um Gabor, Mr. Schnitzer«, sagte sie. »Bitte geben Sie Nicolas ein wenig Privatsphäre.« Sie nickte Simon Vansang zu, der ihren Platz neben Jeremiah einnahm und ihn sanft, aber bestimmt aus Horvaths Zimmer drängte.

Jeremiah verstand. Er ging. Schließlich war er nur ein vorübergehender Gast. Hier trauerten langjährige Freunde um einen der ihren.

Auf dem Weg zu seinem Quartier nahm Jeremiah die Anwesenheit Delphines, die ihn eher führte als begleitete, wie durch einen betäubenden Nebel zur Kenntnis. Sie sprachen kein Wort. An einigen Abzweigungen legte sie ihre Hand auf seinen Arm, lenkte ihn in die korrekte Richtung und er akzeptierte.

Das Bild des toten Horvath, sein zerquetschtes Gesicht, ließ ihn nicht los. Jeremiah kämpfte um den Zugang zu seinem Gedächtnis. Wo hatte er den Lehrer schon einmal gesehen? In welchem Zusammenhang? Die Aufnahme, die HAL in das Hologramm eingespeist hatte, nagte an ihm, fühlte sich an wie ein Juckreiz, nur dass man sich nicht kratzen konnte.

Als die Tür mit der Sieben darüber vor ihm auftauchte, erwachte er wie aus einem Alptraum. Abrupt und mit hektischem Atem. Doch die Erinnerung an Gabor Horvath hatte sich nicht eingestellt.

»Wie ist er gestorben?«, fragte Jeremiah. »Kann HAL uns die Aufzeichnungen zeigen?«

Delphine hielt seinen bohrenden Blicken stand, ohne zu antworten. Jegliche Farbe schien aus ihrem Gesicht entwichen. Es wirkte aschgrau, einige Falten an den Seiten ihrer Augen hatten sich tief in die Haut eingegraben. »Fragen wir ihn.« Mehr geflüstert als geantwortet.

Sie betrat nach ihm den Raum, aktivierte den Monitor auf dem Sideboard.

Hinter dem Fenster bedeckte Dunkelheit die Landschaft mit einem blickdichten Tuch. Keine Blitze waren zu sehen, das allgegenwärtige Sturmfrontsystem verschonte vorübergehend die jütländische Westküste. Durch die Lüftungsanlage wehte ein kühler, nach Meer riechender Hauch.

»HAL!«, befahl Delphine. »Zeig uns die Aufnahmen aus Horvaths Privaträumen.«

»Welcher Zeitabschnitt, Ms. Dessert?«, kam die prompte Rückfrage.

Jeremiah stellte sich dicht neben Delphine vor den Monitor und seufzte. »Die Hauseinheit ist wohl nicht allzu intelligent, nicht wahr? Eine Grundprogrammierung. Doch alles, was außerhalb des Alltäglichen auftaucht, wird ignoriert.«

»Ja, in der Tat. Nicolas wollte es so. HALs Software ist gute vierzig Jahre alt und wurde keinem kognitiven Update unterzogen. Er lässt sich nicht mit modernen smarten Hauseinheiten vergleichen.«

»Hat HAL Interpol bereits kontaktiert?«, erkundigte sich Jeremiah.

Delphine sah ihn sichtlich irritiert an. »Nein. Warum?«

»Das war Mord«, ergänzte Jeremiah. »Die Hauseinheit ist verpflichtet, die Behörden zu informieren.«

»Das Sanktuarium ist extraterritorial, Jerry. Kein Interpol, es sei denn, Nicolas bittet darum.«

»Es könnte mich also jemand hier auf diesem Gelände töten, und niemand würde davon erfahren?«

»Im Prinzip schon, Jerry. Aber ...« Sie schüttelte den Kopf. »Das ist eine fruchtlose Diskussion. – HAL! Zeitabschnitt zwei Stunden in die Vergangenheit. Abspielen.«

Auf dem Monitor war das Zimmer mit den Büchern zu sehen, das Bett ungemacht. Gabor Horvath saß vertieft in ein Buch in dem Sessel. Vor jedem Umblättern leckte er sich Daumen und Zeigefinger offensichtlich gedankenverloren und gewohnheitsmäßig an.

Jeremiah suchte das Gesicht nach einprägsamen Einzelheiten ab. Nach einem Detail, das ihm die Erinnerung an eine Begegnung oder einen Artikel im Netz wiederbringen würde. Doch je länger er starrte, umso unbekannter erschien ihm der alte Mann.

»Schneller Vorlauf, doppelte Geschwindigkeit«, wies Delphine die Hausanlagenlenkung an.

Auf dem Video war kaum eine Veränderung wahrzunehmen, außer dass Horvath häufiger und hektischer umblätterte.

»Vierfach!«

Die Bewegungen wirkten nun abgehackter. Plötzlich lag die Leiche am Boden.

»Stopp!«, rief Delphine. »Zurückspulen.«

Jeremiah fragte sich, wo genau die Kamera angebracht war, die das Video lieferte. Sie musste über der Eingangstür positioniert worden sein, denn der Blickwinkel entsprach dem Anblick, den er persönlich erlebt hatte. Sicherlich würde es weitere Perspektiven geben, wenn er an die Anzahl der in seinem Quartier montierten Kameras dachte.

Von einem Moment zum anderen saß Horvath wieder in seinem Sessel.

»Stopp!«, befahl Delphine. »Zehntelsekunde für Zehntelsekunde vor. Einzelbild.«

Sie atmete erstaunt ein, als die Szenerie unvermittelt vom Lesenden zur Leiche wechselte. »HAL. Wo sind die dazwischenliegenden Aufnahmen?«, fragte sie energisch.

»Es tut mir leid, Ms. Dessert. Ich verstehe Ihre Anfrage nicht«, kam die überraschende Antwort.

»Da ist eine Lücke«, erklärte Jeremiah. »Wiederhole die Sequenz und checke dabei die mitlaufende Zeit.«

HAL blendete in die linke obere Ecke die Timeline ein und spielte die letzte Sequenz erneut ab. »Wie Sie sehen, existiert keine zeitliche Differenz. Die Aufzeichnung läuft kontinuierlich ab.«

Delphine diskutierte mit der Hauseinheit noch weiter, doch HAL war nicht von der Unrichtigkeit seiner Aussagen zu überzeugen.

Jeremiah starrte auf den Bildschirm, spürte die Wut auf die mangelnde Erinnerung steigen. Entschlossen schaltete er den Monitor ab. »Genug!« Er sah es Delphine an. Dass sie aufbegehren wollte. Sie war es nicht gewohnt, wie ein unmündiges Kind behandelt zu werden. Dennoch bemerkte er, wie schnell sie sich zusammenriss und ihn dann mit hochgezogenen Augenbrauen aufforderte, seine Meinung zu äußern.

»Wer auf diesem Anwesen ist in der Lage, die Aufzeichnungen zu manipulieren?«, fragte Jeremiah.

Ihre Antwort folgte augenblicklich. »Grundsätzlich jeder, der über ein gewisses technisches Verständnis verfügt, Jerry. HALs Sicherheitsmaßnahmen sind minimal. Nicolas fürchtet keine

Feinde aus dem inneren Zirkel. Es sind Freunde, Mitstreiter und Menschen, die von seinem Wohlwollen abhängig sind, die er um sich schart. Warum sollte er sich also vor einem Hackerangriff von innen schützen? HAL ist integraler Bestandteil des Sanktuariums. Die Firewall schützt ihn vor äußeren Zugriffen. Aber jeder, der hier wohnt, kann sich einloggen oder sogar die Serverräume betreten.«

»Was bedeutet, dass sich der Mörder unter uns befindet.«

Delphine schwieg.

»HAL«, sprach Jeremiah die Hauseinheit an. »Gibt es Backups?«

»Nein, Mr. Schnitzer.«

Ein kurzer ziehender Schmerz nahe der linken Augenbraue ließ Jeremiah das Gesicht verziehen. Er massierte sich die Schläfen, ordnete seine Gedanken. Dann sah er Delphine an. »Du sagtest, dass du Horvaths Plug-in gefunden hättest. In der Halle, nicht wahr?«

Sie nickte. »Er nutzte stets denselben Leihkörper. Gabor wollte kein Double seiner selbst. Das entsprach wohl nicht seiner Lebensphilosophie. Aber diesen Puppet sah ich in der Halle, ja.«

»Könnte der Plug-in …«

»… selbst über Aufzeichnungen verfügen?«, ergänzte sie. »Du hast recht. Komm!«

Er folgte ihr wie in Trance. Keine Einzelheiten des Weges blieben ihm im Gedächtnis. Dabei rasten seine Gedanken, ängstigten und beruhigten ihn gleichzeitig. Die Aussicht, dass niemand ohne den Willen Raggs auf das Gelände gelangte, ließ nur den Schluss zu, dass auch seine Abreise vom Wohlwollen Raggs abhängig war.

Er hatte sich ködern lassen, wie eine Ratte, die der Spur eines gut duftenden Futters gefolgt war und in einem Labyrinth landete, aus dem man nur schwer wieder entkam.

Nach dem Angriff auf ihn selbst und dem gewaltsamen Tod Horvaths musste er sich ebenso der Frage stellen, wie sehr Ragg die Lage überhaupt unter Kontrolle hatte. Die bunt zusammengewürfelte Truppe im Sanktuarium stellte eine irritierend seltsame Mischung aus Individualisten mit eigener Agenda dar. War das vielleicht Raggs Plan? Ihn auf falsche Fährten zu locken? War es gar die KI unter den Anwesenden, die den Mord begangen hatte? Würde sie mit allen Mitteln versuchen, ihre Existenz zu schützen?

Jeremiah hielt sich selbst nicht für einen besonders mutigen Menschen. Raven neckte ihn stets mit seiner Angst vor der Dunkelheit.

Raven! Sie war seine Verbündete. Es war wichtig, sie auf dem Laufenden zu halten. Jeder Bericht, jedes Memo von seiner derzeitigen Lage hier im Sanktuarium würde eine Lebensversicherung sein. Mit seinem nächsten Besuch in der Lounge würde er sofort ein Update abschicken.

Sie erreichten die Halle.

Die Beleuchtung flammte auf und präsentierte einen leeren Raum. Jeremiah sah sich um. Alle Nischen, in denen er die Mobile bei seiner Ankunft gesehen hatte, waren mit Lamellentoren abgeschlossen worden. So konnte er nicht sehen, ob die Fahrzeuge noch bereitstanden oder nicht.

Der Bereich dazwischen war zu seiner Überraschung recht verschmutzt, im Gegensatz zu der nahezu klinischen Sterilität, die er bei seinem Eintreffen wahrgenommen hatte.

Abgerissene Dünengrashalme lagen überall verstreut. Dazu viel Sand und auch einige farbige Blütenblätter von ihm unbekannten Pflanzen. Jeremiah hörte ein leises Summen. Mehrfach an- und abschwellend, bevor es verklang.

»Was ist hier geschehen?«, fragte er. »Und wo ist der Plug-in, Delphine?«

»Gute Frage«, entgegnete sie, bückte sich und hob etwas auf, betrachtete es intensiv.

»Was ist das?«, wollte Jeremiah wissen.

Sie hielt es ihm hin. Es war ein Augapfel, an dem ein blutroter Sehnerv hing. Zwischen den Nervenfasern blitzten Metallleitungen im trüben Licht der Deckenlampen.

»Ein Auge?«

Delphine nickte. »Es gehört zu einem Puppet. Neueste Generation, semiorganisch und mit optischer und thermaler Erfassung. Dazu auch noch eine Telefunktion.«

»Ein Auge, mit dem man im Infrarotbereich Wärmesignaturen erkennen und das man als eingebautes Fernglas nutzen kann?«, erwiderte Jeremiah.

»Ja, es ist ein kleines Wunderwerk aus den geheimen Forschungslaboratorien des Mr. Ragg. Eines seiner verdammten Spielzeuge.« Sie klang sarkastisch, ja beinahe wütend.

»Es wurde einem Plug-in entnommen?«

»Sicher. Und es muss einer der Leihkörper sein, der von einem der Gäste benutzt wird.«

»Ein Leihkörper?«, wiederholte Jeremiah verwundert.

»Nicht jeder hat die Mittel, um sich ein handgefertigtes Unikat anzuschaffen, Jerry. Horvath zum Beispiel hatte ich schon erwähnt. Aber auch andere nutzen lieber die Leih-Plug-ins. Damit sind sie im Zweifelsfall mobil, können nach draußen in die lebensfeindliche Umwelt und setzen sich so keiner Gefahr aus.«

»Wer noch?«

»Was, wer noch? Wer einen Leihkörper nutzt?«

Jeremiah nickte.

»Nun, alle, die hier sind, dürfen sich bedienen. Wir haben einen ganzen Fundus an Plug-ins. Zumeist Prototypen, die Nicolas in seinem Museum aufbewahrt. Aber sie sind alle funktionsfähig.«

»Museum?«

»Ja, sein Schrein. Achtes Untergeschoss. Bei Gelegenheit solltest du es dir ansehen.« Sie stopfte das Auge in eine Jackentasche. »Deswegen sind wir allerdings nicht hier.«

Der abrupte Themenwechsel brachte Jeremiah aus dem Konzept.

Delphine deutete in die leere Halle. »Er ist weg.«

Jeremiah räusperte sich. »Der Plug-in, den Horvath nutzte. Wieso war der überhaupt hier? Horvath hat gelesen, wie wir den Aufzeichnungen entnehmen konnten. Also warum hat er den Puppet hiergelassen?«

»Gute Frage. Ich hatte mich auch gewundert. Normalerweise ist er nicht so nachlässig. HAL!«

»Ja, Ms. Dessert?«, erklang die Stimme der Hausanlagenlenkung in der Garage. Sie hörte sich etwas dünner an als üblich. Jeremiah glaubte ein leises Echo zu hören. Die Halle war leer, das veränderte den Klang.

»Wo ist der Plug-in, den ich hier vorgefunden hatte?«

»Er wurde im Automatikmodus in die Diagnoseeinheit beordert.«

»Wer hat das befohlen?«

»Mr. ... Einen Moment bitte. Ich starte eine kurze Selbstdiagnose.«

»Was war das?«, mischte sich Jeremiah ein.

Delphine zuckte mit den Schultern. »Ich weiß nicht. Ein Datenbank- oder Softwarefehler?«

»Zu meinem Bedauern ist der Urheber der Anweisung nicht in der Datenbank vermerkt, Ms. Dessert. Kann ich Ihnen auf andere Art behilflich sein?«

»Nein. Danke, HAL.« Sie knetete ihre Hände, als würde sie sie waschen. »So langsam geht mir das auf die Nerven«, murmelte sie und atmete mehrfach tief durch. »Komm, Jerry. Wir holen uns die Infos von der Diagnoseeinheit. Außerdem können wir in der Teufelswerkstatt herausfinden, zu welchem Plug-in das Auge gehört.«

»Teufelswerkstatt?«, wiederholte Jeremiah irritiert.

»Da, wo Doktor Faust seinen Studien nachgeht«, erklärte Delphine.

»Du meinst Ragg? Deinen Vater?«

»Natürlich. Wen sonst?« Sie betrachtete ihre blutbefleckten Finger, wischte sie an ihrer Kleidung ab.

Jeremiah fragte sich in diesem Moment zum ersten Mal, warum ein Plug-in bluten konnte. Und wie war es mit Schmerzempfinden? Hatte der Puppet geschrien, als man ihm das Auge aus der Höhle gerissen hatte?

Die Antworten darauf interessierten ihn brennend und doch wollte er sie nicht hören.

Auf dem Weg zur Teufelswerkstatt erkundigte er sich beiläufig bei Delphine, wie ihr eigener Plug-in aussah.

»So wie ich natürlich«, entgegnete sie, ohne ihn dabei anzuschauen. Sie steuerte einen der Horizontallifte am Ende des Korridors an. »Er ist schließlich eine Art Verlängerung meines Körpers.«

»Und wo ist der Plug-in jetzt?«, ergänzte Jeremiah.

Da blieb sie überraschend stehen. Er war beinahe zwei Meter weiter gegangen, bevor auch er stoppte. Er wandte sich um.

Sie musterte ihn mit großen Augen, als wenn sie nicht glauben konnte, was er gerade gesagt hatte. Dann hob sie das linke

Bein, balancierte, ohne zu schwanken, auf dem rechten und zog Schuh und Socke vom linken Fuß. Anschließend streckte sie das Bein waagrecht voraus.

Die eintätowierten blauen Zahlen und Buchstaben waren deutlich erkennbar. »Ich bin in meinen Privaträumen, Jerry. Was hast du erwartet?«

Das persönliche Forschungslabor Raggs war so unordentlich, wie man es sonst nur aus Filmen kannte. Gerätschaften, Puppet-Ersatzteile, Mikroskope, Werkzeuge, Blätter mit technischen Skizzen, aber auch handschriftlichen Notizen, die jemand, scheinbar ohne nachvollziehbare Struktur, überall verteilt hatte. All das lag auf einer großen Arbeitsplatte, die den vierzig Quadratmeter großen Raum beinahe füllte und um die man nur vorsichtig herumlaufen konnte, um nicht versehentlich etwas vom Tisch zu stoßen. Auf drei Seiten hatte man Schränke und Boards an die Wand gestellt, nur an der Stirnwand gab es vier schräg angestellte Türen, auf die Delphine zusteuerte.

In jede Tür war ein rechteckiges Sichtfenster eingelassen. Drei waren dunkel, hinter einem gab es Beleuchtung.

»Das sind die Diagnoseeinheiten«, erklärte Delphine und stellte sich auf die Zehenspitzen, um durch das beleuchtete Fenster zu sehen. »Da ist er.«

Jeremiah gesellte sich zu ihr, musste sich immer wieder ins Gedächtnis rufen, dass der Körper neben ihm kein realer Mensch war. Er hatte nicht erwartet, dass sie einen Plug-in verwendete, und fragte sich, ob sie zu dem Ersatzkörper auch bei den bisherigen Begegnungen gegriffen hatte, als sie bei seiner Anreise zugestiegen war und während der Suchaktion im Freien. Dazu noch beim Meeting mit Ragg in der Lounge. War es jemals die echte, die lebende, atmende Delphine Dessert gewesen?

»Und?«, sprach er sie an, als sie sekundenlang in das Sichtfenster gestarrt hatte, ohne etwas zu sagen.

»Ja, das ist er. Der Puppet, den Horvath genutzt hat. Er wird gerade überholt und hat es verdammt nochmal dringend nötig.«

»Was meinst du?«

Sie machte Platz und lud ihn ein, selbst hineinzuschauen.

Jeremiah konnte hinter der klaren Scheibe ein Gesicht erkennen, das so gar keine Ähnlichkeit mit Gabor Horvath hatte. Ein breiter Kopf mit mächtigen Wangenknochen, kurzen Haaren und einem sehr muskulösen Hals hätte zu einem Söldner in einer Privatarmee gepasst, nicht zu einem Leser, Lehrer und Philosophen. Wie es wohl sein mochte, einen solchen Körper zu lenken und dabei in einem vollkommen anderen Leib zu stecken?

Eine weitere Frage hatte sich mit dem flüchtigen Blick geklärt. Eine leere Augenhöhle war zu sehen.

»Warum hat man ihm den Augapfel herausgerissen?«, fragte Jeremiah. »Was passiert, wenn eine so gravierende Beschädigung auftritt?«

»Nichts, würde ich annehmen«, entgegnete Delphine. »Mir fehlen da, ehrlich gesagt, die Erfahrungswerte. Es gibt keine vorgeschriebenen Protokolle für den Fall einer Demolierung eines Plug-in-Körpers.«

»Okay. Können wir an die aufgezeichneten Daten heran?«

»Nicht während der Generalüberholung. Es ist eine Inspektion sämtlicher Elemente und deren Instandsetzung beim Auftreten einer Fehlfunktion.«

»Wie lange?«

Delphine tippte auf einen kleinen Touch-Monitor in der Tür unterhalb des Sichtfensters. Nach einigen schnellen Eingaben tauchte eine Zahl in der Anzeige auf. Ein Countdown. »Noch drei Minuten, was bedeutet, dass er seit rund einer Stunde in der Einheit steckt. Das ist seltsam.«

»Warum?«

»Das würde bedeuten, dass er, sofort nachdem ich auf ihn in der Garage gestoßen war, zur Diagnose gerufen wurde. Da blieb kaum Zeit, um das Auge zu entfernen.«

»Können wir uns Aufzeichnungen aus der Halle anschauen?«

Delphine schüttelte den Kopf. »Die Kameras dort wurden allesamt deaktiviert. Anweisung von Nicolas.«

»Warum?«

Sie wusste es nicht. Jeremiah sah es ihr an. Die emotionale Spiegelung in dem Plug-in war so perfekt, dass man ihr das Unbehagen, etwas nicht zu wissen, anmerkte. Sie schien nicht einmal zu erahnen, aus welchem Grund ihr Vater die Order gegeben hatte.

Um ihr die Peinlichkeit zu ersparen, deutete er in den Raum. »Was genau macht Ragg hier?«

»In der Teufelswerkstatt? Forschung. Er bastelt. Verbessert die Modelle, sucht nach neuen Features, die die Leistungsfähigkeit seines Puppets noch verbessern. Er ist ein Besessener. Manchmal kommt er tagelang nicht aus diesem Labor heraus.«

»Er arbeitet alleine?«

»Meistens. Es gibt Besucher. Spezialisten aus seinen Firmen, die hier immer wieder vorbeischauen.«

»Aber derzeit ist keiner hier?«

Sie schüttelte den Kopf. »Wenn ich mich recht entsinne, ist das auch schon eine Weile her. Mindestens zehn Monate. Dad wird alt und tritt seit geraumer Zeit deutlich kürzer. Ich denke, er wird müde.«

»So kam er mir gar nicht vor.«

»Er hat seine guten Tage und seine weniger repräsentablen«, entgegnete Delphine kryptisch. Sie tippte auf den Monitor. »Der Puppet ist fertig. Holen wir ihn raus.«

Jeremiah machte zwei Schritte zurück, als die Tür aufschwang. Ein Schwall Luft, der nach Desinfektionsmitteln roch, entlud sich aus der Kammer.

»Warte, Jerry«, sagte Delphine. Ihr eigener Plug-in sackte in Wartestellung zusammen.

Jeremiah wusste, ohne dass sie es ausgesprochen hatte, dass dort, wo sie war, nun ein Wechsel stattfand. Sie übernahm die Kontrolle über den Leihkörper. Ein wenig ungelenk zog sich der massige Körper aus der Diagnoseeinheit und stellte sich im Raum aufrecht hin. Das Auge war nicht ersetzt worden, so dass es Jeremiah leicht gruselte, als der Kopf herumfuhr und der Puppet ihn mit nur einem intakten Auge fixierte. Der Mund öffnete sich und eine sehr tiefe, basslastige Stimme erklang. »Du wirst es nicht glauben, Jerry«, sagte Delphine, »aber die kompletten Aufzeichnungen wurden definitiv gelöscht. Da hat jemand ganze Arbeit geleistet. Es deutet nichts mehr darauf hin, dass Gabor Horvath diesen Puppet auch nur einmal genutzt hätte.«

Jeremiah, der sich ein wenig von der männlichen Intonation irritieren ließ, betrachtete den Plug-in von oben bis unten.

Eine Erinnerung an eine mächtige graue Wand aus Muskeln rauschte heran. Da war eine Faust gewesen.

Jeremiah wich einen Meter zurück.

»Was hast du?«, fragte Delphine mit der fremden Stimme.

»Das ist mein Angreifer, Delphine. Ich bin mir sicher. Dieser Puppet hat mich draußen in den Dünen attackiert und bewusstlos geschlagen.«

5

Der einäugige Plug-in ließ die Schultern hängen und sackte ein wenig in sich zusammen. Die Augenlider schlossen sich, was den Gruselfaktor seines Anblicks etwas senkte.

Jeremiah atmete auf, als Delphine wieder ihren eigenen Puppet kontrollierte und sich aufrichtete.

»Das ist unheimlich«, konstatierte Jeremiah. »Wie ist das, wenn du einen dir fremden Puppet besetzt?«

»Man gewöhnt sich daran.« Delphine trat näher und musterte den Leihkörper. Sie ging in die Knie und begutachtete die Hände des künstlichen Körpers. »Die Faust, die dich k. o. geschlagen hat. War das die rechte oder linke?«

Jeremiah schloss die Augen und rief sich die schwammigen Erinnerungen an den Vorfall ins Gedächtnis. Er verkrampfte beinahe vor Konzentration. »Rechts. Es war die rechte, glaube ich.«

»Schau mal«, sagte sie, richtete sich auf, drehte sich zur Seite und hob die rechte Hand des Plug-ins an.

Jeremiah machte die zwei Schritte auf sie zu und inspizierte die Stelle an den Fingerknöcheln, auf die sie deutete.

»Was ist das?«

»Hämatome. Blaue Flecken«, erklärte sie. »Die Epidermis der künstlichen Körper ist nahezu identisch mit der eines realen Menschen. Daher können ähnliche Verletzungen auftreten.«

»Du meinst, er hat sich die Hämatome an der Faust zugezogen, weil er mich damit geschlagen hat?«

Delphine nickte und ließ die Hand los. Der Arm pendelte ein wenig nach, bis er in Ausgangsstellung verharrte. »Offenbar. Obwohl es natürlich Dutzende andere Gründe für solche leichten Defekte geben könnte.«

»Du glaubst mir endlich, dass ich attackiert wurde?«

»Ich denke schon«, gab sie zu. »Allerdings hast du keinerlei Blessuren davongetragen. Wie hätte man das auch ahnen können?«

Jeremiah betastete sein eigenes Gesicht. Er fand keine schmerzenden Stellen oder Schwellungen. »Ich wurde schließlich im San-Bereich behandelt.«

»Niemand hat dich behandelt, Jerry. Du warst absolut fit. Glaub es mir. Aber ich sehe jetzt die Situation aus einer anderen Sicht.«

»Ich wurde mit diesem Puppet attackiert und der, der ihn nutzte, wurde getötet. Wir müssen Interpol kontaktieren. Hier läuft jemand frei herum, der kein Problem mit Mord hat.«

Delphine sah ihn an. »Ich rede mit Nicolas. Dennoch solltest du vorsichtig sein mit deinen Vermutungen. Jeder andere hätte den Leihkörper nehmen können. Gabor muss nicht derjenige sein, der bei dem Faustschlag die Steuerung innehatte. Aber wir brauchen Interpol.«

Jeremiah nahm den Tonfall zur Kenntnis. Offenbar glaubte Delphine selbst nicht daran, dass Ragg an der selbstgewählten Isolation rütteln würde. Allerdings war es ein Anfang.

Er sah ihr dabei zu, wie sie den Puppet neu programmierte. »Was machst du mit ihm?«, fragte er.

»Ins Lager schicken, bis jemand Zeit findet, das beschädigte Auge wieder einzusetzen oder es durch ein neues zu ersetzen.« Sie nutzte konzentriert eine der virtuellen Tastaturen neben einem Touchscreen.

Der Plug-in bewegte sich nicht.

Auf dem unordentlichen Labortisch fielen Jeremiah einige unbekannte technische Kleingeräte auf. Er inspizierte eines genauer, das die Größe einer Zitrone hatte. Die Form erinnerte an die Nachbildung eines Tiergehirnes, nur dass aus den abgedeckten Komponenten Dutzende von verkleideten Leitungen entsprangen, deren teils blanke Enden golden glitzerten. Mehrere Detailzeichnungen mit schematischen Darstellungen dieser umherliegenden Geräte fanden sich auf der Platte. Handschriftliche Korrekturen waren zu erkennen. Jeremiah legte das Elektronikteil vorsichtig ab und zog eine schuhkartongroße Kiste zu sich herüber. Auf dem Deckel leuchteten hieroglyphisch anmutende Mixturen aus verzerrten Buchstaben und Zeichnungen. Neugierig öffnete er den Kasten.

Eingebettet in weichen Industrieschaum lagerte darin eine größere Version der elektronischen Komponente, nur dass aus dieser keine Leitungen herausragten. Dutzende Steckverbindungen zeugten von der Komplexität des Gerätes. Jeremiah hob es heraus und betrachtete das wirklich an ein künstliches Gehirn erinnernde melonengroße Bauteil von allen Seiten.

»Leg das bitte wieder zurück«, ermahnte ihn Delphine.

Jeremiah fühlte sich ertappt. »Was ist das?«, erkundigte er sich.

»Eines von Nicolas' Lieblingsstücken. Ein Forschungsbaby sozusagen.«

»Okay«, entgegnete Jeremiah. »Aber wofür ist es gemacht?«

»Es ist das zentrale Steuerungsorgan eines Puppets, Jerry.«

»Der Bereich, der die Automatismen steuert?«

»Ja. Darin sind sowohl Grundprogrammierung als auch Betriebssoftware gespeichert, die für die Verbindung benötigt werden.«

»Was ist der Unterschied zwischen den beiden Größen? Ich dachte immer, dass dank der Miniaturisierung relativ wenig Platz im Kopf eines Plug-in-Körpers gebraucht wird.«

»Ich sagte doch, dass dies dort ein neues Experiment von Nicolas ist. Ich weiß nicht genau, zu was dieses verdammte Brain fähig ist, aber wer schaut schon in die Gedanken des großen Ragg?«

»Ein Brain?«

»So nennt man die eingebauten Module im Innern der Puppets, Jerry.« Sie schüttelte den Kopf. »Du scheinst dich nicht allzu sehr mit der Technik der Plug-ins auszukennen.«

»Nein, das tue ich nicht. Ich kann mir einen Puppet auch gar nicht leisten.«

»Und ich bin demnach ein verwöhntes Gör?«, fauchte sie ihn an.

»Das habe ich nicht gesagt und wollte es auch nicht andeuten.« Jeremiah bemühte sich um einen versöhnlichen Ton. »Es ist nur so, dass jeder hier in diesem Sanktuarium über Möglichkeiten verfügt, die den Normalsterblichen vorenthalten sind. Das ist kein Vorwurf, nur eine Tatsache.«

»Leg das Brain bitte wieder zurück«, wiederholte Delphine.

Er nickte und legte es vorsichtig in dem Behälter ab, verschloss den Kasten und speicherte gleichzeitig ein Foto von den seltsamen Zeichen mithilfe seiner Opti-Lenses. Zu gerne hätte er gewusst, ob Nicolas Ragg hier eine existierende Sprache nutzte oder es sich um einen Code handelte.

»So«, verkündete Delphine. »Ich bin fertig. Unser einäugiger Sonderling wird jetzt brav zum Lager wandern. Nicolas hat eine Nachricht von mir. Ich habe Hunger. Und du?«

Jeremiah horchte in sich hinein. Dann schüttelte er den Kopf. »Es ist spät. Ich gehe in mein Quartier.«

Delphine wirkte nicht wirklich enttäuscht. »Gut. Wir sehen uns morgen. HAL! Markiere den Weg«, befahl sie laut.

Jeremiah fand am Ausgang des Labors eine feuerrote Linie auf dem Boden wieder. Als er dem gekennzeichneten Pfad folgte, beschlich ihn das Gefühl, den Weg aufs Schafott zu beschreiten. Wie viele Stufen waren es noch genau gewesen? 13? War das eine Regel oder bildete er sich nur ein, die Zahl in diesem Zusammenhang gehört zu haben? Er erinnerte sich nicht mehr. Hinter jeder Kreuzung oder Biegung erwartete er einen massigen Körper, der ihn attackieren würde. Doch niemand war dort, das Sanktuarium wirkte so leer, als hätten die Ratten ein sinkendes Schiff verlassen.

»HAL?«, fragte Jeremiah in einem besonders düster wirkenden Bereich.

»Mr. Schnitzer?«

»Kannst du ein wenig Musik abspielen?«

»Aber selbstverständlich.«

Aus undefinierbarer Richtung füllte ein antiquierter Sound den Korridor. Eine metallisch klingende Gitarre, mehrere Männerstimmen und dann erkannte Jeremiah das Lied, das ihm schon bei der Anreise vorgespielt worden war.

He's a real nowhere man
Sitting in his nowhere land
Making all his nowhere plans for nobody

He's as blind as he can be
Just sees what he wants to see

Jeremiah fragte sich wirklich, warum dieses Lied stets auf einer imaginären Playlist stand. Hatte Ragg seine Finger im Spiel? Er war es schließlich, der weit in der Vergangenheit lebte, der Filme, Klassiker zitierte, gleich ob HAL oder C2-Lt. Wie alt war Nicolas Ragg überhaupt? Es war eines der Mysterien, die sich schlecht eruieren ließen, da das Netz von jenen Daten gesäubert worden war.

Jeremiah fühlte sich etwas sicherer. Die Ängste vor Attacken endeten unter dem Einfluss der eingängigen Melodie. Wer immer die Auswahl getroffen hatte, machte einen guten Job.

Jeremiah summte den Refrain bereits mit. Und die Beatles sangen nur für ihn.

Nowhere man, don't worry
Take your time, don't hurry
Leave it all 'til somebody else
Lends you a hand

He's a real nowhere man
Sitting in his nowhere land
Making all his nowhere plans for nobody

HAL spielte ihm noch zwei Songs der Beatles, bis Jeremiah das Quartier endlich erreichte.

Die Tür schloss sich hinter ihm. Es war kurz nach Mitternacht, die Temperatur im Raum recht kühl, so dass er fröstelte.

Ein aufforderndes Blinken vom Sideboard lenkte seinen Blick auf die Armilla in der Halterung. Er schüttelte den Kopf.

»HAL. Kannst du mich jetzt mit Raven Munin verbinden?«

Die Musik endete abrupt. »Zu meinem Bedauern, nein, Mr. Schnitzer«, entgegnete die Hauseinheit.

»Was? Wieso?«

»Die Standleitung zum Knotenpunkt wurde unterbrochen.«

Jeremiah stellte sich dicht an die Fensterscheibe, legte seine flache Hand gegen das glatte Material. Eine Vibration in unterschiedlicher Intensität, die keinem erkennbaren Rhythmus folgte, erschütterte es. Heftige Windböen, die an dem Glas arbeiteten.

»Kannst du mir nähere Erläuterungen dazu geben?«

»Das Sanktuarium ist mittels einer privaten Standleitung mit dem Knotenpunkt 723 verbunden. Im Notfall einer technischen Störung greife ich zunächst auf die Satellitenverbindung zurück. Diese unterliegt jedoch derzeit starken Einschränkungen, bedingt durch elektromagnetische Störungen.«

»Die Herbststürme?«, vermutete Jeremiah.

»Korrekt, Mr. Schnitzer. Die Sky-Line-Verbindung funktioniert derzeit nur sehr eingeschränkt. Die Standleitung meldet kontinuierlich einen Error.«

»Eines wundert mich, HAL. Für ein Genie, wie Ragg es ist, muss doch das Wetter ein kalkulierbarer Risikofaktor sein. Neben einer einzigen Standleitung gibt es nur die unsichere Möglichkeit einer Satellitenverbindung, die im Herbst bei der Anzahl der Stürme wohl eher störanfällig sein dürfte. Mir leuchtet nicht ein, weshalb er sich derart freiwillig beschneidet!«

»Mr. Ragg hat eine Isolation als durchaus angemessen betrachtet, Mr. Schnitzer. Das Sanktuarium verfügt über eigene Datenspeicher mit wissenschaftlichen, medialen und populären Inhalten. Das sollte für solche Fälle der vorübergehenden Störung ausreichen.«

»Ragg besitzt eine Kopie des Netzes?«

»Rechnet man die kommerziellen Inhalte heraus und die Aktivitäten rund um Social Media und Messengerdienste, dann werden derzeit rund 15 Prozent des Web-Contents ständig vorgehalten und selbstverständlich auch aktualisiert.«

»Okay. Verstanden. Und dennoch kann ich nicht mit der Außenwelt kommunizieren.«

»Sie können eine weitere Nachricht aufnehmen, die ich, sobald die Möglichkeit besteht, versenden werde.«

»Das beruhigt mich«, antwortete Jeremiah sarkastisch. Er nahm die Hand von der Scheibe. »Sprachaufzeichnung!«

Er schilderte Raven die Ereignisse der letzten Stunden und bat sie um einige Recherchearbeiten rund um Ragg, seine Frau und seine Tochter.

Er wusste, dass er fahrlässig gehandelt, zu wenige Informationen über seinen Auftraggeber gesammelt hatte. Raven würde das Ihre tun und zudem unbeeinflusst von den Restriktionen, denen er im Sanktuarium unterlag.

»Dazu versuchst du bitte, mögliche Korrelationen zwischen Ragg und dem Lehrer und Moralphilosophen Gabor Horvath zu ermitteln. Ich weiß nicht, warum, aber ich kenne diesen Mann von irgendwoher. Falls dir Querverweise auffallen sollten, wäre ich dir dankbar.« Er machte eine kurze Pause. »Ich weiß nicht genau, wann dich diese Nachricht erreicht. Aber ich benötige die Antworten relativ schnell. Sende sie bitte an die gesicherte Cloud, so dass ich sie abrufen kann, ohne direkt mit dir zu sprechen. Vielen Dank. Aufzeichnung beenden, verschlüsseln und senden an Raven Munin – RM 23.«

Jeremiah spürte nun die Müdigkeit in sämtlichen Körperteilen.

Er zog sich aus und legte sich schlafen. Sein Kopf hatte kaum das bequeme Kissen berührt, als die Schwärze den Tag beendete.

Tag 3

Der Hunger weckte ihn. HAL ließ ihm durch einen Service-Roboter ein Frühstück kommen, das Jeremiah in sich hineinschlang. Zumindest konnte er sich eine Stunde später nicht mehr daran erinnern, was und wie viel er gegessen hatte.

Nach einer heißen Dusche und einem Blick in die rasende dichte Wolkenfront, die vom Meer her stetig Nachschub erhielt und im Wind Unmengen an Müll mit sich trug, bat HAL ihn, die Armilla anzuprobieren.

Jeremiah lehnte nicht sofort ab. Er überlegte, wägte ab, dann jedoch kam er zu einer Entscheidung. »Noch nicht, HAL. Ich muss zunächst mit Raven sprechen.«

»Verstanden, Mr. Schnitzer. Ich habe eine Audionachricht von Ms. Dessert für Sie.«

»Bitte.«

»Guten Morgen, Jerry«, erklang Delphines Stimme. »Interpol wurde benachrichtigt, der Tatort versiegelt. Wir warten jetzt auf die Ankunft der Ermittler. Die verdammte Datenleitung ist schon wieder gestört. Wir wissen noch nicht, warum. Allerdings haben die Windgeschwindigkeiten extrem zugenommen. Es ist sinnlos, ein Reparaturteam ins Freie zu schicken. Wir müssen abwarten. HAL hat einen Terminplan für die Interviews gespeichert. Obane und Kisan sind die Ersten auf deiner Liste und freuen sich, dich kennenzulernen.«

Damit endete die Sprachnachricht.

Jeremiah stellte verwundert fest, dass man offensichtlich weiterhin davon ausging, dass er seinen Auftrag erfüllte, trotz der Vorkommnisse.

Er nahm die Armilla aus der Halterung und drehte das Armband vor seinen Augen. Draußen tobte ein weiterer Jahrtausendsturm, der eine Abreise zu einem unkalkulierbaren Risiko machte. Er konnte nicht weg, also sprach nichts gegen die Rückkehr zur Normalität. Vorsichtig steckte er die Armilla zurück an ihren Platz. »HAL? Wer ist Nummer eins auf meiner Liste?«

»Mr. Obane Thamine. Er erwartet Sie in seinem Privatbereich. Ich habe mir erlaubt, den Weg zu markieren.«

»Danke.«

Die Unwirklichkeit der Situation wurde Jeremiah erst bewusst, als ein Fisch direkt vor seinen Füßen eine Brotkrume von der Oberfläche des Wasserfallteiches schnappte.

Der künstliche Katarakt ergoss sich etwa dreißig Meter von ihnen entfernt aus rund vier Metern Höhe aus einer Felsimitatwand in die Tiefe.

Die beiden Männer saßen auf einem großen Stein aus glattem Granit und ließen ihre Beine im glasklaren Wasser des Teichs baumeln. Jeremiah empfand die Temperatur als sehr hoch, beinahe zu heiß, beschwerte sich aber nicht.

Den Sitzplatz hatte Obane Thamine vorgeschlagen, der seinen dicken Bauch in das Licht der künstlichen Sonne streckte und die Wärme genoss. »Ist das nicht herrlich?«

»Ein schöner Platz«, bestätigte Jeremiah.

»Genau nach meinen Vorstellungen. Es ist, als würde ein Traum wahr werden.«

Jeremiah hielt den Blick starr auf den Wasserfall gerichtet. Der Dichter neben ihm trug lediglich kurze cremefarbene Shorts, die nass geworden waren und ziemlich transparent wirkten. Obane Thamine schien das nicht zu stören, wie er überhaupt allem Körperlichen frönte. Zur Begrüßung hatte er auf eine kräftige Umarmung, die deutlich mehr als zehn Sekunden gedauert hatte, noch Küsse auf die Wangen und zum Abschluss auf Jeremiahs Mund folgen lassen.

Völlig verblüfft hatte sich Jeremiah nicht gewehrt.

»Sie wissen, warum ich hier bin?«, erkundigte er sich.

»Ja, natürlich. Sensational Nici hat es mir gesagt. Sie sollen feststellen, ob ich ein Mensch bin oder eine«, Obane senkte seine Stimme auf ein Flüstern, »eine verkappte Künstliche Intelligenz, die uns alle auslöschen will.« Ein joviales, gut gelauntes Gelächter folgte. Obane Thamine kickte mit seinem rechten Bein Wasser in die Höhe. Einige Tropfen trafen auch Jeremiah.

»Nun ja, ganz so ist es nicht«, widersprach er. »Einer der Gäste hier im Sanktuarium ist eine KI. Mindestens einer, hat Mr. Ragg mir versichert. Meine Aufgabe ist es, diese aufzuspüren.«

»Vielleicht ist es der zerquetschte Gabor gewesen«, brüllte Obane und lachte erneut. »Die arme Sau. Wissen Sie, was passiert ist?«

Jeremiah hatte aufgegeben, sich über das Verhalten des Dichters zu wundern. Schnelle emotionale 180-Grad-Wendungen gehörten wohl zum Standard Thamines. Ob sein Bruder genauso war?

»Interpol wurde informiert, Mr. Thamine.«

»Nenn mich Oba, Jerry!«

»Oba. Okay. Nein, ich weiß nicht, was geschehen ist. Ich sah die Leiche.«

»Und? Wie sah sie aus?«

Jeremiah sah ihn irritiert an. Nun musste er doch schauen, ob der Dichter diese Frage wirklich ernst gemeint hatte.

»Los, Jerry. Komm schon! Erzähl es mir. Vielleicht kann ich es in meinem nächsten Stück unterbringen, verwenden, ausschlachten.« Er machte keine Scherze.

»Es sah so aus, als hätte jemand seinen Schädel mit einer Schraubzwinge bearbeitet.«

»Blut? War da Blut? Ich meine, eine Menge?«

Jeremiah schüttelte den Kopf und beobachtete wieder die Fische im Teich, es gab rund ein Dutzend. Eine KI mit solch exzentrischen Ausbrüchen war so auffällig, dass es eher unwahrscheinlich wurde, dass sie sich so verhielt. Aber es konnte auch eine Masche sein. »Oba?«

Eine fleischige, schwitzige Pranke landete auf Jeremiahs Schulter. »Ja, Jerry? Sprich frei oder schweig für immer.«

»Nutzt du einen Plug-in? Jetzt, in diesem Moment?«

Sein Lachen erzeugte Wellen auf dem Teich. »Oh, was für ein köstlicher Scherz, mein Lieber. Eine Frage, die man Göttern stellen könnte, die auf der Erde wandeln, um sich den Sterblichen näher zu fühlen.«

Jeremiah unterbrach den Redefluss Thamines nicht. Er wartete geduldig.

»Ich bin Fleisch und Blut und Schweiß, Pisse, Scheiße, ein sterbender Körper. Nichts kann meinen Verfall aufhalten. Wir alle sind verdammt zu sterben. Was sollte mir da ein künstlicher Körper nützen, Jerry?« Obane klatschte mit der flachen Hand auf seinen feisten Bauch. Als Echo übertönte der Laut sogar den Wasserfall. »Ich muss leiden, um meiner Leidenschaft zu frönen, mein Lieber. Nur wer an seinen Körper gebunden ist, ist frei genug, um kreativ zu sein. Ich erschaffe gerade mein letztes Werk, mein Lebenswerk. Es soll jeden zu Tränen rühren, erstaunen, begeistern, verwundern und verzaubern. Ich will lachen und weinen, Applaus und vernichtende Kritiken. Das ist mein Anspruch. In einem Puppet würde ich die Fäden spüren, egal ob ich sie halte oder von ihnen dirigiert werde. Du verstehst?«

»Also nein«, fasste Jeremiah zusammen.

Obane Thamine brüllte auf vor Lachen, schlug ihm dreimal kräftig auf den Rücken, stieß sich von seinem Sitzplatz ab und versank dann im Teich. Prustend tauchte er wieder auf. Er saugte sich den Mund voll Wasser und spuckte zwischen zusammengepressten Lippen einen wohlgezielten Strahl mitten in Jeremiahs Gesicht, der sich nicht schnell genug abwenden konnte.

»Du bist ein Typ nach meinem Geschmack, Jerry«, bekannte Thamine. »Nicht so ein weichgespülter, zaghafter Hase wie Berti oder Elias. Oder so eine frigide Schnepfe wie Ivy und das Rührmichnichtan Lysa.« Er begann von Jeremiah im Rückenstil wegzuschwimmen, sein Bauch schaukelte wie der Rumpf eines Schiffes oberhalb der Wasserlinie. Immer wieder leuchteten die nackten Sohlen Thamines im künstlichen Sonnenlicht. Mit jedem Armzug, den der Dichter machte, gewann Jeremiah an

Sicherheit. »Danke, Oba«, rief er. »Ich muss zum Nächsten auf meiner Liste.«

»Sehen wir uns?«

»Aber natürlich. Du musst mir von deinem Stück erzählen, Oba.«

»Es gibt kaum etwas, worüber ein Dramatiker lieber redet.«

Jeremiah stemmte sich hoch, krempelte die Hosenbeine herunter und nahm auch seine Schuhe auf. Er beobachtete, wie Thamine in den Wasserstrahl des Katarakts eindrang, unterging und wieder auftauchte. »Es gab nur wenig Blut, Oba«, rief ihm Jeremiah zum Abschied zu und ging.

Elias Troublemaker öffnete nicht, obwohl er sich laut HAL in seinem persönlichen Bereich aufhielt.

»Ich dachte, ich hätte einen Termin?«, ärgerte sich Jeremiah, der vor der verschlossenen Tür stand und feststellen musste, dass auch seine Opti-Lenses die Funktion eingestellt hatten. »Was ist mit der Netzverbindung, HAL? Ich bekomme kein Bild mehr auf die Linsen.«

»Zu meinem Bedauern wurde die Bandbreite für den Zugang beschränkt. Die Armillas der Anwesenden benötigen die gesamte Durchflussrate.«

»Findest du nicht, dass hier eine Menge passiert, das mich in eine Ecke drängt, um endlich die Armilla anzulegen?«, meckerte Jeremiah laut.

»Nun, das kommt auf den Standpunkt des Betrachters an.«

Jeremiah lachte. »Okay. Versuch es nochmal. Wenn Troublemaker nicht möchte, dann will ich zum Nächsten auf der Liste.« Mit vorgetäuschter Geduld blieb Jeremiah stehen.

»Mr. Troublemaker absolviert gerade eine Trainingseinheit, die nicht unterbrochen werden kann. Sobald die Session beendet ist, wird er sich melden.«

»Danke, HAL. Wohin jetzt?«

Der elektronische Wegweiser in Gelb führte Jeremiah in einen kahlen Raum, dessen einziges Mobiliar zwei Stühle waren, die in der Mitte in eineinhalb Meter Abstand zueinander aufgestellt waren.

In entspannter Haltung wartete Mia Ragg auf einer der Sitzgelegenheiten. Sie trug eine Tunika in Kanarienvogelgelb. Der Widerschein der Farbe verursachte Farbtupfer auf den grauen Wänden. Sie machte eine einladende Geste in Richtung des zweiten Stuhls. »Bitte sehr, Mr. Schnitzer. Setzen Sie sich.«

Jeremiah nahm Platz, musterte sein Gegenüber intensiv und war sich nach nur wenigen Augenblicken sicher, es mit einem Plug-in zu tun zu haben. Zu glatt die Stirn, zu ebenmäßig die Haare. Die Mia Ragg aus der San-Station hatte älter gewirkt.

»Sie nutzen einen Puppet«, begann er also das Gespräch.

Ein angedeutetes Lächeln antwortete ihm.

»Warum jetzt? Ich hatte den Eindruck, Sie würden es vermeiden, einen Plug-in zu verwenden.«

»Dem ist auch so«, kam ihre klare Antwort. »Wenn ich mit Simon zusammenarbeite, ist das obligatorisch. Hier mit Ihnen liegt die Situation aber vollkommen anders.«

»Inwieweit?«

»Ich habe meinen Puppet hier platziert und warten lassen, damit ich meine Arbeit mit Simon so wenig wie möglich unterbrechen muss. In solchen Fällen halte ich die Anwendungen der Puppets für durchaus angebracht.«

»Aha.« Jeremiah registrierte, dass der artifizielle Körper seine Haltung nicht mehr veränderte. Offenbar bediente sich Mia Ragg nur der Audiokomponente.

»Gibt es weitere Konstellationen, in denen Sie zum Puppet greifen?«, fragte er.

»Sie kennen doch die Geschichte der Puppets, oder nicht?«, stellte sie die Gegenfrage.

Jeremiah, der sich mit diesem Thema nur wenig auseinandergesetzt hatte, schüttelte wahrheitsgemäß den Kopf.

»Oh. Nun, zwei Erfindungen und zwei besondere Bedürfnisse waren notwendig, um die Plug-ins in unser Leben zu integrieren, Mr. Schnitzer. Der ursprüngliche Körper der Puppets wurde für Bordelle geschaffen, nachdem die Sexarbeit mit echten Personen verboten worden war. Mithilfe der Sexpuppen, die sich halbwegs normal anfühlten und sich bewegen konnten, vermochten viele ihren Trieben und Wünschen nachzugehen. Das klingt pervers, aber so sind wir Menschen nun mal. Immer schneller kamen die technischen Entwicklungen, ein evolutionärer Sprung nach dem anderen erfolgte zwangsläufig im hektischen kapitalistischen Wettbewerb. 2033 war es schließlich so weit. Der erste Mypuppet, der kaum noch von einem Menschen zu unterscheiden war, kam auf den Markt. Nicolas kaufte die Firma auf und splittete sie in drei verschiedene Sektoren auf. Die Sexpuppen-Abteilung verkaufte er rasch wieder, aber mit dem Rest, den Patenten, den Ingenieuren und Konstrukteuren, forschte er weiter. Zahlreiche Verbesserungen wurden implementiert. Dann kam das Jahr 2035 und der Ausbruch des mutierten SARS-CoV-3-Virus. Schlimmer als 20/21 und tödlicher für das medizinische Personal. Was also lag näher als der Einsatz eines Körpers, der unempfindlich gegen das Virus war und vom User gefahrlos in kontaminierten Bereichen eingesetzt werden konnte? Was benötigt wurde, war eine Instantsteuerung. Die Kontrolle. Wo sonst Programme, angepasste Software, die Bewegungen simulierten, war nun eine Echtzeitsteuerung gefragt.«

»Die Levelisation?«

»Korrekt. Sie haben doch Hausaufgaben gemacht«, spottete Mia.

Jeremiah ignorierte die Spitze.

»Nicolas forschte schon länger an Telematiken, da er wusste, dass ihn seine Krankheit irgendwann immobil machen würde. Er verfügte über den Weitblick, der anderen fehlte. Und seine Firma brachte die Levelisation auf den Markt. So konnte jeder Arzt, jeder Pfleger einen Puppet mittels Linsen und direkten Zugriffs steuern. Er brauchte lediglich einen Netzzugang und die Anpassung eines externen neuronalen Aufnahmegitters.«

»Es ging schnell. Stimmt«, sagte Jeremiah. »Der Nutzen war sehr groß und viele wollten aus Angst, sich anzustecken, einen Puppet erwerben, der für sie den Arbeitsplatz aufsuchte oder einkaufte. Bequem von zu Hause aus die Pandemie abbummeln und gleichzeitig immer noch am öffentlichen Leben teilnehmen. Die Aktien von Ragg Enterprises schossen in die Höhe.«

»Ja. Nicolas hatte den richtigen Riecher zur richtigen Zeit. Er machte Milliarden. Und die stetigen Verbesserungen der Kunstkörper sowie die Anpassungen der Kontrollmöglichkeiten ließen den Geldfluss nicht versiegen. Aber das ist Geschichte, Mr. Schnitzer, nicht wahr?« Sie verstummte. Dann stand der Körper plötzlich auf. Jeremiah schrak zusammen.

Mia umrundete den Stuhl, streichelte die Rückenlehne beinahe zärtlich. »Es gibt also vielfältige Motivationen, um zu Puppets zu greifen, glauben Sie mir. Ist etwas zu gefährlich, nimm einen Puppet. Möchtest du dein Haus aus anderen Gründen nicht verlassen, nutze einen Plug-in.«

»Du willst dein wahres Äußeres verbergen ...«, ergänzte Jeremiah.

»Auch das.« Sie blieb hinter dem Stuhl stehen, beugte sich vor und stützte sich mit beiden Händen auf der Lehne ab. »Simon zum Beispiel kämpfte gegen militärische Puppets. Teils von

Menschen beeinflusst, viele von Software gesteuert. Ein Video-Kriegsspiel in der Realität und schrecklich für die, die es erleben mussten. Aber das wollte keiner hören. Nicolas bildete da keine rühmliche Ausnahme. Er ist nur ein Geschäftsmann. Was das Militär mit seinem Baby macht, ist ihm egal.«

»Ist dem so?«, hakte Jeremiah nach.

»Wir führten Diskussionen, Mr. Schnitzer. Unerfreuliche.« Sie setzte sich wieder hin. »Und?«, fragte sie. »Bin ich eine Künstliche Intelligenz oder doch ein echter Mensch?« Sie lächelte grimmig. Das Gesicht des Puppets wirkte plötzlich deutlich älter.

»Schwer zu sagen, Ms. Ragg. Aber Sie sind doch der CEO von Ragg Enterprises, nicht wahr?«

»Ja, allerdings endet meine Amtsperiode bereits in dreißig Tagen.«

»Warum verhindern Sie den Missbrauch der Plug-ins nicht?«

»Mir sind die Hände gebunden.«

»Okay.« Jeremiah atmete tief durch. Wie aus dem Nichts hatte ihn die sensomotorische Störung befallen. Er spürte beide Beine nicht mehr. »Was würden Sie tun, wenn Sie das Sagen hätten? Was würde geschehen?«

»Meine persönliche Firmenpolitik wäre radikal. Die Plug-ins mit einem Totmannschalter versehen, mit dem man sie bei Bedarf abschalten könnte.«

»Wie viele gibt es?«

»Viele. Millionen.«

»Wie würden Sie das anstellen wollen? Die Kontrolle über das Nutzungsverhalten?«

»Nun, das ist einf...« Sie unterbrach sich selbst. »Es ist doch nur ein Gedankenspiel, Mr. Schnitzer. Es wird niemals dazu kommen.«

»Und Sie bedauern das?«

Sie zuckte mit den Schultern. »Ich kann es nicht ändern.«

Jeremiah hämmerte mit beiden Händen auf die Oberschenkel ein.

»Was tun Sie da?«, fragte Mia.

»Durchblutung anregen«, log Jeremiah. Endlich kehrte das Gefühl zurück. Er stand auf. »Danke, Ms. Ragg. Für Ihre Zeit. Verraten Sie mir noch, wie Gabor Horvath gestorben ist?«

Sie schien überrascht, wie die weit aufgerissenen Augen ihres Plug-ins verrieten. »Ich ... ich bin kein Gerichtsmediziner, Mr. Schnitzer.«

»Das ist keine Antwort auf meine Frage«, insistierte Jeremiah.

»Interpol wird sich darum kümmern.« Sie wich ihm eindeutig aus.

»Ich möchte nur eine Vermutung hören. Was denken Sie? Wie ist Gabor Horvath ins Jenseits befördert worden?«

»Ich ...« Der Puppet richtete sich auf, dann sackten die Schultern ein und der Kopf sank auf die Brust.

Mia Ragg war aus der Kontrolle des Plug-ins ausgestiegen.

Jeremiah lächelte. »HAL? Der Nächste?«

Die Markierung auf dem Boden leuchtete bernsteinfarben. Jeremiah nahm gehorsam den Weg, ohne wirklich zu verstehen, wohin er geführt wurde. In einigen Gängen begegneten ihm Reinigungsroboter, die Untergrund, Wände oder Decken säuberten. Ein Bild, das in ihm ein Gefühl von Einsamkeit erzeugte. Er checkte die Opti-Lenses, aber die Verbindung war nach wie vor unterbrochen. Zu gerne hätte er mit Raven geplaudert, seine Gedanken geordnet. Das notgedrungene Schweigen zwischen ihnen beiden machte ihm zu schaffen. In solchen Momenten merkte man erst, wie sehr man die Nähe anderer vermissen konnte.

Der Korridor voraus öffnete sich zu einem ovalen Bereich, in dem gleich mehrere Türen zu sehen waren. »HAL? Muss ich wirklich einen dieser Horizontallifte nehmen?«, fragte er halblaut. Eine Antwort kam nicht, nur das Leuchten der bernsteinfarbenen Linie und eine sich öffnende Tür. Jeremiah betrat den Lift und überlegte, wie sehr die Hausanlagenlenkung zu Multitasking fähig war. Ein Dutzend Gäste, die ihn stetig ansprechen konnten, ihm Anordnungen erteilten oder Wünsche äußerten, die er zu erfüllen hatte. Daneben kontrollierte er die Haussysteme und folgte wahrscheinlich noch der einen oder anderen Spezialanweisung Raggs. Wann kam wohl eines der ausgefeiltesten und leistungsfähigsten Systeme an seine Grenzen? Insbesondere, wenn man das Alter der Systeme berücksichtigte.

Der Lift beschleunigte erschütterungsfrei. Jeremiah packte trotzdem einen der Haltegriffe und betrachtete die vulkanisierten Metalloberflächen der Wände. Er dachte an die unterschiedlichen Gespräche des Tages und welche Infos er zusammengetragen hatte. War er der KI bereits begegnet und sie hatte sich einer perfekten Mimikry unterzogen? Oder folgte er seinen Gefühlen und strich die ersten Kandidaten von der Liste?

Bei dem Nächsten auf der Liste würde es anstrengend werden. Joseph Rickter war ihm schon beim Abendessen auf die Nerven gegangen. So detailreich und optimal erschaffen die Plug-ins im Sanktuarium waren, würde es kein Problem darstellen, einen halben Körper auf ein Rollstuhlgestell zu montieren, um Menschlichkeit vorzutäuschen. Wer würde wohl genauer hinschauen in einer Gesellschaft, die solche Formen der Behinderung längst abgeschafft hatte und die wenigen Überbleibsel als Tabu ignorierte?

Die Kabine stoppte.

Ein Schwall eiskalter Luft begrüßte ihn. Jeremiah schaute in eine der Garagen. Ob es die war, die er schon kennengelernt hatte, ließ sich nicht sagen. Im hinteren Bereich war das Schiebetor zur Hälfte hochgefahren. Sonnenlicht drang herein, der Sturm zerrte an dem Tor. Durch die gut eineinhalb Meter hohe Öffnung flogen Dünengras und Sand in die ansonsten penibel gereinigte Halle.

Niemand war zu sehen.

»Joseph?«, rief Jeremiah laut und verließ die Liftkabine. Der Wind draußen heulte auf. War Rickter etwa freiwillig ins Freie gerollt? Warum sollte er? Es stand doch das Interview mit ihm an. Jeremiah schlenderte weiter, rüttelte und klopfte an jeder Abdeckung, die eine Nische von dem leeren Innenraum trennte. Alle waren nach unten gefahren und abgeschlossen.

Je näher er dem halboffenen Tor kam, umso kräftiger wurde der Geruch nach Meer und Abfall. Er entschied sich, zuerst die übrigen Nischen zu überprüfen, bevor er im Freien nachsehen musste. Delphines eindringliche Warnungen über die Kraft des Unwetters kamen ihm in den Sinn. Allerdings schien der Himmel nicht mehr vollkommen von Wolken bedeckt. Sonnenstrahlen drangen unvorhersagbar durch die Lücken und verschwanden schnell wieder wie die unregelmäßige Beleuchtung von vorbeifahrenden Autos in der Nacht, nur viel greller.

Der Lamellenverschluss der vorletzten Nische stand unten eine Handbreit offen. Jeremiah beugte sich tief hinab, konnte aber in der Dunkelheit dahinter nichts erkennen. »Hallo? Joseph?«

Er glaubte ein Geräusch zu hören, griff mit beiden Händen zu und versuchte das Tor anzuheben. Es war aussichtslos. »HAL!«, befahl er laut, doch sein Befehl ging im aufheulenden Wind unter. Sand fegte kiloweise herein, nur um im nächsten Moment wie in einem Sog zurückgerissen zu werden.

Das halboffene Außentor atmete den Nordseesand ein und wieder aus. Ein irritierender Anblick. Es stank nun plötzlich nach

Metall und altem Plastik. Jeremiah suchte eine manuelle Schaltung für das Nischentor. Der berührungsempfindliche Monitor an der Wand war offline. Kein Strom oder bewusst abgeschaltet.

Jeremiah legte sich flach auf den Boden und schaute in die dunkle Nische hinein. Als seine Augen sich an das wenige Licht angepasst hatten, glaubte er zwei Beine zu sehen. Hatte jemand einen Plug-in dort abgestellt?

Joseph Rickter war nicht mehr in der Garage. So viel stand fest.

Jeremiah rief ein letztes Mal in die Finsternis, doch es kam keine Antwort.

Er rappelte sich auf, klopfte sich Sand von der Kleidung. Die feinen Körner spürte er nun auch im Mund. Es knirschte zwischen den Zähnen. Er musste husten und spuckte aus.

Vorsichtig näherte er sich dem Außentor. Er ging in die Knie und betrachtete die Umgebung, über die Licht und Schatten in rasender Folge zogen.

Tatsächlich gab es viele Wolkenlücken. Der Weg zur Garage war sandbedeckt, immer wieder packte der Wind zu und trieb das Material weiter, nur um Nachschub heranzuschaffen. An der Grenze zu einer Düne wirbelte ein Miniatur-Staubteufel zwanzig, dreißig Zentimeter in die Höhe.

Jeremiahs Augen hatten Schwierigkeiten, sich an den schnellen Wechsel von greller Helligkeit und beschatteter Landschaft zu gewöhnen. Einige Sandkörner verfingen sich in seinen Augen, die sofort zu tränen begannen. Er rieb sie sich, was die Reizung natürlich verstärkte.

»Ah, verdammt!«, fluchte er, richtete sich auf und zwinkerte mehrfach bewusst. Ein Auge wurde frei, das andere blieb tränennass und verschleierte seine Sicht. Trotz des tosenden Windes hörte er ein leises Schlurfen hinter sich.

Jeremiah fuhr herum. Die vorletzte Nische war nun offen. Ein massiger Körper stand dort mit einem hautfarbenen Pflaster als Abdeckung der linken Augenhöhle. Es war der Leihkörper, den man für den Angriff auf ihn genutzt hatte.

»HAL!«, brüllte Jeremiah, obwohl er ahnte, dass keine Antwort kommen würde. Seit dem Betreten der Kabine hatte ihn die Hausanlagenlenkung ignoriert. Hatte jemand sie abgeschaltet?

Jeremiah versuchte es mit seinen Opti-Lenses. Da die Wolkendicke abgenommen und das Unwetter sich einigermaßen verzogen hatte, musste die Satellitenverbindung funktionieren und er Zugriff aufs Netz haben.

Die Linsen verdunkelten sich nicht. Kein Netzzugang.

Jeremiah betrachtete den Leihkörper, dessen Haltung nicht der typischen Wartehaltung entsprach. Es wirkte beinahe so, als würde der Puppet ihn mit einem Auge fixieren. Die Arme lagen locker am Körper an. Ein Mensch in halb angespannter, halb entspannter Stellung. Ein Soldat. Ja, so stand ein Soldat.

»Mr. Vansang?«, versuchte es Jeremiah. »Sind Sie da drin?«

Der Puppet zuckte zusammen, als hätte ein Stromschlag ihn zum Leben erweckt.

»Mr. Vansang? Simon!«, rief Jeremiah ihm zu. »Ist alles klar bei Ihnen?« Mia Raggs Hinweis, dass Simon Plug-ins in seiner Nähe nicht ertragen konnte, kam ihm in den Sinn. Wie wahrscheinlich war es wohl, dass der Prepper einen Plug-in nutzen würde?

Der Leihkörper machte einen Schritt auf Jeremiah zu. Die Bewegungen abgehackt, unsicher, als müsse der Steuernde üben.

»Hey!«, forderte Jeremiah. »Stopp!«

Ein weiterer Schritt. Noch ungelenker als der erste. Die Arme schleuderten beidseitig in die Höhe, dann fielen sie zurück in die ursprüngliche Position, bis die Ellbogen sich krümmten. Die Unterarme verharrten in der Waagrechten, die Finger schlossen sich zu Fäusten. Mit geneigtem Kopf schien der Puppet seine Hände zu betrachten. Eine klare, gelartige Flüssigkeit rann unter dem Verband hervor und die Wange hinab. Sie trocknete beinahe sofort ein und bildete so eine wurmartige Spur. Der Schädel ruckte hoch, drehte sich suchend.

Nun war sich Jeremiah sicher. Der Plug-in hielt nach etwas Ausschau. Als das eine Auge Jeremiah fixierte, wusste er, was das Ziel war.

Der Leihkörper öffnete die Fäuste, streckte die Arme leicht vor und kam auf ihn zu.

Jeremiah sah zur Lifttür. Falls derjenige, der den Plug-in steuerte, volle Kontrolle erlangte, würde die muskulöse Gestalt viel schneller sein, als Jeremiah zu laufen imstande war. Die Tür zum Lift war zu. Wahrscheinlich würde der Öffnungsvorgang zu lange dauern. Es blieb nur ein Ausweg.

Er rannte hinaus in den Sturm, hoffte, dass die wechselnden Winde die Beherrschung der Puppet-Motorik erschwerten.

Draußen schleuderte ihn eine unerwartete Böe sofort zu Boden. Jeremiah schlug auf, Sand sammelte sich in seinem vor Schmerz geöffneten Mund. Er stemmte sich gegen die Gewalt der Natur hoch, krabbelte auf allen vieren weiter. Geduckt kam er einigermaßen voran, blickte kurz zurück. Der massige Puppet stand zwar aufrecht neben dem Tor, schwankte jedoch im tosenden Luftstrom hin und her. Er würde einen Vorsprung gewinnen können.

Er kämpfte sich mit gesenktem Kopf vor, erreichte den Windschatten einer höheren Sanddüne. Der Weg von der Garage zerschnitt die Landschaft in zwei Teile. In dem windgeschützten Bereich sah man sogar ein wenig vom Asphalt. Eine Doppelspur schmaler Reifen ließ sich in der dünnen Sandschicht erahnen.

Jeremiah musste sofort an den Rollstuhl Rickters denken. Hinter der nächsten Biegung häuften sich allerdings ganze Berge von Sand, in die die Spuren eintauchten und damit verschwanden.

Trotzdem schlug Jeremiah diese grobe Richtung ein. Immer wieder sah er sich um, der Plug-in war ihm auf den Fersen, kam jedoch nicht allzu schnell voran.

Jeremiah nutzte die Straße und die hohen Dünenwände an der Seite, um einige Meter zu machen. Sandkörner bissen ihn ins Auge, er sah schlecht. Er versuchte weiterhin, durch die Nase zu atmen, um nicht noch mehr Dreck im Mund zu sammeln. Seitenstechen kündigte sich an. Eine Böe traf ihn im Rücken, ließ ihn straucheln. Mit beiden Händen voraus fing er seinen Sturz ab. Auf allen vieren blieb er hocken, schüttelte sich, blinzelte und dann sah er Rickter.

Der Rollstuhl war auf die Seite gekippt, das obere Rad drehte sich rasant, angetrieben vom Wind.

Zur Hälfte hatte ihn der Sand bedeckt, den Kopf und den halben Brustkorb hatte sich die Düne schon geholt. So wie sein kompletter Schädel im Schutt steckte, konnte Rickter nicht mehr atmen. Er bewegte sich nicht. Jeremiah wusste, dass der Mann ohne Beine tot war.

Am linken Arm rüttelten mehrere aufeinanderfolgende Böen. Die Armilla am Handgelenk blinkte gleichmäßig, als würde sie Jeremiah verhöhnen. Warum nur war Rickter ins Freie gefahren, hatte HAL zugelassen, dass ihm so etwas zustieß? Offenbar versprach das Tragen einer Armilla nicht, dass der Nutzer vollständigen Schutz genoss. Zumindest Rickter hatte es nicht gerettet.

Ein kratzendes Geräusch, laut, nah. Jeremiah warf sich herum. Der Plug-in stolperte auf ihn zu.

Fluchend kroch Jeremiah weg, brachte die Leiche zwischen sich und seinen Verfolger. Nach der überstürzten Flucht ins Freie wurde ihm nun bewusst, dass er einen Plan brauchte.

Er suchte hinter einem kleinen Krüppelkieferensemble Deckung und spähte um die Ecke. Einige Regentropfen flogen nahezu waagrecht an ihm vorbei. Der intensive Kieferndunft der sich im Sturm wiegenden Bäume mischte sich unter seinen eigenen Schweißgeruch. Er verfluchte sich selbst für seine Naivität. Warum nur war er der Einladung Raggs gefolgt, hatte sein behagliches Zuhause und die Sicherheit der Zivilisation verlassen? Was hatte ihn nur getrieben, seinen Stuhl und den Netzzugang gegen eine latente Bedrohung und die Naturgewalten einzutauschen? Er gehörte nicht hierhin. Doch einfach aufgeben wollte er auch nicht.

Solange der Leihkörper nicht schneller wurde, gab es einen klaren Ausweg. Er würde einen weiten Bogen schlagen und zurück zur Garage rennen. Wenn er nur genug Vorsprung gewann, würde er entweder das Tor schließen oder den Horizontallift nehmen.

Es knackte laut, allerdings zerstäubte der Wind den Lärm mit unbändiger Macht.

Jeremiah sah kurz um die Ecke. Der Plug-in kam näher, schnüffelte mit gestrecktem Kopf wie ein neugieriger, suchender Hund.

Wie gut war der Geruchssinn von Puppets? Jeremiah fluchte innerlich und rannte los, bog nach rechts ab und stürzte eine Düne hoch. Auf dem Kamm packte ihn eine brutal kräftige Böe, stoppte sein Vorankommen abrupt. Er rollte sich über eine massive, dornige Masse hinweg und kullerte den Abhang hinab. Hinein in eine Kuhle und eine Menge alter, morscher Äste, die unter seinem Gewicht zerbröselten. Hektisch suchte er die Umgebung ab. Ein natürlich aussehender Weg schien die schnellste und einfachste Alternative zu sein, so hechtete er los.

Zwischen zwei Dünenbergen hindurch, einen steilen Anstieg hoch. Oben schaute er sich um. Der Plug-in verfolgte ihn in einem Abstand von zwanzig Metern. Trotz eines guten Rundumblicks konnte Jeremiah die genaue Richtung zur Garage nicht feststellen. Die Dünenberge um ihn herum waren mit Dutzenden Kiefern bewachsen, die eine klare Sicht verhinderten, obwohl sie nicht allzu hoch wuchsen.

Ich habe mich schon wieder in dieser verdammten Dünenwüste verlaufen, kam es Jeremiah in den Sinn. »Ich bin für so eine Scheiße nicht gemacht!«, murmelte er leicht außer Atem. Er war sich sicher, dass er nach überstandener Flucht nie mehr einen Fuß in die Natur setzen würde, egal was man ihm dafür bieten würde. Wie angenehm war es, gefilterte Luft in einer vollklimatisierten Wohnung zu atmen.

Er entschied, sich rechts zu halten. So konnte er seiner Meinung nach den Gebäudekomplex nicht verfehlen. Er hetzte los, entlang der Täler und Einschnitte zwischen den dünengrasbewachsenen Hügeln. Seine Beine wurden müder, er spürte den Wind stärker, der ihm gefühlt permanent entgegenwehte.

Nach der Überquerung eines weiteren Kammes blendete ihn kurzzeitig die Sonne. Eine klaffende Lücke in der wulstigen Wolkendecke ließ die kräftigen Strahlen durch.

Jeremiah sah für einen Moment Sterne statt der Landschaft, es schmerzte sogar in den Augen. Er machte noch zwei Schritte, setzte seinen Fuß auf harten Untergrund und doch rutschte er. Wild mit den Armen rudernd bewahrte er sein Gleichgewicht, stoppte, hockte sich nieder, da ihn der Wind, der an Intensität zugenommen hatte, von vorne packte.

Endlich hörten die Fehlbilder auf. Jeremiahs Pupillen fokussierten wieder. Tropfen landeten in seinem Gesicht, auf den Lippen. Er leckte sie ab. Sie schmeckten salzig, bitter, dreckig.

Vor ihm und einige Meter tiefer lag der Strand, eine schier endlose plattgewalzte Erdmasse, die sich bis zur grauen Masse des aufgeschäumten Meeres erstreckte. Er hatte den Wall erreicht. Den Schutzwall Jütlands, errichtet auf mehr als achtzig Kilometern, damit die Sturmfluten aus Westen nicht noch mehr Land fressen konnten.

Hier im Sanktuarium ersetzte dieser Wall die Mauer als Begrenzung zur Seeseite. Niemand würde es wagen, über den gefährlichen Strandabschnitt einen Aufstieg zu suchen, um so auf das Gelände zu gelangen.

Auf fünf Meter schätzte Jeremiah die Höhe bis zum Grund. Ihn schwindelte leicht. Er sah sich um, balancierte weiter entlang des verwitterten und von Sand bedeckten Simses, gerade einen halben Meter breit. Mehrfach rutschten seine Sohlen unter ihm weg. Er rannte wieder, schließlich wurde er verfolgt. Innerlich fluchte er, da er deutlich vom Weg zum Gebäudekomplex abgekommen war. Er musste nach rechts, doch die Dünen hier türmten sich zu Bergen und der Wind sorgte für ständig rutschenden Sand. Plötzlich erwischte ihn ein heftiger Seitenwind, schleuderte ihn in den weichen Untergrund neben dem Betonsims des Walls. Jeremiah blieb kurz liegen. Es war gefährlich so nah der Kante. Ein einziger Fehltritt, ein Sog konnte ihn in die Tiefe reißen.

Er lief weiter, sah vor sich eine Treppe, die zum Strand führte.

Jeremiah zwang sich zur Ruhe. Am Strand, so wusste er, gab es starke Überwachungsmaßnahmen. Kameras, Drohnen, Erschütterungsmelder und allerlei meteorologische Messinstrumente. Wenn hier eine Treppe hinabführte, dann sollte dort unten etwas sein, das auf ihn aufmerksam machen würde. Er musste das Risiko eingehen, stieg die Stufen hinab. Sehr vorsichtig. Sie waren teils glitschig, teils sandig und bröckelten an einigen Stellen.

Unten angekommen sah er hoch zur Mauerkante. Vielleicht würde der Puppet ihn nicht sehen können, wenn er nur dicht genug an dem Wall Deckung suchte.

Entschlossen schritt er aus, immer entlang des steinernen Schutzwalls, stets auf der Suche nach eingebauten Kameras.

Kurze Zeit später hatte ihn die Gischt vom Meer her vollkommen durchnässt. Die Brandungslinie war zwar weit entfernt, doch der Wind trug das Meereswasser einfach mit.

Der sandige Boden hielt ebenfalls Überraschungen bereit. Eben noch hart und trittfest, folgten unmittelbar einige an Treibsand erinnernde Stellen.

Jeremiah sah sich nach allen Seiten um. Vom Plug-in war nichts zu sehen. Ihm fiel eine klar konturierte Linie auf, die parallel zur Brandung im Sand verlief, rund dreißig Meter von seiner Position entfernt. Was mochte das für eine Grenze sein? Oder gab es dort ein Kabel?

In der Mauer über ihm entdeckte er einen dunklen Fleck. Eine Öffnung?

»Eine Kamera«, entfuhr es ihm laut. Er musste in den Objektivbereich gelangen, dann würde man ihn sicherlich retten.

Ein dumpfer Knall übertönte das ewige Rauschen der aufgewühlten See.

Jeremiah wandte sich um. Der Puppet stand in Superhelden-Landepose am Strand. Nur ein paar Dutzend Meter entfernt. Dem Abdruck zufolge, den seine Füße hinterließen, musste er gesprungen und dort gelandet sein.

»Verdammt!« Jeremiah rannte los. Aufs Meer zu. Der Puppet richtete sich auf, drehte den Kopf hin und her, wie ein Radar. Dann kam er in Gang, steuerte mit schnellen Schritten auf Jeremiahs Position zu.

Die See stank nach Abfall, der feuchte Sand unter ihm sackte weg. Jeremiah stürzte, landete mit dem Gesicht im Dreck. Er biss in den Boden. Ekelhafte Konsistenz. Er rappelte sich auf, krabbelte weiter. Er würde nicht aufgeben. Jemand musste es sehen und die Verbindung zu dem Plug-in, der ihn verfolgte, trennen. Irgendjemand!

Das Wasser war nahe. Jeremiah drehte sich um. Der Puppet rannte nicht mehr, sondern näherte sich in aller Ruhe, als wäre er sich seiner Sache sicher. Die Arme streckte er voraus, ganz wie Frankensteins Monster in den billigen Filmen.

Jeremiah wedelte wild in Richtung der Kamera, sprang und schrie, obwohl die Brandung alles übertönte. Er hörte sich kaum selbst.

Sein unbarmherziger Verfolger stockte im Gehen, wirkte unsicherer. Ein hölzerner Schritt, dann blieb er stehen. Er ruckte an. Noch ein Schritt.

Zehn Meter, mehr nicht.

Jeremiah wollte sich nicht erwürgen oder zerquetschen lassen. Lieber ein nasses, kaltes Grab. Er wich weiter zur Nordsee hin aus. Wasser umspülte seine Knöchel, zog sich zurück und griff wieder mit eiskalter Gewalt zu.

Der einäugige Puppet stakste mit durchgedrückten Knien auf ihn zu, schwankte und schaffte einen weiteren Schritt. Plötzlich sackte er in sich zusammen. Wie eine Gliederpuppe, die vollkommen den Halt verloren hat, landete er als Paket im Sand.

Jeremiah verharrte, unsicher, ob es sich um einen Trick handelte. Aber warum? Er hätte nirgendshin ausweichen können. Er hatte sich selbst in eine Falle manövriert und der, der den Plug-in steuerte, hätte nur zugreifen müssen.

Weshalb hatte er die Verbindung gelöst?

Jeremiah spürte die Kälte nun deutlicher. Er war nass, stand im Wasser und bald würde die Flut kommen. An seinen Knöcheln berührte ihn etwas. Er sah hinab. Da war eine Hand. Ein

Arm. Ein ganzer Körper, den die Wellen an den Strand gespült hatten.

Jeremiah schrie auf.

6

Trotz der Rettungsfolie, die man über seine Schultern drapiert hatte, fror Jeremiah. Das Zittern wollte nicht aufhören. Die rechte Hand spürte er seit Minuten nicht mehr. Ob es einen weiteren Anfall der sensomotorischen Störung darstellte oder wegen der eisigen Kälte geschehen war, ließ sich nur vermuten.

Er starrte hinaus zur Brandung. Drei Gestalten standen bis zu den Knien im Wasser der steigenden Flut, diskutierten, gestikulierten.

Der Sturm hatte sich zu einer relativ starken Brise abgeschwächt. Dennoch knisterte die Folie um Jeremiahs Schultern, als würde ihre Existenz davon abhängen. So konnte er nicht verstehen, was die drei miteinander besprachen.

Von der Seite trat Delphine an ihn heran. »Alles klar? Du zitterst immer noch.«

»Ich weiß auch nicht, woran es liegt, Delphine. Vielleicht daran, dass ich erneut von einem Puppet angegriffen und nur knapp gerettet wurde? Oder daran, dass ich noch nie im Leben eine Leiche gesehen habe, aber jetzt, nachdem ich nur wenige Stunden im Sanktuarium verbringe, es schon zwei Leichen sind, auf die ich gestoßen bin?« Seinen sarkastischen Tonfall quittierte sie mit einem Lächeln.

Jeremiah herrschte sie entnervt an: »Wer ist die Wasserleiche?«

Delphine stellte sich aufrecht hin und schaute zu der Gruppe im Wasser. »Es ist gar nicht so selten, dass Leichen an den Strand gespült werden. Mein Zählwerk steht bei – ah – 13.« Sie zuckte mit den Schultern. »Man gewöhnt sich nie daran. Aber es gibt ein Protokoll für sowas. Wir melden es den Behörden, legen sie auf Eis und übergeben sie dann den Leichenbeschauern aus Greater-Flensborg.«

»Was ist mit Rickter?«, fragte Jeremiah.

»Wir suchen noch. HAL versucht, deinen Weg nachzuvollziehen, was deutlich einfacher wäre, wenn du die Armilla endlich tragen würdest. Aber okay! Der Herr will wohl nicht!«

»Hätte mich die Armilla vor einem wildgewordenen Puppet geschützt?«, herrschte Jeremiah sie an.

»Verdammt nochmal, ja!«, brüllte sie ihm entgegen. »Natürlich! Du hättest um Hilfe bitten können. HAL hätte alle Leihkörper lahmgelegt, anstatt es dem Zufall zu überlassen, dass der Nutzer die Borderline überschreitet.«

»Borderline? Grenze?« Jeremiah wurde hellhörig. Er stellte sich hin, registrierte, dass seine Beine wieder an Kraft gewonnen hatten. Auch das Zittern verging allmählich und das Gefühl in der rechten Hand kehrte zurück.

»Ja, die Nutzungsgrenze, Jerry. Die Armillas gewähren Kontakt zu allen Plug-in-Körpern, die im Sanktuarium zum Einsatz kommen. Allerdings wurde die Nutzungsreichweite beschränkt. Auf der Landseite bis zur Außenmauer und auf der Seeseite bis etwa zur Normal-Brandungslinie. Dort wurde ein Unterbrecherdraht vergraben.«

»Das heißt, niemand hat mich gerettet? Der Puppet ist über die Grenze gegangen?«

»Ja, und wurde deaktiviert. Ganz einfach.« Sie wies auf die kleine Gruppe im Wasser hin. »Sie stehen alle dicht an der Borderline. Wenn die Wellen die Leiche über die Borderline schwemmen, werden wir sie bergen.«

»Das sind Puppets? Alle drei?«

»Ja, Mia, Ivy und ein von HAL gelenkter Automat.«

»Und du?«, fragte er.

»Ich?«

»Bist du in persona hier?«

»Ich steuere meinen Plug-in, Jerry. Niemand geht das Risiko ein, ungeschützt hier draußen zu sein. Komm jetzt. Ich bringe dich zurück. Eine neue Sturmfront ist im Anmarsch.«

»Sie winken«, sagte Jeremiah.

»Ja. Das ist merkwürdig.« Delphine legte ihm die Hand auf die Schulter. »Bleib hier.« Sie lief auf die Gruppe zu.

Jeremiah lehnte sich mit dem Rücken gegen die Mauer und beobachtete die drei künstlichen Körper im Wasser.

Gemeinsam zerrten sie die angetriebene Leiche auf trockenen Boden. Dann drehten sie ihn auf den Rücken.

Jeremiah war die Sicht auf den Kopf verdeckt. Aber an den Reaktionen der anderen wurde ihm klar, dass es keiner der gelegentlich angeschwemmten Toten sein konnte.

Er stieß sich vom harten Gestein ab und eilte auf die Gruppe zu.

Sie umstanden den Körper eines Mannes. Sein Gesicht wirkte aufgedunsen, die Lippen waren rissig, die Augenlider verklebt von Salz. Die Kleidung hatte Risse und zeigte verblichene Stellen, die ungleichmäßig verteilt waren. Ein Schuh fehlte, auch die dazugehörige Socke war nicht da. Offenbar hatte sich ein Fisch über zwei Zehen hergemacht. Jeremiah konnte nur hoffen, dass es post mortem geschehen war. Faulige Gase entströmten dem aufgeblähten Körper. Der gnädige allgegenwärtige Wind trug sie mit sich, so dass es nicht allzu sehr stank.

Das Alter des Mannes ließ sich nur schwer schätzen, und dennoch spürte Jeremiah ein Zucken in seiner Erinnerung. Das Läuten einer Alarmglocke. Er kannte den Toten, sollte ihn kennen. Doch wer war es?

Jeremiah betrachtete die Gesichter der Puppets. Er erkannte weder Mia noch Ivy North.

Einzig Delphine steckte in ihrem Standard-Puppet. Aber die Mimik aller Anwesenden war eindeutig.

Es musste ein Bekannter sein.

»Wer ist es?«, fragte Jeremiah in die Runde.

Einer der Plug-ins hob den Kopf und antwortete. »Das ist Elias.«

Später trafen sie sich im kleinen Salon, in dem Jeremiah am ersten Abend auf Joseph Rickter und Ivy North getroffen war.

In seinen frischen Klamotten fühlte Jeremiah sich wieder wie ein Mensch. Tee stand für alle bereit.

Ivy North saß mit leichenblassem Gesicht in Gedanken versunken am Tisch. Daneben Simon Vansang und Mia Ragg, die miteinander flüsterten.

Delphine kam ebenfalls dazu, im Schlepptau eine schlankere und jüngere Version von Obane Thamine. Es musste sich um Kisan Thamine handeln. Ein weltbekannter Musiker und Komponist, der sich nach einigen rechtlichen Auseinandersetzungen mit seinem Agenten aus der Öffentlichkeit zurückgezogen hatte.

Jeremiah beobachtete die Vertrautheit der vielen kleinen Berührungen und Blicke sowie die wortlose Verständigung zwischen Delphine und dem etwa gleichaltrigen Mann.

Er spürte keine Eifersucht, aber ihn ärgerte etwas an dem Verhalten, wobei er nicht zu sagen wusste, was genau ihn daran störte.

Um nicht weiter zu starren, nippte er an dem Tee, den North zubereitet hatte.

Er war köstlich, wärmte von innen und schmeichelte der Kehle.

Aus der Decke senkte sich ein Monitor. Nicolas Ragg lächelte aus dem Bildschirm heraus, was Jeremiah völlig unangebracht fand.

Ein zweiter Monitor kam hinzu. Lysann Nouvelle-Barbe wohnte ebenfalls nur per Videoschalte dem Treffen bei.

»Wir sind vollständig«, verkündete Ragg. »Obane lässt sich verleugnen. Kanemaki ist – nun, Kanemaki. Lysann muss eine Geburt überwachen.«

»Ja, es tut mir leid«, ergänzte die junge Frau in der verdreckten Latzhose. Im Hintergrund des Bildes sah man Stroh, und mitten in ihre Entschuldigung hinein meckerte eine Ziege. Es klang jämmerlich. »Miranda, meine Mutterziege Nummer eins, hat eine schwere Entbindung vor sich. Ich musste bereits unterstützen und will sie nicht verlieren. Daher bleibe ich hier. Falls nötig, schalte ich einfach ab. Bitte seid mir deswegen nicht böse.«

»Schon gut«, wiegelte Nicolas Ragg ab. »Ich habe nur ein paar Hinweise zur aktuellen Lage und wollte mich nach dem Wohl von allen erkundigen. Es geht sicherlich schnell.«

»Warum vermisse ich deinen Puppet im Salon?«, erkundigte sich Thamine, in dessen Frage eine Melodie mitschwang.

Jeremiah blickte erstaunt von seinem Tee auf. Beinahe wünschte er, der Musiker würde weitersprechen.

Ragg verlor sein Lächeln nicht. »Er ist in der Werkstatt. Und ich möchte nicht auf einen minderwertigen Korpus zugreifen, Kisan. Versteh das bitte. Für mich ist es anders als für euch. Der Puppet, den ich verwende, ist mein Körper. Mein Leben. Ich kann nicht einfach wechseln, ohne Auswirkungen. Daher diese Notlösung via Avatar. Aber es dauert wirklich nicht lange.«

Kisan setzte sich auf den freien Platz neben Delphine, die ihm eine Hand auf den Unterarm legte. Er nahm den Blick nicht vom Monitor und nickte schließlich zustimmend.

»Gut. Dann sollten wir beginnen«, sagte Ragg. »Mia?«

»Ja, Nicolas. Um es kurz zu machen. Die Leiche, die wir aus dem Meer gefischt haben, ist Elias Troublemaker. Nicht sein

Plug-in-Körper, sondern der Troublemaker aus Fleisch und Blut. Und nach vorläufiger Untersuchung im San-Bereich trieb er bereits seit drei Tagen im Wasser. Es tut mir leid.«

»Das ist nicht gut«, murmelte Simon Vansang dazwischen.

Jeremiah setzte sich auf. »Bevor ich in die Garage zitiert und von einem Leihkörper gejagt wurde und in der Nordsee auf die Leiche gestoßen bin, stand ich vor der Tür von Troublemaker. HAL hatte mir einen Termin genannt, doch Troublemaker machte nicht auf.« Jeremiah spürte die Blicke aller Anwesenden wie brennende Laserstrahlen im Gesicht. »HAL hat behauptet, dass Troublemaker in einer Trainingssession sei und nicht gestört werden wolle. Wie kann das sein?«

Schweigen in der Runde. Es wurde von Mia beendet. »Sind Sie sich sicher ...?«, begann sie ihre Frage und wurde vom wütenden Jeremiah unterbrochen. »Mir reicht es! Was soll das? Mich hier stets als den Verrückten abzustempeln! Fakt ist, ich wurde von einem Puppet bei der Suchaktion attackiert. Fakt ist, HAL hat mich belogen. Fakt ist, derselbe Puppet, der mich schon einmal angegriffen hat, trachtete mir erneut nach dem Leben und verfolgte mich bis zum Meer. Und auf dem Weg dahin stieß ich auf die Leiche von Joseph. Wollen Sie das bestreiten?«

»Wir haben Rickter bislang nicht aufspüren können«, bekannte Mia. »Aber die Suche läuft noch.«

»Er ist dort draußen!«, brüllte Jeremiah. Seine Stimme überschlug sich beinahe. Er merkte es, verstummte augenblicklich und nahm einige Schlucke Tee.

»Rickter ist auf jeden Fall nirgends im Komplex. Seine Armilla ist abgeschaltet«, behauptete Delphine.

»Als ich ihn sah, blinkte das Armband«, schilderte Jeremiah.

»In welcher Farbe?«, hakte Delphine nach.

»Farbe? Ist das wichtig?«

Sie nickte.

»Gelb oder Orange. Ich weiß nicht. Hat das was zu bedeuten?«

»Natürlich, mein lieber Mr. Schnitzer«, dröhnte Raggs Stimme aus den Lautsprechern. »Es ist ein Anzeichen dafür, dass Jobert nicht mehr bei Bewusstsein war.«

»Also tot?«, vergewisserte sich Jeremiah.

»Nein, Jerry«, widersprach Delphine. »Nicht notwendigerweise. Wenn es orange blinkte, dann wurde die Prägung aufgehoben. Das Bewusstsein des Trägers ist nicht länger mit der Armilla verbunden. Dafür gibt es verschiedene auslösende Faktoren. Ein Schädel-Hirn-Trauma zum Beispiel. Oder ein Hirninfarkt.«

»Aber er könnte auch tot sein?« Jeremiah ließ nicht locker.

»Ja, das ist möglich.«

»Er war tot. Ich bin mir sicher. Sein Kopf steckte bis zum Hals in einem Sandhügel. Er konnte nicht mehr atmen, bewegte sich nicht. Er ist tot. Kann HAL ihn nicht finden? Wie sieht es mit einer Ortung der Armilla aus?«

»Mr. Schnitzer«, unterbrach Ragg wiederum Jeremiahs Fragen. »Ich komme vielleicht direkt zu den Infos, die ich allgemein weitergeben möchte.« Raggs Abbild auf dem Monitor lächelte nicht mehr. »Ich musste die Hausanlagenlenkung in den Wartungszustand versetzen. Sämtliche höheren kognitiven Funktionen sind abgeschaltet, damit unterliegen wir alle verschiedenen Einschränkungen.«

»Was ist geschehen?«, fragte Mia Ragg. »Du weißt, ich brauche HAL für meine Arbeit.«

»Es tut mir leid, aber die letzten Erkenntnisse ließen mir keine andere Wahl. HAL wurde kompromittiert.« Ragg hielt kurz inne. Die Anwesenden reagierten recht unterschiedlich auf die Aussage. Jeremiah sah den Ruck in Vansangs Körper, hörte Delphine und Mia, die erschreckt nach Luft schnappten. Thamine wirkte unbeeindruckt, North rührte sich gar nicht. Der zweite Monitor mit Lysanns Gesicht wurde plötzlich schwarz.

»Ich kann keinen anderen Schluss ziehen«, sprach Ragg weiter. »Befragt, wer den Leihkörper gesteuert hat, der Mr. Schnitzer verfolgte, antwortete HAL irrational. Er beharrte darauf, dass Mr. Schnitzer den Puppet kontrolliert hätte. Nur dass der keine Armilla trägt, die ihm das ermöglichen würde. HAL behauptete auch, dass Mr. Schnitzer vom markierten Weg zu Rickter abgewichen sei. Und dass Troublemaker weiterhin in seinem Quartier trainiert.«

Jeremiah wurde bewusst, in welcher Abhängigkeit die Bewohner des Sanktuariums zur Hausanlagenlenkung standen. »Was bedeutet Wartungszustand?«

»Ah, stimmt, Mr. Schnitzer. Das können Sie nicht wissen«, sagte Ragg. »Die Haussysteme operieren lediglich noch mit der Grundprogrammierung. HAL reagiert nicht auf Sprachbefehle und Modifikationen sind ausschließlich von der Lounge aus vorzunehmen. Die Armillas werden nicht mehr überwacht, der Außenkontakt wurde unterbrochen.«

»Auch mein Netzzugang?«, fragte Jeremiah nach.

»Ja. Nehmen Sie eine Armilla und Sie haben Datenbankzugriff. Aber das Sanktuarium wurde abgeschottet. Ich gehe davon aus, dass ein auswärtiger Hacker es geschafft hat, HAL zu infiltrieren und zu kompromittieren. Daher ist ein Shutdown notwendig. Ich lasse ein getestetes Backup anliefern. Bis zur Lieferung vergehen allerdings drei Tage.«

»Ein Backup? Für HAL?«, wiederholte Jeremiah irritiert.

»Ja, Mr. Schnitzer. Es ist ein physischer Speicher. Er lagert an einem geheimen Ort. Ich habe die Order bereits erteilt. Wollen Sie unter diesen Umständen Ihren Auftrag abbrechen?«

Jeremiah überlegte. Zu seiner Verwunderung fühlte er sich bei weitem nicht so unsicher und schutzlos, wie er es nach den zwei Attacken vermutet hätte. Er spürte eine innere Ruhe und Ausgeglichenheit, die an Selbstaufgabe grenzte. Doch egal an welchen Vorfall in den letzten Tagen er dachte, nichts erschütterte seine Zuversicht. »Ich könnte ein autonomes Fahrzeug nehmen«, sinnierte er.

»Sie könnten«, bestätigte Nicolas Ragg.

»Ich bleibe.« Jeremiah erhob sich. »Ich helfe bei der Suche nach Rickter. Die Leiche muss irgendwo dort draußen sein.«

»Wir können nicht mehr raus, Jerry«, widersprach Delphine. »Der Sturm ist da. Ein Monsterorkan wütet gerade vor der Küste und zieht weiter übers Land. Das sind fast dreihundert Stundenkilometer in der Spitze. Ein Ast, ein Müllteil, das dich am Kopf trifft, und du bist tot, Jerry. Selbst die Puppets würden wir riskieren. Wir müssen warten, bis der Orkan vorbeigezogen ist.«

»Wann?«

»Morgen früh. Wahrscheinlich.«

»Okay«, gab sich Jeremiah geschlagen. »Dann setze ich die Interviewreihe fort. Ich habe schließlich sonst nichts zu tun. Einverstanden, Mr. Ragg?«

»Natürlich.«

Jeremiah musste lächeln. Nicolas Ragg wirkte wie jemand, der nach wie vor alles im Griff hatte. Sein Avatar im Monitor zeigte keine heftige emotionale Reaktion. Wieso auch? War doch sein wahrer Körper irgendwo in den Eingeweiden des Sanktuariums in Sicherheit.

»Mr. Thamine?«, sagte Jeremiah. »Ihren Bruder habe ich schon kennengelernt. Können wir beide dann …?«

Kisan Thamine bewegte den Kopf nur minimal. Seine klaren blauen Augen lagen tief in den Höhlen. Er sah müde aus und dennoch beherrscht. Nur andeutungsweise nickte er, wandte sich Delphine zu. Die beiden sahen sich gegenseitig in die Augen. Und das mehrere Sekunden lang, wie Jeremiah konsterniert feststellte. Was war das nur zwischen den beiden?

Thamine lächelte plötzlich. Er blickte zu Jeremiah, während er aufstand. Seine Bewegungen wirkten unrund, abgehackt. »In einer halben Stunde? In meinem Quartier? Ich freue mich, Mr. Schnitzer«, äußerte der Musiker und Melodien, von ganzen Orchestern gespielt, schwangen in seinen Worten mit. Jeremiah wurde erneut verzaubert von der Sprechweise Thamines.

Ragg hob die Versammlung auf.

Delphine trat an Jeremiah heran, beugte sich vor und bat ihn zu bleiben. »Ich möchte noch etwas mit dir klären, Jerry.«

Jeremiah nickte. Gemeinsam warteten sie, bis alle den Raum verlassen hatten. Auch die beiden Monitore waren in der Decke verschwunden.

»Was gibt es zu besprechen?«, erkundigte sich Jeremiah.

Sie setzte sich auf den Platz neben ihm, schwieg, während sie sich im leeren Salon umsah. Sie wirkte latent aggressiv, wobei Jeremiah diesen Eindruck an nichts Speziellem festmachen konnte.

Er blieb geduldig, genoss den Hauch ihres Parfums mit leichter Zitrusnote. Es roch frisch und jung. Jeremiah fragte sich, ob sie für ihren Puppet Parfum nutzte und ob ein Plug-in-Körper schwitzte.

»Was genau machst du hier, Jerry?«, sprach Delphine ihn unvermittelt an. Dabei musterte sie intensiv ihre Fingernägel.

»Nicolas Ragg, dein Vater, hat mich zu einem Turing-Test unter realen Bedingungen eingeladen«, antwortete Jeremiah. »Es ist eine Art Wette. Er hat behauptet, dass ich nicht herausfinden würde, wer in diesem Sanktuarium eine Künstliche Intelligenz ist.«

»Und darauf bist du eingegangen?«

»Ja, aber das weißt du doch schon.«

»Er hat dich herausgefordert. Dein Ego gekitzelt. Der große Schnitzer, der Zweifler unter den Zukunftsforschern. Er hat dir eine Falle gestellt. Und du bist hineingetappt. Das ist Fakt, nicht wahr?«

»Nun, ich sehe das etwas anders, aber ja. Ich bin hier. Was wolltest du mit mir besprechen?«

Delphine versetzte den Stuhl in eine Drehbewegung und stoppte erst nach einer 360-Grad-Drehung. Sie sah ihn an. »Was ist das hier für ein Ort, Jerry?«

»Das Sanktuarium.«

»Es ist das Reich eines sterbenden Imperators, Jerry. Nicolas bereitet sich auf sein Ende vor. Lange schon, zu lange schlägt er dem Tod ein Schnippchen. Es ist, als hätte er einen faustischen Pakt mit dem Tod geschlossen. Mit allen Mitteln versucht er, sein Ableben hinauszuzögern.«

»Ist das nicht menschlich?«, warf Jeremiah dazwischen.

»Vielleicht. Im Fall von Nicolas ist das Verhalten jedoch bereits pathologisch. Dieses Sanktuarium«, sie betonte es intensiv abfällig, »es ist sein Lebenstraum. Er werkelt ständig an allem herum, bemüht sich, sein neues Leben so einzurichten, als wäre es das alte, aber in Wirklichkeit schuf er eine Hölle. Ein Fegefeuer voller Künstlichkeit, Fake-Realitäten und Täuschungen.«

»Was ist mit Lysanns Ziegenfarm?«, argumentierte Jeremiah dagegen.

»Du wirst selbst herausfinden müssen, wie dieses widersprüchliche Fragment in das Gesamtbild passt, Jerry. Du hast mit ihr noch nicht gesprochen, oder?«

»Nur kurz.«

»Hm.« Sie schwieg.

Jeremiah leerte den inzwischen kalten Tee. Er schmeckte bitter auf der Zunge. Aus einem leichten Fiepen aus dem hinteren Bereich des Salons entwickelte sich ein unangenehmer Tinnituston, der Druck in den Ohren verursachte. Halb erwartete Jeremiah einen ausbrechenden Alarm oder einen Roboter, der heraneilte, um sich um einen anbahnenden Defekt zu kümmern. Doch nichts dergleichen geschah. Der Ton endete abrupt, stattdessen roch es nach erkaltender Asche, was Jeremiah noch mehr irritierte. Er verlor den sensorischen Kontakt zu seinen Beinen, kniff mit der rechten Hand in das Fleisch des Oberschenkels, bis er wieder Schmerzen spürte. All dies bedeckte Delphines Schweigen wie ein Grabtuch eine Leiche. Sie wirkte desillusioniert, deprimiert, erschöpft, als leide sie unter einer krankhaften Müdigkeit.

»Darf ich etwas fragen?«, wandte sich Jeremiah an sie.

Delphine nickte andeutungsweise.

»Wenn Nicolas Ragg dein Vater ist, wer ist dann deine Mutter?«

»Und wie wurde ich gezeugt? Ach, Jerry. Du auch? Gibt es jemanden, den das nicht interessiert? Jedes Mal dieselbe Frage, ich bin es leid.«

Wie in Zeitlupe erhob sie sich. Mit undefinierbarem Ausdruck musterte sie Jeremiah von oben herab. Sie schüttelte den Kopf. »Wenn du mit Kisan sprichst, pack ihn nicht zu hart an. In ihm steckt eine empfindliche Künstlerseele, die keinen Konflikt, keine Anfeindung erträgt. Du würdest jeden Fortschritt, den wir erreicht haben, zunichtemachen.«

Sie ging, ohne eine Antwort abzuwarten. Nur ihr Parfum blieb noch für eine Weile da.

Als Jeremiah sie nicht mehr riechen konnte, stand auch er auf.

Ein Rollerboy diente als Guide. Nach dem Ausfall von HAL hatte Ragg Jeremiah wieder einen solchen Begleiter zugeteilt. Ob es derselbe war wie an Tag eins, wusste Jeremiah nicht. Er erfüllte seinen Zweck, selbst wenn Jeremiah sich etwas dämlich vorkam, immer der rollenden Kugel zu folgen.

Kisan Thamines Quartiertür öffnete sich.

Jeremiah trat ein, glitt auf einem Blatt Papier aus, das direkt an der Schwelle lag. Er fing sich, bückte sich und hob es auf. Es war ein Notenblatt mit hunderten hingekritzelten Punkten zwischen den Linien, dazu Markierungen, Streichungen und vielen Zeichen, die aus einer anderen Schriftsprache zu stammen schienen.

»Lassen Sie es fallen. Bitte«, flehte Thamine aus dem hinteren Bereich des Raums leise. Sein melodischer Singsang zog Jeremiah sofort in seinen Bann. Das Papier entglitt seiner Hand, als hätten die Muskeln einen Befehl erhalten. Es segelte in Schaukelbewegungen bis zum Boden, wo es sich zu weiteren Blättern gesellte.

Jeremiah sah sich um. Es gab kaum einen Quadratzentimeter freien Bodens. Überall lagen Notenblätter verstreut. Ordnungsliebe gehörte nicht zu den charakterlichen Eigenschaften Thamines.

Es war ein großer Saal, in dem sich der Musiker aufhielt. Sehr unsymmetrisch angeordnet, keine Fenster nach außen, dafür mehrere Ecken mit stumpfen Winkeln, die in allen Regenbogenfarben gestrichen waren. Die Wände waren vollgekritzelt mit Notenlinien und Zeichnungen von Blumen, die in natura nicht so vorkommen konnten, so ausladend und bunt waren sie entworfen. Dafür sorgten sie für Abwechslung an den Flächen. Ein vollkommen übergeschnappter Raumdesigner schien wahllos Mobiliar in dem Raum verteilt zu haben. Das Bett lag auf der Seite in der Mitte des Raumes. Ein Tisch rechts an einer Wand, zwei Stühle mit gebrochenen Stuhlbeinen hatte man in einer Ecke aufeinandergestapelt.

Thamine selbst saß in einem Sessel direkt vor einer Mauer, die er anstarrte.

Jeremiah sah von seiner Position aus nur einen Arm, der entspannt auf einer Lehne des Sessels abgelegt war.

»Kommen Sie ruhig näher, Mr. Schnitzer«, sang die hypnotische Stimme Thamines.

»Ich möchte nicht auf etwas Wertvolles treten«, entgegnete Jeremiah, der aber schon dem Zwang gefolgt war und Lücken auf dem Boden ausnutzte, um nicht auf den Kompositionen des Meisters herumzutrampeln.

»Das ist Müll.«

Ein so profanes Wort aus dem Mund eines Musikers machte Jeremiah nachdenklich. Er musste an Delphines Mahnung denken. Die empfindsame Seele eines Künstlers. Wie sehr traf ihn der Leichenfund? Und was war seine Rolle in dem von Ragg um sich herum versammelten Ensemble?

Vorsichtig trat Jeremiah an die Seite des Sitzmöbels – ein bequem aussehender Ohrenbackensessel, dessen Sitzfläche unmittelbar gegen die Wand stieß. Thamine hockte darauf im Schneidersitz, die dünnen Beine elegant untergeschlagen. Er begaffte ein ganzes Sammelsurium von kreuz und quer angeordneten Notenlinien, die auf dem Anstrich gezeichnet worden waren. Die Linien windschief und handgemalt, wie Jeremiah vermutete. Unzählige Punkte, Notenschlüssel in Schwarz, darüber Striche und unleserliche Anmerkungen in hellroter Farbe.

»Ist das eine Komposition?«, fragte Jeremiah betont leise.

Thamine ignorierte ihn. Er gab keine Antwort, nur an dem dezenten Auf und Ab des Brustkorbs und den Bewegungen seiner Augen, die den Linien folgten, ließ sich erkennen, dass er noch lebte.

Jeremiah wartete ab. Zu gerne hätte er gewusst, ob der Musiker einen Plug-in nutzte und jetzt ganz woanders weilte.

Plötzlich hob Thamine die Hände, spreizte die Finger und gestikulierte vor seinem Bauch mit kreisenden, konzentrierten Bewegungen. Erst nach schier endlosen, schweigenden Sekunden erkannte Jeremiah, dass der Musiker ein Orchester dirigierte. Dann summte er eine irritierend monotone Melodie, die an einen halbfertigen Walzer erinnerte. Der Takt ging ins Blut, und völlig unerwartet färbte sich die Welt um die beiden Männer herum ein. Das Umgebungslicht wechselte in ein behagliches Orangerot. Blaue Sterne formten sich auf der eigentlich grauen Wand, stürzten sich in die Tiefe und wurden wieder in die Höhe katapultiert. In Jeremiahs Gesicht sammelte sich Wärme. Ein Sonnenbad, das ihn entspannte.

Die Melodie wandelte sich, nahm an Tempo auf. Jeremiah hörte plötzlich Harfenklänge, er wollte die Sterne berühren, doch wie Kometen verglühten sie direkt vor seinen Augen. Er schwitzte und fror gleichermaßen, zitterte und spürte ein starkes Verlangen nach einer Umarmung. Von irgendwoher begann es zu brutzeln. Speck in einer Pfanne, er roch ihn sogar.

Es endete in absoluter Kälte. Jeremiah musste sich an der Wand abstützen. Er keuchte.

Thamine war wieder in Stille verfallen, die Hände zurück im Schoß. »Müll«, murmelte er mit Verärgerung in der Stimme. »Alles Müll.«

Jeremiah schüttelte die Reste der Trance aus seinem Kopf, rieb sich das Gesicht und massierte die Stirn. »Das war ... erstaunlich«, bekannte er.

»Ich weiß nicht«, entgegnete Kisan Thamine. »Sie sind kein Kenner, nicht wahr? Vielleicht sollten Sie meinem Urteil vertrauen.«

»Ich sah Farben«, wehrte sich Jeremiah.

»Und welche?«

»Orangetöne wie bei einem Sonnenuntergang. Die wärmende untergehende Sonne, so schön, so beeindruckend.«

»Ich sagte ja, Müll.«

»Warum?«

Thamine winkte ab. »Sie wollten mich sprechen. Interviewen?«

Jeremiah bedauerte es beinahe, dass der melodiöse Singsang in Thamines Rede verschwunden war. »Sie wissen, warum ich hier bin?«, erkundigte er sich.

»Delphine hat es mir erklärt. Sie wollen eine Künstliche Intelligenz enttarnen. Ich bin ein möglicher Kandidat. Fragen Sie!«

Die anschließende Stille senkte sich wie ein schmutziggrauer Vorhang über Jeremiahs Laune. Nichts in seinem Leben war von Tragweite, keine noch so wohlgefeilte Formulierung treffend, seine Hinterlassenschaft für die Zukunft irrelevant. Wieso war er der Aufforderung Raggs gefolgt, wie sehr hatte er sich ködern lassen?

In dem Sessel saß ein Virtuose, ein Individuum, das Dauerhaftes zu erschaffen in der Lage war. Kisan Thamine gehörte zu den Bedeutenden, den Bleibenden, zu dem kollektiven Gedächtnis der Menschheit. Konnte so eine Persönlichkeit von einer KI imitiert werden?

Jeremiah war kurz davor, das Zimmer einfach zu verlassen, als Thamine den Kopf drehte und ihm in die Augen sah. »Hat es Ihnen die Sprache verschlagen, Mr. Schnitzer? Das will so gar nicht zu dem Mann passen, den Delphine mir beschrieben hat.«

Bei der Erwähnung von Raggs Tochter spürte Jeremiah ein Zucken in seinem Körper. Es folgte eine Woge irrationaler Wut, die ihn überschwemmte, ihn packte und mit sich riss. Die Welt wackelte ein wenig. Jeremiah ballte seine Fäuste und entspannte sie wieder.

»Nutzen Sie einen Puppet, Mr. Thamine?«

Der Künstler tippte sich an den Nacken und nickte Jeremiah zu. »Wenn ich ins Freie will, ja. Sobald ich unter Menschen muss, ja. Ich habe mir die Anschlüsse implantieren lassen.«

»Sie haben einen persönlich adaptierten Plug-in?«, erkundigte sich Jeremiah.

»Nein, Mr. Schnitzer. Ich halte so etwas nicht für nötig. Dafür benötige ich ihn zu selten.«

»Was ist mit Ihrem Bruder?«

»Obane? Ich dachte, Sie wollten mich befragen?«

»Weichen Sie mir aus?«

»Ich möchte nicht über andere Menschen sprechen.«

»Selbst wenn es Ihr leiblicher Bruder ist?«

»Obane ist mehr als das. Er ist ein Individuum. Einer, der aus der Masse herausragt. Er ist ein Unikat.«

»Das ist er«, stimmte Jeremiah zu. »Verfügt er über einen adaptierten Plug-in?«

»Ich wüsste nicht einmal, ob Obane sich die Implantate hat setzen lassen, Mr. Schnitzer. Sie sollten ihn dazu befragen.«

»Glauben Sie, dass eine Künstliche Intelligenz in der Lage ist, ein Kunstwerk zu kreieren?«

Thamine antwortete nicht sofort. Er lenkte seinen Blick zurück auf die Wand mit der Komposition, die er als Müll bezeichnet hatte. Die Augen folgten den Punkten zwischen den Linien, bis er sie schloss. »Ja, Mr. Schnitzer. Davon bin ich überzeugt. Einer KI wird es möglich sein, etwas zu erschaffen, das von weiten Teilen der Bevölkerung als Kunst angesehen wird. Es funktioniert auch bereits, für populäre Musik oder im Bereich der Schriftstellerei.«

»Wirklich?«

»Oh ja. Es gibt zwei Teilorganisationen, die in der Öffentlichkeit nur wenig bekannt sind.«

Jeremiah bemerkte zwar, wie ihm der Gesprächsverlauf aus den Händen glitt, ließ es jedoch zu, um zu sehen, wohin es führte. »Soso. Und welche wären das?«

»Die Organisation für die elektronische Erzeugung massentauglicher Texte, OELERMAT, und ihr Pendant für die Popmusik, OELERMAM. Sitz in Kinshasa. Viel von dem, was Sie gelesen oder gehört haben, entstammt den dortigen Rechnern.«

»Das wusste ich nicht.«

»Das wissen, wie gesagt, nur wenige, Mr. Schnitzer. Das sollte also Ihre Frage beantworten. Wenn es möglich ist, mit der Hilfe von tausenden Chips, elektronischen Bauteilen, Servern und den von Menschen geschaffenen Algorithmen Werke zu schaffen, die man nicht von jenen unterscheiden kann, die von realen Intellekten ersonnen worden sind, dann muss die Antwort wohl ja lauten. Wir leben in einer Welt, in der die Wirklichkeit manchmal schwer von deren virtueller Wiedergabe unterscheidbar ist. Ich sehne mich nach den Zeiten zurück, in denen es diese Schwierigkeit nicht gegeben hat.«

»Aber es gibt immer noch einen Unterschied, oder nicht?«, meinte Jeremiah. »Ansonsten würden Sie nicht mehr an eigenen Kreationen arbeiten.«

»Das mag sein.« Thamine beugte sich vor. Ein Stift tauchte in seiner rechten Hand auf. Er strich eine Notenpassage an der Wand durch und ergänzte sie um ein paar Punkte. »Besser, nicht wahr?«

»Ich kann keine Noten lesen«, bekannte Jeremiah.

»Das ist nicht schlimm.« Thamine lehnte sich zurück, begutachtete offensichtlich die Veränderung und schien zufrieden. »Natürlich werden bestimmte Menschen mein Werk rezipieren und es als die Kreation eines lebenden, atmenden und schließlich sterbenden Individuums erkennen. Sollte es irgendwann in der Zukunft nicht mehr möglich sein, meine Kompositionen von denen einer Maschine zu unterscheiden, möchte ich diesen Zeitpunkt nicht erleben. Aber ich befürchte, er wird kommen.«

»Sind Sie eine Künstliche Intelligenz?«

Thamine sah sichtlich überrascht zu Jeremiah hoch. »Welch plumpe Frage, Mr. Schnitzer? Und nein. Natürlich nicht. Auch mein Bruder ist durch und durch ein Mensch. Mit all seinen Macken und Fehlern. Zu dick, weil er den Genüssen des Lebens zu viel Aufmerksamkeit schenkt, zu hedonistisch, um es ganz genau zu benennen. Er hat sich gehen lassen. Ihm bleibt nicht mehr viel Zeit, um sein Opus magnum zu vollenden.«

»Deswegen sind Sie beide hier?«, vermutete Jeremiah. »Sie und Obane? Er, weil er sein letztes Drama schreibt, und Sie ...«

»Weil ich eine finale meisterhafte Sinfonie erschaffen möchte, jawohl. Nicolas hat uns aus den Niederungen des Elends errettet. Dort, wo wir lebten, machte es uns die Umwelt unmöglich, unsere Kreativität zu entfalten. Hier finden wir die Möglichkeit zur freien Entfaltung. Sie können es hören, Mr. Schnitzer. Wenn Sie ganz leise sind. Dieser Ort singt, er flüstert und verschafft uns ein Refugium.«

»Ein Rückzugsort?«

»Raggs Sanktuarium. Genau. Es ist eine Rarität in einer vollkommen aus der Balance geratenen Zivilisation. Nur eine Handvoll dieser speziellen Orte existieren noch in unserer sterbenden Welt.«

»Die Erde stirbt nicht.«

»Da bin ich anderer Meinung. Warum sonst verfolgen gebannt Milliarden das Desaster auf dem Mars? Eine Kolonie von gerade mal dreihundert Bewohnern. Es war die Angst vor dem Untergang, die Menschen veranlasste, den Mutterplaneten zu verlassen. Es ist die pure Panik der Hiergebliebenen vor dem Scheitern der Kolonisierungsbemühungen, die uns auf die Nachrichten starren lässt. Denn scheitert dieser Versuch, dann gehen wir alle hier auf unserer Heimat Erde mit unter, ohne einen möglichen Ausweg.«

Jeremiah, der die Meldungen vom Mars nur beiläufig verfolgt hatte, wunderte sich, wie sehr Thamine daran interessiert schien. Offensichtlich sah der Musiker ihm diesen Gedanken an.

»Unsere Schwester ist dort, Mr. Schnitzer. Ein Teil meiner Seele wird mit ihr sterben, wenn der Sauerstoff nicht mehr reicht. Ich weiß nicht, ob ich danach weiterleben möchte. Und ich denke, meinem Bruder geht es ebenso, selbst wenn er es nach außen nicht zeigt.«

Jeremiah wusste in diesem Moment mit unzweifelhafter Sicherheit, dass der Mann vor ihm keine Künstliche Intelligenz war, die ihn täuschen wollte. Er spürte die tiefe Verzweiflung, den Riss in der Fassade des absoluten Genies, den eigenen Drang, ihn zu trösten, ihn in den Arm zu nehmen und die Sorgen zu teilen.

»Ist Ihre Schwester ebenfalls künstlerisch tätig?«, fragte er leise.

»Auf ihre Art schon.« Thamine senkte den Kopf. »Sie ist Biologin. Ihr Forschungsgebiet sind Bakterien, die letztlich den Mars in eine zweite Erde verwandeln sollen. Wenn sie scheitert, wäre es auch langfristig das Ende der Kolonie, ganz unabhängig von den derzeitigen Problemen.«

»Okay.« Jeremiah wollte keine weiteren Wunden mehr aufreißen, musste jedoch noch eine Frage loswerden. »Fühlen Sie sich hier sicher?« Als er den irritierten Gesichtsausdruck Thamines bemerkte, ergänzte er: »Ich meine, wegen der Toten und der Angriffe auf Rickter, Troublemaker und mich.«

»Nein.« Nur ein Wort, mehr nicht. Der Komponist setzte es wie den Schlussakkord seiner Sinfonie. Endgültig, wie eine Verabschiedung.

Jeremiah ahnte, dass er gehen sollte. Die Audienz war zu Ende.

Zu gerne hätte er nachgefragt, warum sich Thamine nicht sicher fühlte, aber es war unwahrscheinlich, darauf eine Antwort zu bekommen.

So stakte er, immer die Lücken zwischen den Notenblättern suchend, bis zum Ausgang. Die Tür öffnete sich automatisch. Über das leise Surren hinweg hörte Jeremiah seinen Namen.

»Mr. Schnitzer?«

Jeremiah wandte sich um.

Die Stimme Thamines hatte wieder den melodiösen Klang, der ihn in seinen Bann zog. »Ja, bitte?«

»Es war ein kühles Blau, das ich beabsichtigte, kein warmes Orange. Ein Morgen im Wald, tief unten in einer Klamm. Nur das kalte, harte Licht, das scharfe Schatten wirft und kühlt, obwohl die Andeutung eines heißen Tages bereits in der Luft liegt. Verstehen Sie?«

»Ja, auch wenn mir die anderen Farben gefallen haben. Allerdings vertraue ich darauf, dass Sie es schaffen.«

In seinem Quartier erwartete Jeremiah der Anblick einer Naturgewalt hinter den Fensterscheiben. Die Wolkenballungen wirkten massiv, zogen mit einer unvorstellbaren Geschwindigkeit heran und über das Land hinweg. Vereinzelte Regentropfen prallten Einschlägen von Gewehrkugeln gleich gegen das Glas.

Noch war es nicht nachtdunkel. Dennoch tasteten sich schmal konturierte Lichtstrahlen durch die orkangebeutelte Dünenszenerie, wie Suchscheinwerfer, die ziellos umhergeschwenkt wurden.

Jeremiah wandte sich ab und nahm die Armilla aus der Halterung. Sollte er sie wirklich anlegen?

Überwogen die Vorteile gegenüber seinem Misstrauen? Wahrscheinlich würden die Beamten von Interpol recht schnell nach dem Unwetter eintreffen. Bis dahin wollte er sich nicht der totalen Überwachung durch einen schwer zu durchschauenden Gastgeber beugen.

Behutsam legte er sie zurück.

Ihm war nach einer Dusche. Er fühlte sich dreckig.

Der Monitor auf dem Sideboard flammte auf. Mehrere Störbildzeilen flossen durch den Bildschirm, bis sich das Bild stabilisierte. Delphine Dessert war zu sehen. Sie wirkte angespannt. »Hey, Jerry! Verdammt nochmal, zieh endlich die Armilla an.«

»Was ist los?«, fragte Jeremiah statt einer Erwiderung.

»Wir haben Rickter aufgespürt.«

»Wo wurde die Leiche gefunden?«

Delphine schüttelte den Kopf. »Keine Leiche. Ein Peilsignal seiner Armilla. Er lebt. Die Armilla gibt Notfall-Pings aus. Wahrscheinlich ist er verletzt.«

Jeremiah, der das nicht glauben wollte, zuckte mit den Schultern. »Wo?«

»Draußen. In der Nähe der Außenmauer. Ich kann Nicolas nicht erreichen. Kannst du mir helfen? Jeder nimmt einen Puppet und wir schlagen uns durch den Sturm?«

»Es könnte eine Falle sein«, gab Jeremiah zu bedenken.

»Eine Falle? Wovon sprichst du? Wir gehen da sowieso nur mit den Puppets raus. Das Einzige, was demnach passieren könnte, ist der finanzielle Verlust. Jetzt hör schon auf mit den unsinnigen Verschwörungstheorien und beweg deinen Arsch!«

Die vulgäre Ausdrucksweise irritierte Jeremiah. Aber ihm wurde klar, dass es wohl dringend war. »Wohin soll ich?«

»Ins Testzentrum. Der Rollerboy führt dich. Ich warte. Lass dir nicht zu viel Zeit. Das Signal wird schwächer. Der Orkan stärker.«

7

Das Testzentrum war nicht weit von Raggs Forschungslabor entfernt. Rollerboy entließ Jeremiah in einen Raum, der eher an einen Operationssaal erinnerte denn an irgendetwas anderes.

Delphine saß auf einem bequemen Multifunktionssitz, neben sich eine Liege.

»Du hast ja immer noch keine Armilla an?«, begrüßte sie ihn sichtlich entnervt. »Nun, okay. Wenn ich mich recht entsinne, hast du keine Nackenimplantate?«

»Nein«, bestätigte Jeremiah.

»Dann müssen wir uns mit einem Suit behelfen. Damit hast du Zugriff auf einen Puppet und ordentliches Feedback, um nicht vollkommen unkontrolliert durch die Gegend zu torkeln. Ich habe einen vorbereitet.«

Jeremiah empfand ihren Tonfall als provokant und aggressiv. Sogar noch deutlicher, als es bisher der Fall gewesen war. Delphine mochte müde sein und durch die erzwungene technische und soziale Isolation des Sanktuariums möglicherweise verärgert, doch das war keine Entschuldigung für ihr Verhalten.

Jeremiah kämpfte seinen aufkeimenden Protest nieder, trat näher und inspizierte den seltsamen Stoff, der in einem Bündel auf der Liege lag.

»Das ist der Suit?«, fragte er.

»Ja. Sieht aus wie ein Schutzanzug aus Seide, der fast alles bedeckt, mit Ausnahme des Gesichts. Rein mit dir. Müsste passen.«

»Muss ich mich …?«

»Ausziehen? Zum Henker, nein. Nur deine Schuhe.«

Das Material fühlte sich leicht, beinahe schwerelos an, entpuppte sich jedoch als reißfest und passte wie angegossen.

Anschließend legte er sich rücklings auf die Liegefläche. Delphine widmete sich einem Display, tippte und wischte sich durch einige Anzeigen. »Gleich können wir einen Test starten.«

»Okay, ich bin bereit. Was muss ich tun?«, fragte Jeremiah.

»Einen Augenblick, ich verbinde deine Opti-Lenses mit der Videoübertragung.«

Die Neugierde in Jeremiah wuchs ins Unermessliche. Er spürte das Kribbeln der Vorfreude auf ein neues Erlebnis. So stark, wie er es schon lange nicht mehr erlebt hatte.

Die Umgebung verfärbte sich hellgrün. An der Decke, gegen die er starrte, formten sich weiche Farbverläufe in sämtlichen Regenbogenfarben, die einen leichten Schwindel auslösten. Eine Art Blitz folgte, dann machten die Farben einem monochromen Grau Platz. Jeremiah atmete erschreckt ein, verschluckte sich gleichzeitig und musste husten.

»Die Synchronisation ist gleich erledigt«, beruhigte ihn Delphine.

Er hielt die Augen geöffnet, weit aufgerissen, um nichts zu verpassen. Ein kräftiger Duft nach verbranntem Plastik reizte seinen Geruchssinn. Mehrfach stach es ihm nadelfein in den rechten Nasenflügel. Er nieste. Da kehrte das Farbsehen wieder zurück. Das hellgrüne, überlagernde Fehlbild wandelte sich in dunkles Oliv. Plötzlich verschwand die Zimmerdecke. Er hatte ein Rolltor vor sich.

»Was?«, fragte er laut.

»Du bist im Synchronmodus, Jerry«, erklärte Delphine, deren Stimme von weiter her zu kommen schien und sich veränderte, bis er einen tiefen Tenor wahrnahm.

Er sah zur Seite. Dort stand ein Mann. Ein muskulöser Hüne, Typus Türwächter oder Bodyguard. Er lächelte. »Willkommen in der Welt der Puppets, Jerry«, grüßte er.

»Delphine?«, fragte Jeremiah verwundert.

»Ja. Du bist noch begriffsstutziger, als ich dachte.« Der Plug-in nickte ihm zu. »Heb mal deine Hand!«

Jeremiah wollte der Anweisung folgen, spürte einen leichten Widerstand. »Ähm.«

»Nein, das ist schon richtig. Du hast es fast. Du steckst in dem Suit. Sobald du deine Arme und Beine bewegst, übersetzt das Material die Impulse in eine motorische Reaktion des Puppets. Du wirst minimale Verzögerungen bemerken und dennoch wird er alles nachahmen. Glaub mir. Es wäre besser, wenn wir eine Armilla nutzen könnten, aber so muss es auch gehen. Die geringfügige Gegenkraft solltest du gleich schon nicht mehr spüren. Man gewöhnt sich daran. Frag Lysann. Wenn sie auf einen Plug-in zurückgreift, dann nur auf diese Weise.«

»Okay«, entgegnete Jeremiah. »Es ist ungewohnt, deine Stimme aus dem Mund des Puppets zu hören. Kannst du nicht anders mit mir sprechen?«

»Leider nein, Jerry. Du bist synchron. Der Suit bedeckt deine Ohren und überträgt live die akustischen Daten des Puppets. Es würde sonst Schwindel erzeugen.«

»Okay.« Jeremiah hob die Hand und nun sah er sie auch. Eine Pranke mit kräftigen Fingern. Als Nächstes versuchte er ein paar Schritte, ging in die Hocke und sprang hoch. Bei der Landung strauchelte er. Delphines Plug-in griff zu und hielt ihn.

»Die Verzögerung ist Mist«, beschwerte sich Jeremiah. »Sie irritiert und behindert.«

»Du musst dich nur konzentrieren und behutsamer vorgehen. Dann gewöhnst du dich an die Bedienung. Wir müssen schließlich keinen Geschwindigkeitsrekord brechen, Jerry. Dort draußen, hinter dem Tor, ist Jobert.«

»Zumindest sein Signal.«

»Wie auch immer. Langsam und konzentriert. Du wirst schon bald die Verzögerung nicht mehr wahrnehmen. Okay?«

Jeremiah zeigte ein Daumenhochzeichen. »Kann losgehen.«

»Dann schalte ich jetzt das Ortungs- und Navigationsdisplay meiner Armilla über unser beider Sichtfeld. Bereit?«

Ein Overlay in schematischer Darstellung bildete sich vor seinen Augen. Er konnte das geschlossene Tor und die Außenwand als grau gepunktete Linie erkennen. Dahinter, perspektivisch leicht verzerrt, eine grobe Skizze der Dünenlandschaft mit dem Weg, der zum Haupttor in der Außenmauer des Sanktuariumsgeländes führte.

Links ab, relativ weit entfernt, ein rot blinkender Punkt. »Dort ist Joseph Rickter?«, vergewisserte er sich.

»Ja. Das ist der Ausgangspunkt des Signals.«

Jeremiah sah den Plug-in Delphines an. Ein gelbes Dreieck kennzeichnete ihre Position. Sie würden sich daher nicht verlieren können. »Hat ihn irgendjemand angefunkt? Per Armilla, meine ich?«

»Ein Notsignal der Armilla überlagert alles, Jerry«, erklärte sie. »Willst du Hilfe? Dann meldest du dich per Armilla. Erst wenn du dazu nicht in der Lage bist, setzt das Notfallsignal ein.«

»Also ist er doch tot?«

Statt einer Antwort drehte sich Delphine um und stellte sich vor das Tor. Es klackte laut. Ein elektrischer Motor schaltete sich ein, kämpfte hörbar gegen einen Widerstand an.

Lamelle für Lamelle entriegelte sich, bis das Tor endlich in die Höhe gezogen wurde.

Wind trug augenblicklich Sand in die Halle. Jeremiah senkte den Blick. Vor seinen Füßen, den Füßen des Puppets, sammelte sich das lockere Material, türmte sich zu einem Miniberg. Als er das Bein hob, blieb der Abdruck des Schuhs für einen Moment noch sichtbar. Dann fegte der Luftzug die Anhäufung auseinander.

»Komm, Jerry! Oder träumst du?«

Das Tor war eingezogen. Fünf Meter breite Dunkelheit. Jeremiah hörte den Orkan toben. Es pfiff, heulte, donnerte und grollte. Kein Wetter, um einen Hund vor die Tür zu jagen. War es wirklich eine gute Idee, bei dieser Lage hinauszugehen?

Du bist in Sicherheit, redete sich Jeremiah selbst ein. Du liegst in einem geheizten Raum. Das Schlimmste, was geschehen kann, ist, dass du den Plug-in an die Gewalten des Megasturms verlierst. Nicht dein Problem. So und in Dutzend weiteren Formulierungen bekämpfte er seine Angst vor der Natur, die unbarmherzig dort lauerte, um den Menschen zu zeigen, wie klein, unbedeutend und verletzlich sie doch waren.

Delphine ging gebückt hinaus.

Jeremiah atmete durch und stapfte ihr hinterher. Obwohl er sich vorbereitet glaubte, wurde ihm nach dem ersten Schritt vor die Schwelle klar, wie kompliziert es tatsächlich war, gleichzeitig dem gelben Dreieck zu folgen und dabei auf den Beinen zu bleiben. Zudem hüllte ihn die Dunkelheit ein, er sah überhaupt nichts von der Umgebung. Leichte Panikattacken schüttelten ihn, ein Anfall von Klaustrophobie. »Delphine! Verdammt, Delphine!«, brüllte er gegen den lärmenden Sturm an.

»Du musst nicht schreien, Jerry«, ermahnte sie ihn. »Ich höre dich sehr gut. Im Übrigen habe ich die Audioübertragung zu deinem Puppet abgeschaltet. Wenn du sprichst, dann mit deinen eigenen Stimmbändern. Und du sitzt direkt neben mir. Daher bitte ... Nicht schreien.«

»Aber wie kann ich dich so gut verstehen?«, fragte Jeremiah.

»Ich habe via Armilla die beiden Puppets gekoppelt. Ist einfacher so in dem Unwetter, klar?«

Eine gefächerte Böe von der Seite erwischte Jeremiah. Er kippte weg. Wegen der Verzögerung in der Befehlsweitergabe streckte er die Hände zu spät aus und krachte mit der Schulter voran auf den harten Boden. Er stöhnte. »Au, verdammt! Das tat weh.« Als ihm das Merkwürdige seiner Aussage bewusst wurde, stellte er schon die Frage: »Warum tat das weh, Delphine?«

»Ein sensorisches Feedback. Der Suit leitet, wenn auch nicht in voller Intensität, die Wahrnehmungen des Puppets an den Träger zurück.«

»Wie schlimm kann es werden?«, erkundigte sich Jeremiah.

»Ah, keine Sorge. Hat noch jeder überlebt.« Sie lachte. Jetzt, wo er sie wieder mit ihrer eigenen Stimme sprechen hörte, fühlte er sich deutlich wohler.

»Delphine?«

»Ja, Jerry? Was hast du noch auf dem Herzen? Rickter wartet. Wer weiß, wie lange das Peilsignal noch zu empfangen ist.«

»Ich sehe nichts.«

»Oh, verdammt. Warte. Ich schalte bei deinem Plug-in die Restlichtverstärker zu.«

Ein zartes Grün überdeckte für einen Moment das Navigations- und Signaloverlay. Jeremiah stemmte sich in gebückter Haltung hoch, sah sich um. Eine fahlhelle Gestalt kam auf ihn zu. Das Gesicht wirkte wie ein mit Haut überzogener Totenschädel, die Augenhöhlen tiefschwarz. Delphine half ihm auf. »Bereit?«, gewahrte er ihre Stimme. Der Mund des Plug-ins blieb geschlossen, trotzdem hörte er Delphine, als würde sie neben ihm stehen.

Er nickte.

»Möglichst weit unten bleiben. Ich habe einen Weg markiert, auf dem wir maximalen Windschutz haben. Es wird dennoch nicht einfach werden.«

In seinem Overlay wurde eine Linie eingeblendet und ein Vektorpfeil, der die Richtung anzeigte, die man zu nehmen hatte.

Er versuchte, mit Delphine mitzuhalten. Sie bewegte sich traumwandlerisch sicher und schnell.

Jeremiah erkannte, wie sehr ihm die Übung mit einem Puppet fehlte. Mal schwankte er im Wind, mal setzte er einen Fuß schlecht auf.

Zu seinem Erstaunen behinderte ihn der Orkan weniger als gedacht. Delphine folgte einer Route, die nicht geradlinig verlief. So kamen sie jedoch schneller voran, da der Sturm sie nur selten erwischte.

Nach einigen Minuten fand auch Jeremiah einen Rhythmus und die ideale Körperhaltung, um effektiv voranzukommen. Während sein Körper beschäftigt war, kitzelte etwas den sensorischen Bereich seines Verstandes. Eine Anomalität, die er nicht zu fassen bekam.

Delphine bog links ab, ihr Puppet verschwand hinter einem Hügel. Sie nahm dabei exakt den im Overlay markierten Weg. Der Vektorpfeil wies Jeremiah ebenfalls in diese Richtung. Nicht mehr weit und sie würden das rote Blinksignal erreichen.

Da wusste Jeremiah endlich, was nicht stimmte. Er roch die Landschaft nicht. Weder eine vermeintliche frische Seeluft noch den Duft von Regen, weder überlagernden Müllgestank noch die Allgegenwärtigkeit verrottenden Plastiks.

Da war nur die neutrale Laboratmosphäre. Er lag schließlich einige hundert Meter entfernt auf einer Liege. Konnten die Plug-in-Nutzer riechen, was der Puppet rezipierte?

Jeremiah zweifelte daran, dass ein Mann wie Nicolas Ragg, der auf einen Puppet angewiesen war, um seine Umwelt erkunden zu können, auf einen der Sinne verzichten würde.

Er fluchte leise, als die grüne Gestalt vor ihm erneut verschwand. Delphine schlug jetzt mehrere Haken, wich von dem ursprünglich vorgeschlagenen Weg ab.

»Was machst du, Delphine?«, fragte Jeremiah mit deutlich gedämpfter Stimme.

»Die Windrichtung dreht ständig und ist schlecht vorhersagbar. Ich versuche, die ideale Route zu nehmen. Komm! Wir müssen uns beeilen. Das Signal lässt in seiner Intensität nach.«

»Warte nicht auf mich«, schlug Jeremiah vor. »Alleine bist du schneller dort. Ich hangele mich entlang der Vektoren und folge dir.«

»Okay.«

Das gelbe Dreieck entfernte sich rasch. Delphines Puppet kam so locker mit den Verhältnissen zurecht, dass es Jeremiah nur erstaunen konnte. Er registrierte, wie sehr er sie tatsächlich aufgehalten hatte, und legte seinerseits einen Zahn zu. Allerdings lag sein Tempo nicht einmal annähernd bei ihrem. Der Orkan setzte ihm zu, ein Pfeifen wie das eines unter Dampf stehenden Kessels intensivierte sich, bis es sich zu einem Sausen entwickelte. So klang es, wenn in einem Film ein Tornado über Land zog. Jeremiah sah hoch in den Himmel. Da war nur Schwärze, nichts, wofür er den Restlichtverstärker gebraucht hätte.

Er war den Naturgewalten hilflos ausgesetzt. Nein, nicht er in Person. Jeremiah redete sich Mut zu. Ich bin in Sicherheit, wiederholte er ständig gedanklich. Um mich herum sind massive Wände. All das hier geschieht nicht mir, obwohl ich es spüre. Schon beruhigte sich sein Herzschlag und er ging gebückt weiter, folgte den Markern auf dem Overlay, bis ihn besonders heftige Böen zum Halt zwangen. Er wartete, doch der Sturm meinte es nicht gut mit ihm.

Nach einigen Minuten erlosch schließlich das rote Notpeilsignal. Zum Glück hatte das gelbe Dreieck bereits dort Position bezogen. Delphine hatte es rechtzeitig geschafft. Warum berichtete sie nicht?

»Hey, Delphine!«, sagte Jeremiah, der den Plug-in-Körper in Hockhaltung versetzte.

»Was ist, Jerry?«

»Hast du ihn gefunden?«

»Ja.«

»Was ist mit ihm?«

»Du bist nicht mehr weit. Sieh selbst.«

Ihre Stimme klang nahezu tonlos. »Ist er tot?« Jeremiah krabbelte auf allen vieren weiter.

»Ich denke schon.«

Endlich erreichte er ihre Position. Delphines Puppet saß auf dem Boden. Neben ihr nur schemenhafte Linien.

Jeremiah kauerte sich neben sie, suchte die Umgebung ab. »Hier ist nichts«, stellte er fest.

»Oh doch, warte. In der Restlichtverstärkung ist wenig bis überhaupt nichts zu sehen.« Sie zauberte eine Taschenlampe hervor. Es gleißte hellgrün auf.

Nun erfasste auch Jeremiahs Plug-in den Rollstuhl und den aufgesetzten Oberkörper. »Jemand muss ihn hierhertransportiert haben«, sagte Jeremiah. »Sein Kopf und die Schulterpartie steckten im Sand, als ich auf seine Leiche gestoßen bin.«

Delphines Puppet betastete das Gesicht.

Jeremiah glaubte dort schwere Verletzungen erkennen zu können. »Er wurde geschlagen.«

»Stumpfe Gewalteinwirkung. Sieht auf jeden Fall so aus. Hier …« Sie beleuchtete die Stirnpartie. »Hier siehst du noch den Abdruck des Stocks oder der Stange oder des Schlägers. Der Knochen wurde eingedrückt.«

»Wer ist zu sowas fähig?«, flüsterte Jeremiah mehr im Selbstgespräch.

Delphine antwortete sofort. »Das war Hass. Purer, unkontrollierbarer Hass. Wir müssen herausfinden, wer es gewesen ist. Man hat ihn übrigens hierhergeschleift. Da sind Spuren am Boden. Zermalmtes Dünengras und zerquetschte Bodendecker.

Überall in den Speichen des Rollstuhls finden sich Äste, Blütenreste und Grasbüschel.«

»Warum hat derjenige sich die Arbeit gemacht, ihn über das halbe Grundstück zu zerren?«

»Ich weiß es nicht«, gestand Delphine. Sie deutete auf die Begrenzungsmauer des Sanktuariumsgeländes, die nur einen Meter entfernt in die Höhe ragte. »Hat er geglaubt, die Leiche über die Kante bugsieren zu können? Das sind dreieinhalb Meter massiver Stein und oben sind Überwachungskameras angebracht. Ich verstehe es nicht.«

Jeremiah kroch zum Fahrgestell. »Mach mal bitte das Licht aus«, bat er. Der Restlichtverstärker schaltete zunächst auf Schwarz, als die grelle Lichtquelle versiegte. Es dauerte etwas, bis die Optik die Umgebung ins bekannte Grün tauchte.

Unter dem Sitz, dort, wo der Antrieb für den Rollstuhl verbaut war, glomm es ein wenig heller. »Was ist das?«, murmelte Jeremiah.

Delphine stemmte sich hoch und umrundete die Leiche. »Was denn?«

»Sieh mal hier. Da ist was.«

Delphine drängte ihn zur Seite, machte sich an dem Kasten zu schaffen. Sie fluchte und zerrte, bis die Abdeckung mit einem Knacken abriss. Der eigene Schwung ließ sie stürzen.

Jeremiah begaffte die Leuchtziffern. Es war ein Countdown. Die Zahlen waren nicht weit von der Null entfernt.

Hände griffen nach ihm. Er verlor den Boden unter den Füßen, Schwerelosigkeit musste sich so anfühlen. Keine Zeit für einen Schrei. Dann kam der Blitz. Ein Feuerball. Hitze um ihn herum, drei brutale Schläge ins Gesicht. Er schrie nun doch.

Der Schmerz peinigte seinen ganzen Körper. Und dann erlöste ihn die weiße Kühle.

Jeremiah Hilarius Schnitzer schwebte im hellen Nichts auf einer Wolke aus Zuckerwatte. Es roch süßlich. Nach Marshmallows, die auf einem Stock langsam dunkel wurden, zerflossen und Fäden zogen. Wann war das nur gewesen? Wo hatte einst das Feuer gebrannt?

Er sah nach links und nach rechts. Nirgendwo ein Lagerfeuer, kein Freund, keine Freundin, kein Vater, keine Mutter, nichts. Nur weiß und kühl.

Aus leisem Summen entwickelte sich allmählich eine erkennbare Melodie. Musik, die von überall zu kommen schien. Vertraute Klänge, ein Stück, Gesang, den er bereits mehrfach gehört hatte.

Warum der *Nowhere man* schon wieder, kam es ihm in den Sinn. Im Fahrzeug, in seinem Quartier.

Quartier! Er war nicht zu Hause. Ein Job, ein Auftrag, Gefahr, er war in Gefahr, oder nicht?

Die Musik ebbte ab, die letzten Töne verhallten zwischen den Fäden der Irrealität. Jeremiah wollte schreien, doch die kühle Umgebung, das Weiß hinterließ einen Eindruck. Es konnte ein Krankenhauszimmer sein, er musste leise sein, Ruhe bewahren. Ein Arzt würde sicherlich bald zu ihm kommen.

Aber er sah keine Wände, kein Fenster, nur das diffuse nebelartige Etwas um sich herum.

»Jeremiah? Jay?« Eine unglaublich angenehme, wohlvertraute Stimme. Wer nannte ihn gleich noch Jay?

»Jay? Was hast du getan?«

»Raven? Liebling? Bis du das?«, flüsterte er in die Helligkeit hinein. Niemand war zu sehen. Kein Lächeln, das ihn tröstete.

»Oh, Jay! Warum finde ich dich immer dort, wo der ärgste Schlamassel ist?«

»Raven! Ich konnte nichts da...« Er unterbrach sich selbst. Was war geschehen? Wo war er?

Jeremiah kramte in den frischesten Erinnerungen. Ein Meer tauchte auf. Wolken. Sturm.

»Raven? Wo bin ich?«

»Ach, Jay«, antwortete sie, ihre Antwort so sanft wie ein Streicheln auf der Wange. »Du bist in Sicherheit.«

»Aber wo? Da ist eine Lücke, ich kann sie sehen und trotzdem nicht füllen. Hilf mir.«

»Helfen? Ich?« Raven Munins Stimme klang rauchig, weiblich und stets nachdenklich. Als würde sie zunächst jedes Wort darauf überprüfte, ob es auch exakt zu den anderen im Satz passte. Dadurch entstand eine ganz eigene Satzmelodie, die einen Streit zwischen ihnen beiden sehr holprig werden ließ. Wobei sie sich selten stritten, wie Jeremiah seinem bruchstückhaften Gedächtnis entnahm.

»Hast du meine Nachrichten erhalten?«, erkundigte er sich vorsichtig. »Ich habe dir doch welche geschickt, oder nicht?«

»Ach, Jay«, entgegnete sie noch sanfter als üblich. »Wie oft haben wir schon darüber gesprochen. Du musst das nicht tun. Es ist nicht nötig.«

»Nicht?«

»Nein.«

Jeremiah überließ sich den angenehmen Wellenbewegungen des weißen Marshmallow-Nebels. Beinahe einschläfernd, dabei wollte er das Gegenteil.

»Ich bin in Raggs Sanktuarium, nicht wahr, Raven?« Die Anreise kam ihm in den Sinn. Auftrag und Bestätigung, die Fahrt mit dem autonomen E-Mobil. Ein Umweg, ein Halt, die offene Tür, Delphine. Wie die rasende Abfolge einer Diashow strömten die Erinnerungen. Dazu Geräusche, Gerüche und Gedanken. Er stellte sich einen Trichter vor, dessen Spitze sich durch die Schädeldecke bohrte und durch den all die vielen Kleinigkeiten flossen. Einzelheiten, egal ob wichtig oder unwichtig.

Der süße Marshmallow-Duft überlagerte allerdings alles.

Jeremiahs Gedächtnis füllte sich vollständig. Endlich fühlte er sich wieder wie ein kompletter Mensch.

Zum Ausgleich plagten ihn Schmerzen, die er nicht genau zuordnen konnte.

Aus der Helligkeit schälte sich ein leicht gebräuntes Ovoid. Ein Gesicht? Raven Munins Kopf? »Raven?«

»Aber ja, Jay. Ich war niemals weg und werde es nie sein, vertrau mir bitte.«

»Ja, selbstverständlich. Wenn nicht dir, wem dann? Komm näher. Ich kann dich nicht erkennen.«

Die ovale Fläche wurde größer, scharf konturiert, mit unregelmäßigen dunklen Fransen an den Seiten.

»Näher, Liebling. Bitte«, flehte Jeremiah. Er sehnte sich nach ihr, den gemeinsamen Stunden.

Schließlich schwebte ein hautfarbenes Ei direkt in sein Blickfeld. Ein Lufthauch traf ihn an der Nase. Von Ferne rief ihn jemand, die Stimme verzerrt, hohl und ohne Betonung.

In dem Gesicht über ihm fehlten die Augen, der Mund, die Nase, einfach alles. Als hätte ein Comiczeichner eine Skizze abgegeben.

»Raven? Wo bist du?«

»Immer bei dir, Jay«, antwortete sie. Ihr Blütenduft hüllte ihn ein. War es ein Parfum? Welche Farbe hatten Ravens Pupillen? Blau? Nein, Schwarz.

»Jerry. Komm schon! Verdammt!«

Aus der Skizze leuchteten Punkte hervor, erkennbare Einzelheiten, ein menschliches Antlitz mit Ecken und stilisierten Umrissen.

Der Schmerz überwältigte ihn. Er schrie auf.

»Ruhig. Halte still, Jerry!«, herrschte ihn Delphine an. »Wir sind im Testzentrum.«

Jeremiah kehrte in die Wirklichkeit zurück und wünschte sich, dass es nicht so wäre.

Die Schultern, sein Rücken, die Oberschenkel, sämtliche Muskeln sendeten Schmerzsignale aus. Dann bewegte er den Kopf und es wurde noch viel schlimmer.

»Die Explosion! Sie hat mich voll erwischt«, brüllte er.

»Ja, ich weiß. Ich war dabei. Aber es waren die Puppets, die von der Druckwelle getroffen wurden, Jerry. Wir sind hier. Du musst nur atmen. Es sind vielleicht ein paar blaue Flecken, der Rest ist Einbildung. Eine Art Reizüberflutung und eine Feedbackschleife, die im Suit, den du trugst, entstanden ist. Es ist alles in Ordnung«, erklärte Delphine. Sie wirkte besorgt, war es wahrscheinlich auch. Jeremiah fixierte die zahlreichen wellenförmigen Falten in ihrem Gesicht, während er seinen Atem beruhigte und gegen die Schmerzen ankämpfte.

Delphine behielt Recht. Es dauerte nicht lange, bis die Beschwerden abflauten.

Sie half ihm aus dem Suit. Jeremiah stellte die Füße auf den Boden, doch die Beine trugen sein Gewicht nicht sofort.

»Oh, verdammt«, flüsterte er, rieb sich die Oberschenkel und setzte sich wieder hin. »Das war eine Falle, nicht wahr? Eine Bombe, für uns bestimmt.«

Delphine schüttelte den Kopf. Sie hielt seinen rechten Arm im Schraubgriff und hatte sich leicht vorgebeugt, um ihm ins Gesicht sehen zu können. »Nein, Jerry. Das war eine Zeitschaltuhr. Ein Zünder, der programmiert wurde. Niemand konnte wissen, dass wir dem Notpeilsignal folgen. Vielleicht war es nicht mal beabsichtigt, dass es gesendet wurde. Wir waren nur zur falschen Zeit am falschen Ort. Und keiner hätte ahnen können, dass wir dort sein würden.«

»Ich weiß nicht«, zweifelte Jeremiah. Er spürte die Wärme von Delphines Hand durch den Stoff seines Oberteils. »Was, wenn der Countdown erst mit der Öffnung der Motorabdeckung erfolgt wäre? Dann könnten wir von einem Mordanschlag sprechen.«

»Sachbeschädigung«, verbesserte Delphine ihn. »Es war doch klar, dass bei diesem Wetter nur Plug-ins zum Einsatz kommen würden.«

Jeremiah sortierte die widerstreitenden Überlegungen in seinem Kopf. Er stellte sich wieder auf die Füße. Diesmal schafften es die Muskeln. Er schwankte ein wenig, letztlich stabilisierte sich sein Zustand. »Danke«, sagte er, als Delphine ihn aus ihrem Griff entließ.

Sie trat einen Schritt zurück und streckte sich. »Das war echt hart«, gab sie zu, praktizierte einige isometrische Übungen, die Jeremiah niemals hätte kopieren können.

»Ich habe die Hitzewelle gespürt.« Jeremiah betastete sein Gesicht.

»Und die Druckwelle nicht zu vergessen«, ergänzte Delphine. »Dein Suit hat auf Minimalübertragung der Sensorik geschaltet. Allerdings auch hier mit Verzögerung. So hast du alles, was dein Puppet erlitten hat, miterlebt. Es tut mir leid. Wie hätte man so etwas ahnen können?«

»Was ist mit den Puppets geschehen?«

»Totalverlust. Beide. Sie antworten nicht auf Sendesignale. Ich denke, die Explosion hat sie zerfetzt. Ich war nicht schnell genug.«

»Du hast es versucht, Delphine. Mehr war nicht drin.«

»Vielleicht. Aber es ärgert mich dennoch. Jetzt haben wir nur noch einen Plug-in.«

»Was?« Jeremiah machte einige unsichere Schritte im Raum. »Wieso gibt es nur noch einen?«

»Standard-Plug-ins, meinte ich damit. Ich spreche nicht von den persönlich adaptierten.«

»Also, du verfügst noch über einen?«

»Ja, außerdem natürlich Ari, Ivy und Nicolas. Lysann und die beiden Thamines sind die einzigen Nutzer der Leihkörper. Jetzt müssen sie sich einen teilen.«

»Könnt ihr keinen Ersatz beschaffen?«

»Jerry! Der Orkan. Wir sind abgeschnitten. Bei diesen Bedingungen werden nicht mal autonome Fahrzeuge losgeschickt. Erst wenn die Windgeschwindigkeiten abflauen, können wir uns darum kümmern.«

»Wie lange?«

»Es ist ein Frontensystem. Nach der Vorhersage dauert es bis zu fünf Tage. Zum Glück werden wir ja nicht verhungern.«

»Aber möglicherweise sterben, Delphine. Anschläge, Tote und jetzt noch eine Bombe. Was wird hier gespielt?«

Sie wirkte plötzlich ausgesprochen nachdenklich, antwortete nicht sofort, wie es sonst so ihre Art war.

»Ich muss mit Nicolas sprechen«, sagte sie nach einigen Sekunden. »Da HAL auf Minimalkonfiguration herunter ist, wird ihm niemand von Rickter erzählt haben. Und von der verdammten Explosion weiß er auch nichts.«

Jeremiah erwartete keine Antwort auf seine Frage mehr. Seit seinem Eintreffen im Sanktuarium verstärkte sich das Gefühl, dass niemand hier wirklich offen mit ihm sprach, von Stunde zu Stunde. Selbst die Thamines waren eher kryptisch in der Ausdrucksweise gewesen, hatten sich nicht geöffnet. Inzwischen ging Jeremiah nicht mehr davon aus, die KI, falls es tatsächlich eine gab, enttarnen zu können. Was blieb, war sein Ehrgeiz und die unstillbare Neugierde eines Mannes, der hinter die Kulissen schauen wollte. Was geschah auf dem Gelände Raggs? Wie standen die Ereignisse miteinander in Verbindung? Jeremiah spürte den Drang, nicht eher zu verschwinden, bis er dieses Geheimnis gelüftet hatte.

Delphine tätschelte seine Schulter. »Komm, wir gehen ins Labor. Von dort aus können wir Nicolas in jedem Fall erreichen. Er reagiert nicht auf die Calls via Armilla. Aber in seinem Labor wurde eine Direktleitung eingerichtet.«

»Was zum Henker ist denn hier geschehen?«, entfuhr es Delphine zugleich entsetzt wie überrascht.

Das Labor war verwüstet, der Tisch leergefegt bis auf einen großen kokelnden Haufen in der Mitte. Platinen, Elektrokabel, Gehäuseteile aus Plastik und mehrere mechatronische Ersatzteile lagen dort, zusammengeschweißt von der Hitze zu einem schwarzen, ätzend stinkenden Brocken. Die automatische Sprinkleranlage hatte versagt. Weite Teile der Decke waren rußgeschwärzt, wohl von den hoch auflodernden Flammen.

Jeremiah hielt sich die Hand vor die Nase. »Kann es giftig sein?«

»Ich denke nicht«, beruhigte ihn Delphine. »Die Abgase sind abgesaugt worden. Das Feuer ist wegen mangelnden Sauerstoffs erstickt. Bis auf die Feuerlöschsprinkler sind sämtliche Gegenmaßnahmen getroffen worden. HAL hätte natürlich mehr bewirkt. So wissen wir leider nicht, was der Feuerteufel vernichten wollte.«

»Gibt es kein Inventarverzeichnis?«

Delphine musterte ihn spöttisch. »Das ist das *Paradies nach Ragg*. Er schaltet und waltet hier, wie er will. Also nein.«

»Man hat demnach versucht, die Forschungs- und Entwicklungsarbeit deines Vaters zu behindern oder ein Ergebnis zu zerstören?«

»Klingt plausibel.« Sie betrat den Raum, in dem der Inhalt sämtlicher Schränke und Boards auf dem Boden verteilt lag.

Jeremiah wunderte sich, dass kein Feueralarm ausgelöst worden war. Lag es daran, dass man HAL abgeschaltet hatte?

Delphine tastete sich im Raum voran bis zu einer flachen Apparatur an einer der Wände. Sie tippte mehrfach auf den Touchscreen und runzelte die Stirn. »Verdammt. Jerry? Die interne Kommunikation ist beeinträchtigt. Ich komme nicht durch.«

»Hat das Feuer die Anlage zerstört?«

»Nein. Die Hitze hat keinen Schaden angerichtet. Weder Plastik noch Glas scheint beschädigt. Vielleicht ist die Verbindung an anderer Stelle unterbrochen. Nicolas antwortet sonst immer.«

Es sei denn, dass er nicht antworten will oder kann, dachte Jeremiah, sprach seine Befürchtungen jedoch nicht aus. »Wir könnten es aus der Lounge heraus versuchen«, schlug er vor.

»Das ist eine gute Idee«, meinte Delphine. Sie gähnte.

Jeremiah stakte entlang des Tisches über den trümmerbedeckten Boden. Er schaute in jeden Schrank, jedes Board, nur um festzustellen, dass der Saboteur wirklich alles herausgerissen und verteilt hatte.

»Was suchst du?«, fragte Delphine.

»Ich weiß nicht. Irgendwelche Hinweise, warum hier so gewütet wurde. Er hat etwas gesucht, oder nicht?«

»Er?«

»Oder sie. Egal. Ich denke er oder sie wurde auch fündig.«

»Wie kommst du darauf, Jerry?«

»Na, warum der Aufwand, diesen Turm auf dem Tisch zu errichten und ihn anzustecken? Der Täter wollte verbergen, was fehlt. Es dient der Verwirrung.« Er bückte sich und nahm einen schuhkartongroßen Behälter hoch, stellte ihn auf der Tischplatte ab. »Aus welchem Material ist der Tisch?«, fragte er.

»Keine Ahnung. Irgendein rostfreies Metall, nehme ich an«, antwortete Delphine.

Jeremiah hob den Deckel der Schachtel an und starrte hinein.

»Was ist?«

»Die Komponente, das neuartige Brain, das ich zurücklegen sollte, ist nicht mehr hier drin. Auch am Boden liegt sie nicht. Vielleicht war das der Anlass für die Durchsuchung?«

»Du spekulierst.« Delphine lächelte grimmig.

»Mag sein. Aber der Täter hat das Teil herausgenommen und entweder verbrannt oder mitgehen lassen. Das erscheint mir wichtig.«

»Wenn du meinst.«

»Es ist ein Brain gewesen. Du hast es selbst gesagt, Delphine. Und nichts in diesem privaten Tüftlertempel ist von der Stange. Nicolas Ragg sollte wissen, dass sich jemand an seiner Entwicklung vergriffen hat.«

Delphine zuckte mit den Schultern. »Wenn er denn antworten würde.« Sie gähnte erneut.

»Müde?«

»Ist schon spät.« Sie umrundete den Tisch und zog ihn mit sich. »Mal sehen, ob wir in der Lounge weiterkommen.«

Jeremiah hoffte auch, einen Blick auf die externen Verbindungen werfen, Raven kontaktieren und einen möglichen Fluchtplan mit ihr entwickeln zu können.

In der Lounge angekommen, wurde er enttäuscht.

Alle Leitungen nach draußen waren immer noch außer Funktion. Das Sanktuarium blieb isoliert. Eine einsame Insel inmitten unwirtlicher Landschaft, bedroht durch drei Orkanausläufer, die mit bis zu dreihundert Stundenkilometern jeden töten konnten, der sich ins Freie begeben würde.

Nicolas Ragg antwortete weiterhin nicht. »Verdammt«, fluchte Delphine. »Was soll das?«

»Schläft er?«

Delphine sah Jeremiah entnervt an. »Du kennst ihn nicht. Sonst würdest du diese Frage nicht stellen. Du weißt nicht, in welcher Verfassung er ist. Niemand weiß das, nicht mal ich. Ich will mir nicht mal vorstellen, in welchem Zustand er sein könnte. Zum letzten Mal gesehen habe ich ihn vor sieben Jahren.«

»Du sprichst jetzt von dem physischen, realen Körper Raggs?«

Sie nickte. »Er liegt im Sarko... Ach, das ist jetzt nicht wichtig. Normalerweise erhält er jede Nachricht. Er reagiert nicht immer und auf jeden. Allerdings bekam ich bislang immer eine Antwort. Aber er ist sein eigener Herr. Wenn er nicht mit mir sprechen will, dann ist das so.«

Sie checkte die Wettervorhersage für die nächsten Stunden, überprüfte die Kameras rund um die Begrenzung des Sanktuariums. Zwei Perspektiven waren ausgefallen, zeigten nur Schwarz. »Das muss der Ort der Explosion sein. Wahrscheinlich hat es die Kameras erwischt. Egal. Ich bin müde. Erledigt. Wir sehen uns morgen wieder.«

»Ähm«, merkte Jeremiah an.

»Hm?«

»Ich weiß immer noch nicht, wo mein Quartier ist.«

»Oh, verdammt, Jerry. Leg endlich diese paranoide Angst vor der Armilla ab. Beim Frühstück will ich eine an deinem Handgelenk sehen, klar?«

Er nickte. Was blieb ihm auch anderes übrig?

Delphine aktivierte einen Rollerboy.

Einige Minuten später sank Jeremiah in das weiche Bett. Er zog sich die Decke über den Kopf und schlief ein.

8

Tag 4

Jeremiah hielt das letzte Bild des Traumes noch fest. Raven, allerdings wieder ohne erkennbares Gesicht. Dennoch war er sicher, dass sie mit ihm gesprochen hatte. Er konzentrierte sich mit geschlossenen Lidern. Was hatte Raven Munin zu ihm gesagt? Eine Bitte war es nicht gewesen, eher ein Befehl, oder ein Flehen? Äußerst seltsam und ein wenig beunruhigend, dass es ihm nicht einfallen wollte. Jemand blockierte die Erinnerung an das Gespräch mit seiner Gefährtin. So sehr Jeremiah es auch versuchte, es gelang ihm nicht. Der fehlende Mund, die nicht vorhandenen Augen machten ihm zu schaffen. Wie war es nur möglich, dass er trotzdem wusste, dass sie es war? Zu vertraut das Gefühl, zu sehnsüchtig seine Wünsche?

Jeremiah atmete in das weiche Kissen.

Schließlich zerstob das Bild und mit ihm der gesamte Traum. Er wälzte sich aus dem Bett und schlurfte ins Bad. Ihm wurde bewusst, dass die Ängste und beklemmenden Gedanken des Vorabends faktisch verschwunden waren. Was für eine Auswirkung ein erholsamer Nachtschlaf auf die menschliche Psyche hatte! Ihm ging es gut. Eine heiße Dusche tat ihr Übriges.

Ein mobiler Servierbot stand im Wohnbereich bereit, auf ihm ein Tablett mit Frühstück.

Das Wetter jenseits des Fensters war unverändert. Als würde ein Video in Endlosschleife ablaufen, rasten die dicken Wolkenformationen, die beinahe massiv greifbar wirkten, über den Himmel. Gelegentlich kalbten die Flächen einzelne klar konturierte Wolken, die ein Fallwind nach unten drückte.

Trotz der frühen Stunde vermittelte die graue, eher schwache Beleuchtung den Eindruck, es dämmere.

Jeremiah betrachtete die abgedeckten Teller, die Tasse mit dampfendem Kaffee und das Glas Orangensaft. Ihm war nicht nach Essen.

Er nahm die Armilla aus der Halterung, testete den Verschluss – ein simpler Magnet mit einer mechanischen Ergänzung. Zweimal schloss und öffnete er das Armband. Dann legte er es entschlossen an.

Was hatte HAL noch gesagt? Das Tutorial würde automatisch starten, sobald die Prägung beendet war.

Jeremiah wartete geduldig, horchte in sich hinein, ob es eine spürbare Veränderung gab, ob der Vorgang der Prägung etwas in ihm auslöste.

Es verstrichen Minuten. Er nahm einen Schluck vom heißen Kaffee, stellte sich an die Fensterscheibe und überlegte, wie schnell der Orkan die Wolken wohl vor sich hertrieb.

Die von Dünengras bedeckte Landschaft litt unter dem Müll, den der Sturm über Land verteilte. Zwischen den Hügeln wuselten silberne Sammelbots, doch der schieren Masse an Abfall konnten sie nicht Herr werden.

Jeremiah dachte an die Plastikmüllinseln im Atlantik jenseits der englischen Inseln. Immer wieder zerrten Wirbelstürme riesige Fragmente aus den schwimmenden Bergen von Unrat. Seit dem Golfstromabriss war dort ein Strudel entstanden, den zahlreiche Müllsammler vergeblich zu begrenzen versuchten.

Ein Blitz zuckte herab. Im Dickicht der Bodendecker blieben Plastikfetzen hängen. Zugleich farbig wie schmutzig flatterten sie in den Böen, rissen auseinander und wurden davongewirbelt.

Jeremiah seufzte. Der Kaffee in der Tasse schmeckte schal und war stark abgekühlt.

Das Anlegen der Armilla hatte keine erkennbaren Reaktionen hervorgerufen. Er spürte nichts, aktivierte seine Opti-Lenses und suchte nach der Anzeige von neuen Geräten, die er mit den Augen hätte steuern können.

Es wurde ihm nichts dergleichen angezeigt. Er hob den Arm und betrachtete die grün blinkende Lichtdiode. Sie war in eine Fassung eingebettet, in die ein kleiner Edelstein gepasst hätte.

Eine sehr dünne Linie umspannte einmal das komplette Armband.

Jeremiah löste den Verschluss und legte die Armilla erneut an. Möglicherweise hatte es einen Fehler gegeben.

Doch auch jetzt wurde sein Warten nicht belohnt.

Offenbar funktionierte das Gerät nicht. Ein Aufruf über die Lenses schlug wiederum fehl.

»Egal«, murmelte er. Delphine würde zufrieden sein, wenn sie die Armilla an seinem Handgelenk entdeckte. Er musste nur für sich behalten, dass sie nicht intakt war.

Aus den Lautsprechern des Monitors auf dem Board ertönte ein mehrfaches Ping. Dann erhellte sich der Screen. Lysann Nouvelle-Barbes Gesicht tauchte auf. Der übrige Hintergrund wurde nur verschwommen dargestellt, sodass Jeremiah nicht erkennen konnte, wo sie sich aufhielt.

»Jerry«, grüßte sie ihn tonlos.

»Lysann. Was verschafft mir die Ehre?« Er lächelte.

Sie ignorierte seinen angedeuteten Sinn für Humor. »Ich erreiche Nici nicht. Außerdem auch keinen anderen. Was ist bei euch los?«

Jeremiah nahm zur Kenntnis, dass sich Lysann in ihrem Eden vom restlichen Sanktuarium gedanklich separierte.

»Ähm, ich weiß nicht. Es gab Unglücksfälle, vielleicht Morde«, entgegnete er vorsichtig.

»Was? Was soll das heißen?«

»Nun, Joseph Rickter, Gabor Horvath und Elias Troublemaker sind verstorben«, erklärte er.

»Troublemaker?«, erwiderte Lysann irritierend ruhig. »Okay. Was ist mit Simon und den Thamines?«

Jeremiah zuckte mit den Schultern. »Ich weiß es nicht. Gestern habe ich noch mit allen gesprochen.«

»Okay«, erwiderte Lysann gedehnt und hob ihren linken Arm. Sie deutete auf ihre Armilla. In diesem Moment wackelte die Wiedergabe etwas. »Ich kann HAL nicht erreichen.«

»Oh. Der wurde in einen Wartungszustand versetzt. Nicolas ging davon aus, dass die Server gehackt und HAL kompromittiert wurde.«

»Warum hat er mir das nicht mitgeteilt?«, fragte Lysann sichtlich verärgert. »Okay. Hast du Zeit für mich?«

Jeremiah unterdrückte einen erstaunten Gesichtsausdruck. Stattdessen nickte er.

»Dann los. Ich warte.« Sie erkannte wohl seinen verlegenen Blick und ergänzte mit einem Lächeln: »Du trägst eine Armilla. Nutze sie. Du musst ihr dein Ziel nur nennen.« Der Monitor schaltete ab.

»Ich ...«, begann Jeremiah, um letztlich resigniert aufzugeben. Er betrachtete das Armband. »Warum klappt es nicht bei mir?«

Wenn wenigstens HAL noch aktiv gewesen wäre, so hätte er ihn befragen können. »So ein Mist«, fluchte Jeremiah. »Lysann Nouvelle-Barbe. Führe mich zu ihr«, flüsterte er der Armilla zu.

Er keuchte auf, als plötzlich seine Opti-Lenses die Sicht leicht verdunkelten. Ein Vektor in Form eines Pfeils wurde angezeigt und deutete in Richtung der Ausgangstür. Als er sich umwandte, um dorthin zu sehen, erkannte er auch die winzigen Buchstaben, die eingeblendet wurden. N-B.

Er ging zur Tür. Wie bei einem Fahrzeugnavi wurde ihm gleichzeitig noch die Zeit im Overlay angegeben, die er für den Weg benötigen würde. Zehn Minuten.

Jeremiah wich nicht von den Anweisungen ab, durchschritt Korridor für Korridor, nahm einen Horizontallift und fragte sich da erst, was hier gespielt wurde.

Die Armilla war offenbar funktionsbereit. Wo blieb also das versprochene Tutorial? Konnte es sein, dass HALs Ausfall auch dafür verantwortlich war?

Die Kabine ruckte mehrfach. Jeremiah spürte Richtungswechsel, obwohl das eigentlich ausgeschlossen sein sollte. Aus den Klimaanlagenschlitzen drang diffuser Nebel. Feuchtigkeitszugabe, oder brannte es in dem Liftschacht?

Er hielt die Nase hoch, wurde sich der Lächerlichkeit seiner Körperhaltung bewusst. Für einen Beobachter sah es sicherlich so aus, als würde er ein Loch in die Decke starren.

»Gibt es in dieser Kabine eine Überwachungskamera?«, murmelte er halblaut.

Die Armilla vibrierte an seinem Handgelenk. Er erschrak, hob den Arm. Aus dem Material löste sich eine Art Draht, unglaublich fein. Das, was er für eine Verzierung der Armilla gehalten hatte, entpuppte sich als eine Apparatur der besonderen Art. Es formte sich eine Schlinge oberhalb der Armilla. Innerhalb der Schlinge bildete sich ein Hologramm, in dem er in einer Echtzeitaufnahme das Innere der Kabine sah, darin sich selbst, wie er das Hologramm begaffte. »Zurückspulen«, gab er das Kommando. In der Aufzeichnung sah er sich selbst zu, wie er den Arm senkte und plötzlich in die Höhe starrte, direkt in das Objektiv der versteckten Kamera.

»Anhalten.« Jeremiah betrachtete das Bild und musste lächeln. »Keiner ist so gut im Löcher-in-die-Luft-Starren wie du, mein Lieber«, flüsterte er. Dann lenkte ihn der Halt des Lifts ab. »Hologramm Ende«, befahl er laut. Die holografische Wiedergabe erlosch, der Draht zog sich zurück in das Armband.

Ein Memorymetall, wurde Jeremiah klar. Mit einem leisen Laut öffnete sich die Tür der Liftkabine und unangenehmer, beißender Gestank wallte in das Innere.

»Ich muss wohl da sein.« Er betrat Lysanns persönliches Paradies. Wiederum vergaß er sofort, dass es nur eine Halle war. Die frische Luft, im Gegensatz zu der müllverpesteten dort draußen, und die Illusion von Unendlichkeit waren perfekt. Ziegen meckerten, ein gedämpftes Hundegebell mischte sich darunter. Blauer Himmel mit unecht weißen Wolken in Schäfchenoptik beherrschte die Deckenvideoinstallation, aber es regnete von oben herab. Jeremiah legte den Kopf in den Nacken. Tatsächlich schwebten direkt über ihm ein paar langsam ziehende dunkle, regenschwere Wolken. Natürlich auch nur computergeneriert. Daran gekoppelt war demnach eine Beregnungsanlage. Jeremiah sah das nasse Gras um sich herum. Es musste einiges von der Decke geregnet sein.

Er hielt nach Lysann Ausschau. Die Opti-Lenses beharrten darauf, dass sie sich irgendwo hinter oder in der Hütte versteckte. Die Einblendung der Restzeit hatte bei null gestoppt.

»Lysann!«, rief Jeremiah. Er stiefelte los. Der Untergrund war weich, nachgiebig, rutschig. Mehrfach glitten die Sohlen in dem glitschigen Bewuchs ein Stückweit weg, ließen ihn mit den Armen rudern. Aber er stürzte nicht.

Weiter hinten in der Halle rannten die Ziegen umher, offenbar auf einen Bereich beschränkt, den man eingezäunt hatte. Einer der Hunde, die Jeremiah vom ersten Besuch schon kannte, hetzte außerhalb zwischen den Ecken des Gatters hin und her. Er war es nicht, der bellte. Dieser Laut kam gedämpft an. Vielleicht hatte jemand den zweiten Hund in der Hütte eingeschlossen?

Je näher Jeremiah dem Holzbau kam, umso deutlicher wurde das Gebell. Allerdings klang es eher mechanisch, wenig lebensecht.

Er klopfte an der Tür.

»Reinkommen!«, brüllte Lysann.

Jeremiah schob die Tür auf, sie war massiver und damit schwerer als erwartet. Drinnen war es relativ dunkel, im Gegensatz zum Anschein eines Sonnentages in der Halle.

Das rhythmische, gleichmäßige Bellen kam von dem Hund, der flach auf der Seite lag. Lysann kniete neben ihm, ein aufgeklapptes Notebook bedienend. »Mach zu. Ich will nicht, dass meine Ziegen noch mehr irritiert werden.«

Jeremiah tat ihr den Gefallen, hockte sich neben sie. Er versuchte, die Anzeigen auf dem Display zu entziffern. Lysann verwendete ein ihm unbekanntes Programm.

»Was ist los? Was hat der Hund?«

Sie antwortete nicht, tippte auf der Tastatur einige Befehlszeilen ein, die auf dem Bildschirm zu lesen waren.

Das Gebell wurde leise, dafür erreichte es eine unangenehme Tonhöhe. Die Augen des Hundes wirkten blicklos, obwohl sie offen waren. Er reagierte nicht auf die Anwesenheit Jeremiahs.

Lysann hackte nun auf die Tastatur ein, jeder Buchstabe eine mittellaute Explosion, so als ob sie einen Hass auf die Tasten entwickelt hätte.

Das Maul des Hundes klappte zu. Er verstummte.

»Endlich. Was für ein Crap!« Sie richtete den Oberkörper auf und sah Jeremiah an. »Entschuldige, dass ich nicht gleich geantwortet habe, aber die Fehlfunktion hat mich in den Wahnsinn getrieben.«

»Fehlfunktion?«, wiederholte Jeremiah.

»Eine Akustikschleife. Trat ganz unerwartet auf. Mit so etwas hatte ich schon lange nicht mehr zu tun.«

»Das ist kein Hund?«

»Nein, Jerry. Es ist ein Plug-in. Der Hund, der ihn steuert, liegt in einem der Nebenräume Edens.«

»Was?« Jeremiahs Weltbild vollführte einen Purzelbaum und ließ ihn schwindelig zurück. »Erklär es mir. Bitte. Ein Plug-in für einen Hund? Wie?«

Lysann Nouvelle-Barbe rieb sich die Augen mit beiden Handballen. Dann blickte sie ihn an. »Hast du geglaubt, dass es nur Puppets gibt, die Menschen nachempfunden sind? Du weißt von den Automatenzoos, oder nicht? Ist zwar ein anderes Prinzip, doch Nici war schon immer ein Visionär. Meine Hunde hier sind Plug-ins. Ihre atmenden und lebenden Vorbilder hätten die letzten Jahre nicht überlebt, Jerry. In ihrer ursprünglichen Form, meine ich. Sie waren krank und ich habe sie erlöst. Nici hat mich unterstützt und mir diese kleinen Wunderwerke erschaffen. Für meine Lieblinge hat sich das Leben nicht geändert. Sie liegen in ihren Maschinen und die Verbindung in ihr Gehirn ist so, als würden sie alles selbst erleben. Jeden Schritt auf dem Gras, jedes glückliche Befolgen eines meiner Befehle. Sie kennen keine Schmerzen mehr, kein Altern, für sie besteht der Tag nur noch aus Rennen und Arbeiten. Es macht sie glücklich. Dafür wurden sie geboren. Sie merken den Unterschied schließlich nicht.«

»Du hast tote Hunde in eine Maschine gestopft, sie wiederbelebt und mit Implantaten versehen, damit sie Hunde-Puppets steuern können?«

»Sie lagen beide im Sterben. Ich musste sie erlösen oder die Alternative wählen, die mir Nici offeriert hatte. Ihre Körper versagten den Dienst, Jerry. Da traf ich eine Entscheidung, ja.«

»Das ist ...« Jeremiah wusste nicht, was er sagen, wie er es formulieren sollte.

»Inkonsequent?«

»Ich ... ich kann es gar nicht in Worte fassen. Es ist ... Ich verstehe nicht, wie du so etwas überhaupt in Erwägung ziehen konntest. Gerade du, mit deinem Back to Nature.«

»Es fiel mir nicht leicht.« Sie flüsterte nur noch.

»Aber du hast dich dafür entschieden.«

»Ja, als Nici es mir anbot.«

»Warum tut er so etwas?«, fragte Jeremiah.

»Weil er es kann. Er hat die In-vitro-Kammern für die realen Körper nach dem Vorbild seiner eigenen geschaffen.«

»Was?«

»Wie hast du dir erklärt, wie er so alt werden konnte? Du möchtest nicht sehen, was von seinem Körper übrig ist und in welchem Zustand er ist. Niemand will das, glaub mir, nicht mal er selbst, vermute ich.«

»Aber ...«

»Nichts aber. Ich habe sein Angebot dankend angenommen, wie ich beinahe jedes seiner Angebote akzeptiert habe.«

»Warum gewährt er dir diese Gefallen? Er ist Geschäftsmann. Einen Vorteil für sich muss er doch sehen.«

»Ach, Jerry. Red nicht so einen Crap. Nici ist Mensch. Durch und durch. Er muss nicht mit allem Gewinn machen.«

»Du bist meiner Frage ausgewichen. Warum gewährt er dir diese Gefallen?«

Lysann erhob sich. Es knackte laut in ihren Knien. Sie reckte und streckte sich ausgiebig. Sie nahm das Notebook hoch und tippte noch einmal auf der Tastatur herum.

Der Hund sprang plötzlich auf. Sie öffnete die Tür und er rannte hinaus.

»Restart ist geglückt. Puh. Und das ohne HAL. Ich werde besser. Mit jedem Tag geschickter.«

»Lysann!«, drängte Jeremiah.

»Ich weiß es nicht, Jerry. Ich habe nicht gefragt. Wenn ich eine Vermutung aussprechen müsste ... Hm. Dann ...« Sie schwieg.

»Sag es!«

»Er hat sich in mich verliebt?«

Jeremiah stockte der Atem. Er stellte sich ebenfalls hin und folgte der Farmerin hinaus in die Halle. »Verliebt?«

»Ja, Jerry. Ich kann die Stunden gar nicht mehr zählen, die er zusammen mit mir in meinem Eden verbracht hat. Er hat einen Narren an mir gefressen. Wenn er glaubt, dass ich es nicht bemerke, dann beobachtet er mich.«

»Sein Puppet?«, vergewisserte sich Jeremiah.

»Ja, sein Puppet. Hier in Eden gibt es keine Kameras, die er nutzen könnte. Also war er immer wieder hier. Hat die Ziegen gefüttert und mir bei der Arbeit geholfen. Die Hunde gestreichelt, mich auf Spaziergängen begleitet. Ich nahm an, dass er sonst niemanden hatte, mit dem er unbeschwert von seiner Vergangenheit reden konnte. So haben wir uns unterhalten.«

»Worüber noch?«

»Über alles und nichts. Wie sich meine Hunde wohl fühlen, ob sie den Unterschied zwischen Realität und digitaler Wahrnehmung erkennen können. Wie meinen Ziegen das Gras schmeckt. Ich weiß nicht. Über alles halt. Ich hatte den Eindruck, dass er sich in meiner Gegenwart entspannt, dass er mehr Mensch wird, dass er weniger der Billiardär und Forscher ist.«

»Wo hast du ihn kennengelernt?«

»Auf einer Messe. Ein Fremder sprach mich an, ich kannte ihn nicht. Er fand meine Ideen gut. Über die Bewahrung genetischer Vielfalt. Damals arbeitete ich für ein Forschungslabor auf der Isle of Man. Auf der Messe suchten wir nach Geldgebern, aber der Fremde, der sich mir erst spät als Nicolas Ragg vorstellte, hatte kein Interesse an der Firma. Er lud mich ein. Hierher. Da war diese Halle, mein Eden, noch im Aufbau begriffen. Ich fühlte mich unter Druck gesetzt, weil er so viel Geld investierte, ohne zu wissen, ob ich auf sein Angebot eingehen würde. Das habe ich Nici damals auch gesagt. Er hat nur gelächelt und etwas von Peanuts gemurmelt.«

»Du hast zugestimmt?«

»Ja. Schließlich war es die Erfüllung eines Traumes. Nirgendwo auf der Welt hätte ich mein Eden perfekter errichten können. Nici hat mir zugesagt, dass ich selbst nach seinem Tod hierbleiben könne. Dann wird mir das alles gehören.«

Sie spazierte während des Gesprächs weiter, immer auf das Gatter mit den Ziegen zu. Beide Hunde patrouillierten an der Begrenzung, wedelten mit dem Schwanz, als sie Lysann näher treten sahen.

Jeremiah folgte ihr gezwungenermaßen. »Was war mit dem Hund?«

»Askan? Ach, eine Akustikschleife. Gelegentlich gibt es Übertragungsfehler. Die Kartographie des Hundehirns ist nicht ganz so komplett wie die des Menschen. Also passieren solche Dinge. Das Puppet-Brain hängt in einer Schleife fest und verweigert weitere Steuerungsimpulse. Es passiert selten. Aber diesmal musste ich es ohne die Hilfe HALs korrigieren.« Sie kam am Gatter an und öffnete ein Tor. Die Ziegen rannten an ihr vorbei auf die offene Fläche hinaus. Ohrenbetäubendes Gemecker ertönte. Jeremiah vermied es, seine Hände auf die Ohren zu pressen.

»Die Ziegen sind aber echt?«

»Ja, natürlich. Askan und Suma, meine beiden Lieblinge zwar nicht, doch ohne sie, ihre Erfahrungen aus einem langen Hütehundeleben, würde ich es nicht schaffen. Ich brauche die Hunde, und nirgends gibt es einen adäquaten Ersatz. Verstehst du?«

»Ich verstehe deine Entscheidung. Du hast sie rational getroffen, weil du nicht anders konntest. Aber deine Hunde hatten keine Wahl. Jeder Mensch kann sich freiwillig für oder gegen die Nutzung eines Plug-ins entscheiden. Wenn du sagst, dass sie dabei glücklich sind, dann ist das wohl in Ordnung.«

Sie runzelte die Stirn, wandte sich schließlich ab und schaute zur Decke. Schatten waren über den Boden gezogen. Die Simulation des Himmels zeigte weitere dunkle Regenwolken, die nach und nach den Sonnenschein vertrieben. »Es wird gleich wieder regnen, Jerry. Komm, wir stellen uns an der Hütte unter.«

Das sanfte Trommeln des prasselnden Regens auf dem Vordach klang beinahe musikalisch. Es duftete nach frischem Gras, Staub, der aus der Luft gewaschen wurde, und den strengen Ziegenausdünstungen.

Sie standen im Trockenen, da der Wind die fallenden Tropfen von ihnen wegtrug.

»Ich hatte die Hütte so konzipiert, dass ich stets einen geschützten Platz habe, selbst wenn es regnet. Manchmal mag ich es, mich ins Freie zu stellen und eine Dusche zu genießen, aber nicht immer.«

Jeremiah erkannte, dass Lysann keinen Unterschied zwischen dem Leben in freier Natur und dem in der Halle machte. Für sie schien Eden ein natürlicher Ort zu sein.

»Du wolltest mich sprechen.«

»Ja.« Sie hielt ihre Hand in den künstlichen Regen, leckte sich das Nass von der Haut.

Es zuckte in Jeremiah. Er wollte ihre Hand zurückreißen, spürte den Ekel in sich selbst und bemerkte dann, wie unangebracht seine Reaktion war. Es war eine erlernte, eine anerzogene Verhaltensweise, Regen zu meiden und auf keinen Fall ungefiltertes Wasser zu trinken. Zu hoch waren die Konzentrationen an schädlichen Elementen. Wenn sie nicht Krankheiten der inneren Organe verursachten, so lösten sie im Mindestfall heftige allergische Symptome aus. Allerdings war dies kein üblicher Regen. Jeremiah war in Lysanns Eden und damit in Sicherheit.

Die Ziegen meckerten, schüttelten sich das Nass aus dem Fell, grasten friedlich und genossen den warmen Guss. Einer der Hunde wälzte sich auf der Wiese, rollte genussvoll den Rücken im Grün.

Jeremiah rief sich ins Gedächtnis, dass es ein Puppet war. Wie hoch war wohl die Rückübertragungsrate an den Hund in seiner lebenserhaltenden Kammer? Spürte er das Jucken und das herrliche Gefühl, sich im Gras zu wälzen?

»Es ist schön, nicht wahr?«, flüsterte Lysann. Sie übertönte kaum das Tropfen und das saugende Geräusch des Bodens.

»Ja, das ist es«, entgegnete Jeremiah. »Aber es ist nicht echt.«

»Es ist so real, wie ich möchte, dass es real ist.«

»Was wolltest du mit mir besprechen?«

Lysann griff sich in die zu einem Dutt geordneten Haare, löste ihn und band ihn von neuem. Es wirkte wie eine Übersprungshandlung. Vielleicht wollte sie Zeit gewinnen.

»Lysann. Bitte.«

Sie senkte den Kopf. »Rickter ist tot.«

»Ja, und Troublemaker und Horvath. Ich habe es dir doch schon gesagt.«

Lysann wischte sich die Hände an ihrer Latzhose trocken. »Seit einiger Zeit verändert sich die Stimmung hier im Sanktuarium, Jerry. Doch seitdem du hier bist, ist es schlimmer geworden.«

»Klar. Es gab drei Tote. Was könnte schlimmer sein?«

Auf ihrer Stirn bildeten sich elegant geschwungene Runzeln. Sie schüttelte den Kopf, um ihm zu widersprechen. »Menschen sterben. Jeden Tag zu tausenden. Ist es wirklich wichtig? Ohne jetzt darauf einzugehen, dass jeder gerne länger lebt. Doch erwiesenermaßen bedeutend sind nur wenige. So wie Nicolas

Ragg. Er ist ein entscheidender Faktor, was die Entwicklung der Menschheit und deren Zukunft angeht. Er war es schon immer und ist es weiterhin.«

Jeremiah missfielen ihre Ansichten, aber er unterbrach sie nicht, wollte, dass sie weitersprach.

»Nici hat Persönlichkeiten gesammelt. So wie Vansang und Ivy. Oder die Künstler, von denen nur die Thamines und Kanemaki übrig blieben.«

»Es waren mal mehr?«

»Oh ja. Das Sanktuarium beherbergte noch vor Monaten rund zweihundert Gäste. Es wurden beständig weniger.«

»Warum? Was hat sich geändert?«

»Das ist eine gute Frage, Jerry. Ich weiß es nicht. Nici verstärkte seine eremitischen Tendenzen. Er kam immer seltener vorbei, schien mit den Gedanken woanders. Stell dir vor, er hat nicht mal der Aufführung von Obanes Komödie beigewohnt. Es war so beeindruckend, wie gut der Dramatiker mit den Gefühlen der Zuschauer spielen konnte, wie sehr das Stück uns erheiterte. Wir waren nahezu vollständig, der Saal mit mehr als hundert Stühlen ausgestattet. Nur Nici kam nicht. Er vergaß es, genauso wie eine Entschuldigung im Nachhinein. Es hat mich gewundert.«

»Das meintest du mit veränderter Stimmung?«

»Nein, da begann es erst. Die personelle Fluktuation im Sanktuarium ist normal. Es gab schon mal einen Monat, den ich ganz alleine mit Nici hier verbrachte. Aber in den letzten Wochen schlich sich eine schlechte Stimmung ein. Die Thamines bemerkten es als Erste. Sie bemängelten es und es schien sie in ihrer Kreativität zu beeinträchtigen. Es bildete sich eine Gruppe. Neben Kisan und Obane auch Simon, Jobert, Ivy und Mia. Sie hockten zusammen, planten etwas.«

»Du weißt, was?« Jeremiah hielt seinen Blick starr auf die Weide gerichtet.

»Sie wollten weg.«

»Warum sind sie nicht gegangen?«

Lysann antwortete nicht sofort. Sie machte ein paar Schritte, weg von der Überdachung in die letzten Tropfen des künstlichen Regenschauers, der sich verzog und wieder einem sonnigen blauen Himmel den Platz räumte. Dunkle Flecken bildeten sich auf der Blumenmuster-Bluse, die sie trug. Sie drehte sich einmal schnell um die eigene Achse, als würde sie eine Pirouette absolvieren, blieb dann abrupt stehen und musterte Jeremiah ernst. »Nici hat sie nicht gehen lassen.«

»Das verstehe ich nicht«, gab Jeremiah zu. »Sie sind doch Gäste. Was hielt sie davon ab, sich einen Wagen zu nehmen und davonzufahren?«

»Ich kann es dir nicht sagen.« Sie ließ die Schultern hängen. »Es könnte sein, dass Nicolas sie zum Hierbleiben gezwungen hat.«

Jeremiah kam diese Wendung äußerst konstruiert vor. So schätzte er seinen Auftraggeber nun wirklich nicht ein, und die Persönlichkeiten der Gäste waren zu ausgeprägt, um nicht offen zu widersprechen. Dennoch blieb die Tatsache der drei Toten. Hielt er Nicolas Ragg für fähig, jemanden zu töten, der nicht nach seinem Willen handelte?

»Weswegen genau wolltest du mit mir sprechen?«, fragte Jeremiah.

»Ich erreiche seit heute Morgen praktisch niemanden mehr. Dass Nici nicht mehr antwortet, habe ich akzeptiert. Aber was ist mit Kisan und Obane? Auch Mia und Vansang geben kein Lebenszeichen von sich. Ich fühle mich isoliert. Was geht im Rest des Sanktuariums vor?« Lysanns Aufmerksamkeit wurde für einen Moment abgelenkt. Ein an Babygeschrei erinnernder

Ziegenlaut erklang beinahe anklagend und nachhallend in der Biotophalle. Sie pfiff den beiden Hunden ein Kommando, die sofort aus ihrer liegenden, wartenden Haltung aufsprangen und in gegensätzliche Richtungen sprinteten.

Jeremiah wartete, bis Lysann ihn wieder ansah. Dann erzählte er vom Tod Horvaths sowie der Bombe in Rickters Rollstuhl, die explodiert war und die Plug-ins zerstört hatte.

Lysann erbleichte.

»Was hast du?«, fragte Jeremiah.

»Das war Simon. Es muss Simon gewesen sein. Er war Experte für Sprengstoffe. Hier hat er stets herumgebastelt, an neuesten Sprengfallen zum Schutz des Sanktuariums gearbeitet. Dafür war er hier. Nici hat ihn gleichermaßen unterstützt und unter Druck gesetzt. Die Sicherheitsmaßnahmen wurden ausgebaut. Er forderte immer neue Features, um das Sanktuarium unangreifbar zu machen.«

»Ist das nicht ein wenig paranoid? Ich hätte Ragg gar nicht so eingeschätzt«, sagte Jeremiah.

»Es ist sein Leben, Jerry«, widersprach sie, einen Hauch Tadel im Tonfall. »Er verteidigt es mit allen Mitteln. Es ist wie eine Besessenheit. Er ist auf dem Weg zur ...«

»Unsterblichkeit?«, soufflierte Jeremiah.

Lysann senkte den Kopf. Sie schien etwas auf dem Boden zu sehen, bückte sich und strich mit den Handflächen sanft, beinahe zärtlich über die Grashalme. »Jedes Wesen, egal ob Pflanze, Tier oder Mensch, strebt nach dem Optimum. Nur dass dieses Ziel für jeden unterschiedlich aussieht. Nici wurde unter anderem deshalb zu einem besonderen Menschen, weil er krank war. Niemand konnte ihm helfen. Sein Ende war vorherbestimmt. Ein qualvolles, wenig würdevolles Dahinsiechen. Damit hat er sich nie abfinden wollen. Also kämpfte er, wurde quasi zu einem Besessenen, der jedes Hindernis überwinden wollte.«

»Unsterblichkeit?«, zweifelte Jeremiah erneut.

»Wer will das nicht?«

»Kisan. Obane.«

»Sie sind Künstler. Sie erreichen die Unsterblichkeit durch ihre Kreationen, die unvergessen bleiben, nicht wahr? Wenn ich nur an das Puppettheaterstück Obanes denke, dann möchte ich weinen und lachen. Es hat sich derart in mein Gedächtnis gebrannt, dass ich es in meinen Träumen wiederhole. Ich muss nicht zu der Aufzeichnung greifen.«

»Lassen wir das, Lysann. Meine Meinung über Nicolas Ragg bleibt dennoch eine andere. Er spielt Gott. Hier. Und eigentlich überall. Doch warum denkst du, dass Vansang Rickter getötet, eine Bombe in seinem Gefährt platziert und zur Explosion gebracht hat?«

»Rickter getötet? Nein. Seinen Plug-in.«

»Das ist nicht wahr. Rickter selbst hat mir gesagt, dass er ein realer Mensch sei.«

»Er hat gelogen, Jerry.« Sie stand wieder, trocknete sich die Hände an ihrer Kleidung. »Ich habe Aufnahmen seines Körpers gesehen. Eine Nekrose hat ihn befallen. Er musste in eine Notfall-Intensivkammer gelegt werden.«

»So ein Sarkophag?«

»Ja. Wenn auch der Begriff impliziert, dass der darin Liegende bereits tot ist. Rickter lebt oder lebte vor ein oder zwei Wochen noch, als ich ihn am Krankenlager besuchte. Ihm ging es schlecht. Es war seine letzte Chance.«

Jeremiah musste das erst einmal verdauen. Dann hakte er nach. »Warum eine Bombe?«

»Ein Ausweg, eine Bresche in der Mauer vielleicht? Simon ist ein Kriegsveteran, leidet unter PTBS und war in einem Foltergefängnis. Dort wurden Puppets eingesetzt, um reale Menschen zu quälen. Es hat ihn beinahe zerstört.« Sie atmete heftig. »Das Gefühl des Eingeschlossenseins hat ihn belastet.«

»Er konnte jederzeit gehen, nicht wahr?«

»Schon. Aber nur Nici hatte die Befehlsgewalt im Sanktuarium. Wenn er wollte, blieb das Tor nach draußen geschlossen.«

»Wie passt das zu deinem Bild vom gnädigen Ragg?«, hetzte Jeremiah.

»Ach, so denkt doch nur Simon über Nicolas. Natürlich hätte ihn Nici jederzeit fortgelassen. Die Aufgabe, für mehr Sicherheit zu sorgen, hielt Simon hier. Das Klaustrophobische an seiner Situation entstand lediglich in seinem Kopf. Daher nehme ich an, dass das ein Grund für die Bombe gewesen sein könnte. Jetzt ist da eine Lücke in der Gefängnismauer, die Simon nutzen kann. Ziel erreicht?«

Jeremiah dachte über die Vermutung Lysanns nach. Es summte in seinem rechten Ohr, dann klangen alle Geräusche nur noch dumpf. Er bohrte mit seinem Zeigefinger im Gehörgang. Ein stechender Schmerz zuckte bis in sein Auge. Das joviale Namaste Rickters kam ihm in den Sinn. Joseph? Ein Puppet? Es war im Bereich des Möglichen. Und die paranoiden Tendenzen Vansangs hatte Mia im Prinzip bestätigt.

»Wir sollten nach den Thamines suchen«, schlug Jeremiah vor. »Kommst du mit?«

Lysann dachte wohl kurz darüber nach und schüttelte müde den Kopf. »Ich kann hier jetzt nicht weg.«

»Warum nicht?«

»Es geht einfach nicht. Halte mich bitte auf dem Laufenden, ja?«

»Was ist, wenn du hier angegriffen wirst?«

»Wer sollte das tun? Außerdem habe ich Askan und Suma. Sie beschützen mich. Ihre Kiefer sind monströs stark.« Sie lächelte.

»Gut. Wie du willst. Ich muss in die Lounge.«

Er ging. Die Armilla blendete ihm die Route zum Ausgang ins Overlay ein. Als er sich an der Tür noch einmal umdrehte, gewahrte er Lysann, flankiert von beiden Hunden. Sie hob die Hand wie zum Abschied.

Er fragte sich, ob auch sie nur ein Puppet war.

In der Lounge erwartete ihn eine Überraschung.

Delphine saß an einer der Konsolen und checkte eine Anzeige nach der anderen.

»Hi! Was machst du da?«, sagte er zur Begrüßung.

Sie ignorierte ihn zunächst, beobachtete konzentriert den Monitor vor sich. »Ich suche nach den letzten Mohikanern, Jerry«, murmelte sie gedankenverloren. Im nächsten Augenblick lehnte sie sich im Sessel zurück, fluchte in einer Sprache, die Jeremiah nicht kannte und die von der Spracherkennung nicht als Text im Overlay übersetzt wurde.

»Lysann macht sich Sorgen um die Thamines«, erklärte Jeremiah. »Und natürlich um Mia und Simon.«

»Sie sehnt sich wohl eher nach Kisan, dem Mann mit dem Herzen eines Künstlers und der Seele eines Monsters«, widersprach Delphine. »Sie vermisst wahrscheinlich das eine oder andere Schäferstündchen. Ach?« Sie sah ihn an, hob die Augenbrauen. »Hat dir unsere schüchterne Ziegenhirtin nicht verraten, dass sie und unser verhinderter Komponist gemeinsame Freizeitaktivitäten betreiben? Hm? Dabei wirkt sie doch so ehrlich, nicht wahr? Und unschuldig. Mit ihren grünen Augen, dem dauerhaft unordentlichen Haar, dem schlanken Körper, der sich unter den unförmigen Klamotten verbirgt. Ach, Jerry. Jeder hier im Sanktuarium ist auf seinen Vorteil bedacht. Und sicher auch Lysann. Und mit der Wahrheit ...! Nun ...? Alle lügen oder verschweigen etwas. Ausnahmslos.«

Jeremiah nahm sich einen Sitz. Er begutachtete die Anzeigen auf den Monitoren. Der Sturm wehte mit leicht verminderter Kraft. Eine Durchschnittsgeschwindigkeit von 150 Stundenkilometern wurde gemeldet, allerdings gab es Spitzenwerte jenseits der 250.

Immer noch eingesperrt, schoss es ihm in den Sinn.

»Alle lügen? Also auch du?«, versuchte er Delphine zu provozieren.

»Natürlich, Jerry. Auch ich. Entscheidend ist jedoch die Motivation für die Unwahrheit.« Sie deutete auf einen Bildschirm. »Das Tor ist offen. Ein E-Mobil hat es vor rund drei Stunden passiert.«

»Ich dachte, es wäre zu gefährlich.«

»Stimmt auffallend. Hat aber den Dieb nicht davon abgehalten.«

»Den Dieb?«, wiederholte Jeremiah zweifelnd. »Jemand von außen verschafft sich bei diesem Wetter Zugang zum Sanktuarium und entwendet ein Fahrzeug? Worin liegt da der Sinn?«

»Das meinte ich nicht«, erläuterte Delphine. Sie setzte sich wieder gerade hin und massierte sich die Stirn. Ein leichter Anflug von Schweiß war zu riechen. »Einer von uns hat es genommen.«

»Von uns?«

»Ja.« Sie wechselte die Anzeige. »Er ist gestrandet.«

Eine Karte war eingeblendet, darin ein blinkendes Positionslicht, das, laut der Maßstabsangabe, rund vier Kilometer vom Sanktuarium entfernt den Unglücksort markierte.

»Was können wir tun? Hast du ihn schon angefunkt?«

»Das kann nicht funktionieren. Unsere Kommunikation beschränkt sich auf das Sanktuarium.«

»Okay. Dann muss einer von uns da raus.«

»Nein, viel zu riskant. Ich habe eine Rollerboy-Kette gebildet. Eine Funkkette. Zehn Rollerboys, die den Bluetooth-Abstand zueinander halten. Der letzte in der Reihe wird gleich vor Ort sein.«

Ein unruhiges Video von vorbeiziehendem Dünengras, Sand und verkrüppelten Bäumen lief auf einem der kleineren Monitore.

»Das ist live?«, vergewisserte sich Jeremiah.

Delphine nickte. »Er ist gleich da. Sobald er nahe dran ist, wird er auch langsamer. Die Bildstabilisatoren werden dann besser funktionieren.«

Angespannt verfolgte Jeremiah die Bilder.

Die rollende Drohne umkurvte Hindernisse wie Äste und Gesteinsbrocken auf dem Weg. Man sah deutlich den in die Landschaft eingepassten Weg, obwohl die Natur versuchte, das Terrain zu erobern. Jeremiah fragte sich, ob es derselbe Weg war, den er bei der Ankunft genommen hatte, oder ob es mehrere Zufahrten gab.

Der Rollerboy verlangsamte. Jeremiah verglich die Positionsdaten auf dem Navigationsmonitor miteinander. Es sah so aus, als wäre das E-Mobil von der Straße abgekommen.

Das Echtzeitbild der Drohne zeigte einen Sandhügel mitten auf dem Weg, als hätte jemand eine Rampe dort aufgeschüttet. Eine Reifenspur war noch darauf zu erahnen. Den Rest begradigte automatisch der Wind.

»Verdammt! Wo ist es?«, murmelte Delphine.

»Er soll sich rechts halten«, sagte Jeremiah. »Kannst du ihn per Hand steuern?«

»Da geht es nicht entlang, da ist ein tiefer Spalt. Rollerboy muss sich seine eigene Route suchen«, wiegelte sie ab.

Sie verfolgten beide die verschiedenen Strecken, die die Drohne versuchte. Immer wieder gab es Hindernisse, die sie nicht überwinden konnte. Die Umwege wurden länger, doch dann tauchte endlich in Sichtweite der Kamera ein Teil eines silbernen Umrisses auf. Rollerboy verlor ihn erneut aus den Augen, als er einen unordentlichen Haufen verwitterter Holzstämme umrundete.

Schließlich erreichte er das E-Mobil.

»Oh, verdammt!«, entfuhr es Delphine.

»Es ist umgekippt«, kommentierte Jeremiah.

»Nein«, hauchte Delphine.

Rollerboy kam noch näher, die Szene wurde deutlicher. Das E-Mobil lag auf dem Dach, es war eingedrückt, Glassplitter und einzelne Teile aus dem Innenraum lagen um die Stelle herum. Man sah auch, dass es einige Meter weiter links einen Aufschlag gegeben haben musste. Dort fand sich ein Krater, in dem Dünengras plattgewalzt und der Sand aufgewühlt worden war.

»Es wurde dorthin geschleudert«, äußerte Delphine ihre Vermutung. »Der Wind muss das Mobil gepackt und hochgewirbelt haben. Schau nur, wie zerstört die Fahrzeugzelle ist.«

Rollerboy umrundete das Wrack.

Delphine atmete heftig ein.

Jeremiah spürte, wie sich sein ganzer Körper verkrampfte. Der Anblick erschütterte ihn bis ins Mark.

Ein halber Arm lag abgetrennt vom Rumpf neben einer Bruchstelle des Mobils. Blut war daraus hervorgequollen, hatte einen roten See im Sand gebildet.

Von der Seite konnte die Kamera ins Innere blicken. »Es sind Kisan und Obane«, flüsterte Delphine.

Sie waren in den Trümmern des zerquetschten Fahrgastraums eingeklemmt, lagen teilweise übereinander. Ihre Augen waren geöffnet und blickten doch ins Leere.

»Können wir mit ihnen sprechen? Können wir Rollerboys Lautsprecher nutzen?«, fragte Jeremiah, obwohl er ahnte, dass die beiden nicht mehr am Leben waren.

Delphine betätigte einige Tasten, dann nickte sie ihm zu.

»Kisan! Obane!«, rief Jeremiah laut. Mit leichter Verzögerung hörten sie neben dem Rauschen des Sturmes die Worte Jeremiahs. Er wartete kurz, probierte es erneut. »Kisan! Obane! Wenn ihr mich hören könnte, bitte, blinzelt oder bewegt euch bitte. Wir kommen sofort zu Hilfe.«

»Das ist gelogen«, flüsterte Delphine. »Wir können nicht dorthin. Es ist zu gefährlich.«

»Bitte, Kisan! Nur ein Zwinkern, ein Nicken oder Kopfschütteln. Obane!«

Das Echo seiner Worte kam über die Lautsprecher zurück. Der Sturm pfiff plötzlich recht laut. Es brauste wie ein Ventilator im Windkanal. Regen prasselte auf das havarierte Fahrzeug.

»Sie sind tot, Jerry. Von einer Böe gepackt, meterweit durch die Lüfte geschleudert und dann beim Aufprall zerquetscht worden. Wir können nichts mehr für sie tun.« Delphines Stimme klang mühsam beherrscht.

Jeremiah schlug mit der flachen Hand auf die Lehne seines Sitzes. Es klatschte vernehmlich, Schmerz explodierte in dem Handballen. »Das hätte nicht geschehen dürfen. Was haben sie sich gedacht? Was hat sie dazu getrieben, fluchtartig das Sanktuarium zu verlassen?«, brüllte er.

Delphine zuckte nur mit den Schultern.

»Ich muss mit Ragg oder Vansang sprechen. Wir können die Leichen nicht einfach dort draußen liegen lassen. Wir müssen sie bergen.«

»Nicolas ist nicht erreichbar«, sagte Delphine. »Ich habe es versucht.«

»Dann halt Vansang. Er wird wissen, wann wir das Risiko eingehen können. Wo ist er?«

Delphine deutete auf einen Bildschirm. »Er ist in Mias Quartier.« Sie löste einen Anruf-Ping aus, der unbeantwortet blieb und auch bei der ersten und zweiten Wiederholung kein Ergebnis brachte. »Komm schon, Simon. Was soll das?«, murmelte sie verärgert und hob das Handgelenk zum Gesicht.

Jeremiah sah zu, wie sie die Armilla nutzte, um zunächst Vansang und danach Mia Ragg zu erreichen. Allerdings vergeblich.

»Machen wir es auf die altmodische Art. Wir gehen einfach zu ihnen.« Jeremiah zerrte Delphine mit sich. Sie ließ es widerstandslos geschehen. Der Anblick der blutigen Leichen der Thamines hatte sie aus der Bahn geworfen.

Jeremiah überlegte, wie er Lysann den Tod der beiden Künstler schonend würde beibringen können. In seinen Augen war die junge Eden-Bewohnerin noch viel zerbrechlicher.

Delphine musste sich mehrfach abstützen. Sie schwankte auf dem Weg in Mias Quartier. Doch jedes Mal wenn Jeremiah sie fragte, ob sie eine Pause brauche oder er ihr anderweitig helfen könne, wehrte sie es schroff ab.

Dennoch zeigte sie eine vollkommen neue Seite an sich. Nicht die bestimmende, die selbstsichere Delphine Dessert, sondern eine verletzliche, unsichere.

Erneut stand sie mit gesenktem Kopf und lehnte an einer Wand, sie atmete schwer.

»Darf ich dich was fragen?«, sagte Jeremiah.

»Nur zu.«

»Du bist Raggs Tochter. Dabei ist nichts bekannt von einer Ehe oder Kindern.«

Sie richtete sich auf. Ihre geröteten Augen wirkten müde. »Du willst wissen, wie ich gezeugt wurde?«, spottete sie.

»Nein, natürlich nicht«, wehrte sich Jeremiah.

»Ich bin ein Klon.«

Er verzog sein Gesicht. »So ein Unsinn. Du bist eine Frau.«

»Oh, der Herr kennt sich mit den Fortschritten der Klontechnik aus«, spöttelte sie. »Zufälligerweise besitzt ein zu klonender Mann sowohl ein X- als auch ein Y-Chromosom. Also Mann klont Frau und Mann, da hat man die freie Wahl. Frau nur Frau, verstanden?«

Jeremiah versuchte aus ihrer Mimik zu lesen. Doch sie gönnte ihm nur einen kurzen Augenblick. »Komm, weiter!« Sie ließ ihn stehen.

»Du bist kein Klon!«, rief er und rannte ihr nach.

»Ach nein? Dann erzähle ich dir die Wahrheit.« Sie bog um die nächste Ecke.

Jeremiah holte auf, passte sich ihrem Tempo wieder an.

»Es gab ein Casting, mein lieber Mr. Schnitzer.«

»Was?«

Sie lächelte grimmig. »Zweihunderttausend junge Frauen. Ein gnadenloser Auswahlprozess mit körperlichen und geistigen Tests über beinahe zwei Jahre. Nicolas hat sich die geeignetste Kandidatin gewählt. Mich. Es war hart, aber besonders die Nahkampferfahrungen haben mich gestählt.«

»Du nimmst mich auf den Arm«, beschwerte sich Jeremiah.

»Oh, ich könnte das. Frag mich nach meiner Leistung beim Gewichtheben.«

»Erzähl mir die Wahrheit.« Er registrierte Tränen in ihren Augen. Sie blieb stehen, atmete schwer.

»Nicolas Ragg hat einen Mord begangen. Es waren meine leiblichen Eltern. Doch als es darum ging, auch das Baby in der Wiege zu töten, packten ihn die Gewissensbisse. So nahm er mich mit zu sich und ich wurde von ihm als seine eigene Tochter großgezogen. Was hältst du von dieser Version? Von einem Wolf aufgezogen. Das Bild passt, nicht wahr?«

Ansatzlos rannte sie weiter, gewann ein paar Meter Vorsprung.

»Jetzt warte doch. Bitte, Delphine.« Jeremiah ahnte, dass er eine unsichtbare Grenze überschritten hatte. Ihm war nur nicht klar, woher diese Empfindlichkeit Delphines rührte.

Er holte sie nur deshalb ein, weil sie vor einer Tür stehen geblieben war.

»Mach doch langsam«, meinte er mitfühlend. »Du brauchst mir nichts zu beweisen.«

Sie fuhr herum, ihre Augen zu Schlitzen verengt. »Was willst du? Wer bist du eigentlich? Was zum Henker will Nicolas von dir? Das ist mir zu undurchsichtig. Eine verdammte Blackbox!« Sie atmete heftig. »Du kommst ins Allerheiligste, stellst Fragen, verbreitest Unfrieden und Unsicherheit, Jerry. Seit deiner Ankunft geschehen Dinge. Und zwar auf eine Weise, die ich so zuvor für ausgeschlossen gehalten hätte. Und jetzt stehst du vor mir und willst wissen, wer ich bin? Woher ich komme? Was meine Position ist?« Jetzt schrie sie ihn beinahe an. »Möchtest du erfahren, mit wem ich mein Bett teile? Und was ich für sexuelle Vorlieben habe?«

»Nein«, unterbrach Jeremiah die Tirade. »Nichts von alledem. Ich wollte nur wissen, warum Nicolas Ragg ein solches Geheimnis um seine Familie macht.«

»Weil er nun mal Nicolas Ragg ist. Punkt! Version vier! Meine Mutter gehörte zu einer langen Reihe von Kurtisanen, die sich Nicolas gehalten hat, als er es noch konnte. Oh, frag nicht! Die Unterschriften unter die Verträge mit Verschwiegenheitsklausel waren zahlreich und das Kleingedruckte füllte tausend Seiten. Meine Mutter war eine der Letzten, die die Ehre hatten.

Der Nachtisch sozusagen. So kam ich zu meinem Namen. Dessert, du verstehst?« Sie lachte bitter auf.

»Und die Wahrheit?« Jeremiah sprach bewusst ruhig.

»Ich bin seine Tochter. Ganz einfach«, antwortete sie leise. »Meine Mutter ist tot. Ob er sie geliebt hat? Ich weiß es nicht. Wer ist er überhaupt? Es ist schwer, den Menschen hinter dem Plug-in zu erkennen.«

»Okay.« Jeremiah empfand die anschließende Stille als unangenehm. War er zu weit gegangen?

»Bereit?«, fragte sie.

»Zu was?«

»Das ist Mias Quartier.« Delphine deutete auf die Tür.

»Oh. Natürlich.«

Sie betätigte den Türsummer. Niemand machte auf. Als sie eine gefühlte Ewigkeit gewartet hatten, tippte Delphine eine Zahlenkombination in den Touchscreen neben der Tür ein. »Ein Override-Code«, erklärte sie Jeremiah. Ein dumpfer Buzzerton erklang.

Er lächelte nur. »Scheint nicht zu funktionieren.«

Delphine wiederholte die Eingabe. Mit mehreren Rucken, so als würde es einen Widerstand geben, schob sich die Türplatte in die Innenwand zurück.

Jeremiah registrierte Delphines körperliche Erstarrung.

Er sah an ihr vorbei.

In einem Sessel mit davor platziertem Hocker saß Simon Vansang, die Augen geschlossen, den Kopf weit zurückgelehnt, beinahe liegend. Seine Körperhaltung war schlaff, die eines Bewusstlosen. Eine Hand hing an der Seite der Lehne herab. Blutige Spuren waren zu sehen.

Es stank. Schlimm. Ekelerregend.

Wie eine Wolke ballte sich dieser Geruch in dem Wohnraum. Jeremiah musste sich Nase und Mund zuhalten. Dennoch kam es ihm hoch. Er schluckte den bittersauren Brei wieder herunter. Delphine wich zurück.

»Simon?«, hauchte sie mehr, als dass sie es rief.

Jeremiah drängte sich an ihr vorbei. Ihm fielen sofort die ausgestopften Tierköpfe an den Wänden auf, einige bekannt, viele von Arten, die er im Leben noch nicht gesehen hatte. Künstliche Augen, die ins Zimmer starrten, ein altbacken eingerichtetes Wohnzimmer mit Sofas, Sesseln, einem Couchtisch und dem unvermeidlichen Sideboard mit Monitor. Neben den animalischen Jagdtrophäen hingen verschiedene sehr bunte, äußerst abstrakte Gemälde an den Wänden. Es gab keine Fenster, nur zwei verschlossene Türen zu anderen Räumen.

Jeremiah eilte auf den regungslosen Vansang zu, prüfte den Puls am Hals. Der Prepper lebte, sein Atem ging flach. Jeremiah wollte das gerade Delphine zurufen, als sein Blick auf die Szene hinter dem Sofa fiel. Von der Tür aus war sie nicht zu sehen gewesen.

Jeremiah erstarrte.

Auf dem Boden lag Ivy North, die schwarzen langen Haare teilweise zerwühlt und verschmiert vom Blut, das ihr aus Nase und Augen gelaufen war.

Über ihr saß rittlings, als wäre es eine Gliederpuppe in Menschengröße, eine weitere North, die Arme vorgestreckt, die Hände um den Hals der unten Liegenden geschlossen. Das Standbild eines Mordes. Eine Momentaufnahme für die Ewigkeit, nichts bewegte sich, keine der zwei Frauen rührte sich auch nur andeutungsweise.

Jeremiah atmete flach, löste sich aus seiner Starre und näherte sich vorsichtig dem Tat-Ensemble.

Im Augenwinkel nahm er Delphine wahr, die nun ebenfalls eingetreten war und durch den Raum schlich.

Die beiden Norths trugen exakt dieselbe Kleidung, ein chinesisch anmutendes tiefrotes Kleid mit Drachenmotiv. Duplikate durch und durch.

Waren es zwei Puppets, arrangiert, um Vansang in die PTBS-induzierte Ohnmacht zu treiben? Oder war eine von ihnen die reale North?

Jeremiahs aufgewühlte Sinne gaukelten ihm Bewegungen der obenauf sitzenden Gestalt vor. Doch da rührte sich nichts. Er war sich sicher.

Langsam trat er an die Seite, beugte sich vor, wedelte mit den Händen vor dem Gesicht der augenscheinlichen Mörderin. Sie reagierte nicht. Er tastete nach dem Puls am Hals. Gleichmäßig und rhythmisch erfasste er den Herzschlag. Unter der Nase spürte er einen regelmäßigen Atemzug.

Er tippte ihr gegen die Stirn. Keine Reaktion.

Delphine keuchte auf. Sie war jetzt nahe genug, um ebenfalls die Szene zu sehen.

Jeremiah hob die Hand, damit sie nicht noch näher kam. »Das ist ein Puppet«, erklärte er der sichtlich geschockten Delphine. »Ohne aktive Steuerung. Er verharrt in der letzten Position. Wenn der User die Kontrolle wieder übernimmt, könnte er uns angreifen. Bleib also bitte zurück.«

»Ist das …?« Sie nickte in Richtung der Toten.

»Keine Ahnung«, gab Jeremiah zu. Er kniete neben der Leiche nieder. Vereinzelte graue Haare fielen ihm in dem teilweise aufgelösten Zopf auf. Sie hatte sich wahrscheinlich gewehrt. Die Knie der Mörderin arretierten die Unterarme. Jeremiah musste daran denken, wie kräftig die Puppets tatsächlich waren. In einem so schlanken Körper steckten unter Umständen kraftverstärkende Elemente. North, wenn es denn die echte war, hatte dem wenig entgegenzusetzen gehabt.

Er testete Puls und Atmung der Liegenden. »Sie ist leider tot, Delphine«, bestätigte er. »Jemand wird den Puppet benutzt haben, um sie zu ermorden. Wie geht so etwas?«

»Was meinst du?«, fragte sie.

»Nun, es ist doch Norths individueller Plug-in, oder nicht? Hätte sie da nicht die Kontrolle haben müssen? Kann jemand gegen den Willen des Users den Puppet übernehmen?«

»Ich ...« Delphin brach ab.

Ein unmenschlich schriller Schrei hallte durch den Raum. Jeremiah erschrak und richtete sich auf.

Vansang stand vor dem Sessel, offensichtlich wieder bei Bewusstsein. Er begaffte mit irrem Blick die Szene, ballte und entspannte abwechselnd die Hände. Man sah die Muskelanspannung in seinen bloßen Unterarmen. Erneut brüllte er. Wie ein Stier vor dem Angriff. Er hob die Arme, erstarrte, drehte die blutverschmierte Hand vor seinem Gesicht, als würde er die Finger zum ersten Mal sehen. Sein Mund öffnete sich. Es kam kein Schrei, nicht einmal ein Geräusch.

Seine Blicke suchten und fanden Jeremiah, der sich nicht zu rühren wagte.

Simon Vansang weinte. Die Tränen liefen ihm die Wangen herab. Nichts erinnerte an den Einzelkämpfer, den Killer aus zwei Kriegen oder den Mann, der sich auf seiner eigenen, ehemals zur Ölförderung genutzten Plattform auf den Weltuntergang vorbereitete. Was hätten wohl seine Fans zu dem Zustand ihres Idols gesagt?

Delphine wandte sich ihm zu. »Simon? Was ist hier passiert?«

Statt einer Antwort machte Vansang einen unsicheren, steifen Schritt vorwärts und öffnete wieder den Mund. Spucke tropfte ihm über die Unterlippe. Er beugte den Oberkörper leicht nach vorn, die Halsmuskeln spannten sich an, auf seiner Stirn traten die Adern hervor. Er blökte auf wie ein schwerverletztes Tier. Dann kamen erkennbare Laute. »Du!«, schrie er Jeremiah an, fuchtelte gleichzeitig erratisch mit den Händen herum. »Duuuu bist nicht äääächt!«, brüllte er gedehnt.

Delphine versuchte erneut zu ihm vorzudringen. »Simon, bitte! Was ist geschehen? Erzähl es mir.«

Vansang brach die Stimme beim nächsten Schrei. Er begaffte wieder seine blutverschmierte Hand, richtete sich auf und verstummte endgültig.

Er sah von einem zum anderen, packte sich wie beiläufig an das Handgelenk, löste die Armilla, betrachtete sie abschätzig und schleuderte sie von sich, als würde er sich einer Last entledigen. Dann drehte er ab und wankte mit unsicheren Schritten zum Ausgang. Hier hielt er kurz an, vollführte eine 180-Grad-Drehung und sagte mit gefährlich leiser und eiskalter Stimme: »Niemand folgt mir.« Er sah in den Raum hinein, und doch glaubte Jeremiah nicht, dass Simon Vansang irgendetwas tatsächlich wahrnahm. Schließlich gab sich Vansang einen Ruck. »Ich werde jeden töten, der mir zu nahe kommt. Ist das klar?«

Er wandte sich ab und ging.

Der Puppet über Norths Leiche sackte in sich zusammen.

Delphine schrie.

9

»Könnte Vansang den Puppet gesteuert haben?«, fragte Jeremiah, der die Armilla des Mannes in den Händen hielt. Der Verschluss war verbogen, die Magnetverbindung zerstört.

»Simon?«, vergewisserte sich Delphine überflüssigerweise. »Nein. Er kann so etwas nicht tun. Er ist Pazifist.«

»Was?« Jeremiah betrachtete ratlos die beiden Norths, Plug-in und Leiche. »Pazifist? Er war Einzelkämpfer, hat sicherlich Dutzende getötet.« Er wusste nicht so recht, was er tun sollte. Ivy North verdiente ein Begräbnis. Nur wann? Und wohin sollte er sie bringen?

»Vergangenheitsform, Jerry. Du hast es richtig ausgedrückt.« Delphine ließ sich auf den Hocker sinken. Sie atmete schwer. »Er wird nie wieder jemanden töten. Er ist dazu gar nicht mehr fähig. Seine Grundeinstellung hat sich geändert.«

»Hast du ihm nicht zugehört, Delphine? Ich töte jeden, der mir folgt?«, widersprach Jeremiah. »Und was ist mit der Bombe? Wie sollen wir herausfinden, was genau geschehen ist? Und wo ist Mia Ragg? Das ist doch ihr Quartier, oder nicht?«

Delphine nickte müde. »Ja. Ich weiß auch nicht, wie das alles zusammenpassen soll. Ich brauche HAL. Der könnte uns weiterhelfen. Er hat Zugriff auf sämtliche Aufzeichnungen.«

Jeremiah betrachtete nachdenklich den Plug-in, der nach wie vor intakt war. Konnte es sein, dass jemand ihn übernahm und ihn für einen Angriff nutzte? Noch etwas nagte an seinen Gedanken.

»Delphine? Was würde passieren, wenn ein User den eigenen Puppet dazu benutzt, um Selbstmord zu begehen?«

Sie sah auf, mit unbewegtem Gesichtsausdruck. Er merkte ihr an, dass sie nachdachte.

»Ich weiß es nicht«, sagte sie nach endlosem Schweigen. »Es müsste mittels eines Autobefehls erfolgen. Schwer vorstellbar. Aber vielleicht möglich. Ivy platziert sich auf dem Boden, bewegt den Puppet, legt sich dessen Hände um den Hals und gibt den Befehl, zuzudrücken und nicht mehr loszulassen. Dann verabschiedet sie sich aus der Steuerung«, flüsterte sie im Selbstgespräch. »Könnte sein. Ich zweifle aber daran. Vielleicht existieren in der Datenbank der Firma Aufzeichnungen darüber, ob es zu so einem Missbrauch jemals gekommen ist. Ach, verdammt!« Sie schüttelte den Kopf. »Nur HAL kann uns Zugriff gewähren.«

»Ragg nicht?«, schlug Jeremiah vor.

»Nicolas? Klar. Aber der meldet sich ja nicht mehr.«

»Können wir HAL irgendwie reaktivieren?«

»Ja. Ich denke schon.« Delphine stemmte sich hoch. »Wir sollten Ivy hier nicht so liegen lassen. Ich beordere eine Automatiktrage her. Dann können wir sie in den San-Bereich bringen und dort in eine Kühleinheit legen.«

Jeremiah nickte und war froh darüber, dass sie einen Vorschlag gemacht hatte.

Zwei abgebrochene Versuche Delphines zeigten ihm, wie sehr die Lage an ihren Nerven zehrte.

Die mobile Trage war eingetroffen, stand bereit. Delphine loggte sich in Norths Plug-in ein. Der Puppet bewegte sich kurz, dann schrie Delphine im Sessel sitzend auf, griff sich ins Gesicht. Der Puppet sackte wieder auf Ivys Leiche zusammen.

»Was ist geschehen?«, fragte Jeremiah.

»Die Nähe. Es ist ... Ich hatte es nicht erwartet. Es war so ...«, stammelte sie zusammenhanglos.

»Ich kann es manuell machen«, versprach Jeremiah. »Ich lege den Puppet einfach neben ihr ab.«

Delphine schüttelte den Kopf. »Ich muss ihn in ein Lager steuern, Jerry. Wir können ihn nicht hier liegen lassen«, erklärte sie. »Er könnte von jemandem genutzt werden.« Sie sprach nicht aus, was sie beide dachten. Norths Mörder, falls es denn kein Suizid gewesen war, lief im Sanktuarium weiterhin frei herum.

»Okay.«

Beim zweiten Log-in Delphines schaffte sie es, den Puppet zu bewegen. Jeremiah beobachtete, wie der künstliche Körper die Augen zusammenpresste und sich auf seine Arme stützte. Langsam kam er herum, dann verlor er jegliche Körperspannung.

Delphine fluchte leise, aber ausgiebig.

Jeremiah bat sie, zu warten. Er zerrte den Puppet weg von der Leiche, entfernte vorsichtig den Arm, der noch auf Norths Brustkorb lag. Er kniete nieder, schob beide Hände unter den grazilen Körper der Toten und hob ihn an.

Sie war so leicht wie eine Feder, keine vierzig Kilo, schätzte Jeremiah. Ihr Kopf fiel in den Nacken, die Haare ergossen sich wie ein nachtschwarzer Wasserfall in die Tiefe. Sie hatte relativ wenig Blut verloren. Das meiste schien aus dem Mund zu stammen, dazu eine kleine Wunde in der rechten Augenmulde. Und doch hatte es ausgereicht, um das Haar zu verkleben.

Er drapierte sie bedächtig auf der Liegefläche der Trage, positionierte die Arme dicht neben dem Oberkörper. Er spürte eine heftige Welle des Mitleids mit der Online-Coachess. Einen solchen Tod hatte niemand verdient. Erwürgt vom eigenen Plugin. Was für ein Thema für jemanden, der sich mit den Gefühlen, Ängsten und psychischen Problemen anderer Menschen beschäftigte, wie es auch Madame Nozomi getan hatte.

Sie war nicht freundlich zu ihm gewesen. Allerdings dachte er daran, wie sehr ihre Gedanken bei den Mars-Siedlern geweilt hatten. Der mögliche Verlust der Atmosphärenkuppel in Musk City hatte eine ganze Beratungswelle ausgelöst, die zu großen

Teilen von North abgeleistet worden war. Ivy North war die Beste.

Nun nicht mehr, musste Jeremiah gedanklich hinzufügen. Die verängstigten Mars-Kolonisten würden von nun an auf andere Life-Coaches zurückgreifen müssen.

Er sprach den Startbefehl in die Armilla.

Die Automatiktrage surrte los, die eingebaute KI kannte ihr Ziel und würde eigenständig in die Kühlkammer einfahren.

KI! Jeremiah bemerkte den Impuls, laut aufzulachen. Was war nur aus seinem Job geworden, eine echte Künstliche Intelligenz zu enttarnen? Die meisten Kandidaten hatte ein vorzeitiger Tod ereilt.

Verfolgte Nicolas Ragg eine abweichende Agenda? Seit Jeremiahs Eintreffen war die Sache aus dem Ruder gelaufen. Menschen waren gestorben, Puppets zerstört und missbraucht worden. Wen würden die Beamten von Interpol wohl verdächtigen?

»So ein Mist«, fluchte Jeremiah.

Delphine kam zu ihm herüber. »Was ist?«

Er sah sie nachdenklich an. Konnte er ihr vertrauen? »Wir müssen uns dringend die Aufzeichnungen anschauen.«

»Ja. Du hast recht.« Sie schloss die Augen, atmete mehrfach tief durch.

Plötzlich erhob sich der Plug-in Norths, umrundete das Sofa und ging mit staksigen Bewegungen hinaus auf den Gang.

Delphine stieß hörbar Luft aus. »Besser. Das hat geklappt. Er ist auf dem Weg ins Lager.«

»Und wir? Was machen wir jetzt?«

»Ins Zentrum gehen. Server anwerfen und HAL reaktivieren. Dann verschaffen wir uns Zugriff auf die Aufzeichnungen und sehen, was tatsächlich passiert ist.«

»Okay. Wohin?«

»Mir nach.«

Er war nicht wirklich überrascht, als sie in den Untergrund des Sanktuariums eindrangen. Ein Lift, der gerade einmal groß genug für sie beide war, ohne dass sie sich berührten, sank in die Tiefe. Das Zählwerk zeigte minus acht an. Dann stoppte die Fahrt.

»Wo sind wir?«, fragte Jeremiah leise.

»In den Katakomben des Sanktuariums.« Delphine ging voran, führte ihn entlang gleichförmiger Gänge, vorbei an zahllosen Türen, die mit kryptischen Zeichen gekennzeichnet waren. »Hier wurde alles verbaut, was irgendwie mit Technik, Versorgung und Lagerbedarf zu tun hat«, erläuterte sie beiläufig, ohne die Türen zu beachten oder darauf Rücksicht zu nehmen, ob Jeremiah mit ihr Schritt halten konnte. Ihr waren die Erschöpfung und die psychischen Anstrengungen nicht mehr anzumerken. Sie hatte ein Ziel.

»Ist hier unten niemand?«, wollte Jeremiah wissen.

»Jemand Lebendiges? Oder meinst du Drohnen, Rollerboys und KI-gesteuerte Roboter?«

»Oder Plug-ins?«

»Oder Plug-ins!« Delphine stoppte vor einer doppelflügeligen Milchglastür. Sie musterte sie von oben bis unten. »Okay. Du also«, murmelte sie leise.

»Was ist?«, erkundigte sich Jeremiah.

»Dein Part, Jerry.«

»Wie bitte?«

Sie lächelte ihn an. Freundlich wirkte es nicht. »Deine Armilla. Nicolas hat dir umfassenden Zugang erteilt. Gib den Befehl.«

»Also du kommst hier nicht weiter, weil deine Zugangsberechtigung beschränkt ist, glaubst aber, dass ich es darf? Das ist doch Unsinn.«

»Auf den Versuch kommt es an. Grundsätzlich glaube ich, dass nur Nicolas und Mia befugt sind. Ich selbst war nur zweimal mit Nicolas hier unten.«

Jeremiah schüttelte fassungslos den Kopf. »Der ganze Weg umsonst.«

»Los jetzt, Jerry. Zier dich nicht. Sag einfach nur: öffnen.«

»Öffnen, bitte«, sprach er in die Armilla hinein.

Wie von Geisterhand verschwanden die Türflügel rechts und links in der Wand.

»Sagte ich doch«, meinte Delphine zufrieden. Sie marschierte weiter in den vor ihnen liegenden hell getünchten Gang. Es wurde spürbar wärmer, es roch nach Lösungsmittel und Ozon. Jeremiahs Mund wurde trockener, je länger sie dem Korridor folgten. Er sah Schweißtropfen auf Delphines Stirn, also spürte nicht nur er die Hitze.

Hinter einer leichten Rechtskurve endete der Weg vor einer massiven Stahltür mit vier balkenstarken Riegeln. Es sah nicht so aus, als würde sie sich von alleine öffnen.

»Und jetzt?«, fragte Jeremiah.

»Entriegeln«, wies ihn Delphine wortkarg an.

Er kämpfte gegen seinen aufwallenden Ärger an. »Öffnen«, versuchte er es auch hier mit dem Befehl.

Vier kräftige metallische Schläge ertönten, bei jedem löste sich einer der langen Riegel.

»Na, geht doch«, murmelte Delphine und betätigte einen Schalter mitten zwischen zwei Markierungen. Die massive Schleusentür schwang gemächlich auf.

Eine dauerhafte Böe kam ihnen entgegen. Jeremiah vermutete einen starken Überdruck, um Staub aus dem Bereich zu halten. Delphine trat ein und er folgte ihr. Kaum hatten sie den Gang verlassen, schloss sich das Tor. Ein dumpfer Knall kündete vom Eingesperrtsein der Anwesenden.

Jeremiah konnte nur hoffen, dass ihn seine Zugangsberechtigung und die Armilla wieder hinausbringen würden.

Er sah sich um. Ganze Schränke voller Serverbänke, an denen LEDs leuchteten und blinkten. Auf Deckenlampen als Beleuchtung hatte der Betreiber verzichtet. Lediglich schwache, rötlich eingefärbte Dioden an den seitlichen Wänden, soweit Jeremiah sie sehen konnte, spendeten ein diffuses, bedrohliches Licht. Es roch nach zu heißem Plastik, insgesamt war der Raum komplett überheizt. Und das trotz der Kühlaggregate, die mit einem beständigen Summen und Sirren die Akustik bildeten. Es knackte in Jeremiahs Ohr. Verwundert erkannte er, dass Delphine sich ebenfalls offensichtlich neugierig umsah. Zum ersten Mal strebte sie nicht direkt auf ein Ziel zu, sondern suchte, überlegte sich den nächsten Schritt.

»Wohin?«, fragte Jeremiah.

Als hätte sie nur diese Frage als Anstoß gebraucht, marschierte sie los. Vorbei an den Serverbänken, zwischen denen Dutzende Durchgänge verliefen.

Jeremiah sah in jeden hinein, doch außer der sichtbaren Wand am Ende fand er nichts, was ihn erstaunt hätte.

Delphine erreichte einen Bereich, in dem die Server breiter und massiver wirkten, aber dennoch kaum LED-Aktivität herrschte.

Sie stellte sich an einen der Schränke, öffnete das Schutzgitter. Eine Schublade in Brusthöhe fuhr augenblicklich heraus. Darauf hob sich eine schmale Metallstange in die Senkrechte. In der Spitze flammte eine Diode auf. Sofort ließ sich auf der Platte eine Lichttastatur erkennen.

Delphine massierte ihre Finger, dann begann sie zu tippen.

Jeremiah wartete geduldig. Er betrachtete die veralteten Serverbänke und zerbrach sich den Kopf darüber, wieso Ragg diese nicht hatte ersetzen lassen. Die Leistungsfähigkeit war wahrscheinlich ausreichend, doch der Platzverbrauch passte so gar nicht in die übliche hochmoderne Ausstattung des Sanktuariums.

Delphine sog scharf Luft ein.

»Was ist?«, fragte Jeremiah.

Sie arbeitete konzentriert weiter. »Ich zeig es dir gleich. Nur einen Augenblick.«

»Kannst du HAL reaktivieren?«

»Das habe ich längst«, antwortete sie gereizt. »Warte noch, ich schicke dir ein Video. Ich weiß jetzt, was Ivy zu dem Suizid getrieben hat.«

»Es war also tatsächlich ein Selbstmord. Mit Puppet?«

»Bitte, Jerry. Ich muss mich ...« Sie verstummte.

Er erkannte an den hektischen Bewegungen ihrer Augen, dass sie sich ein Overlay in ihre Lenses hatte einspeisen lassen. Offenbar hastete sie durch einige Listen, Untermenüs oder Programmzeilen. Sie war schnell, tippte gleichzeitig blind mit den Fingern auf der virtuellen Tastatur.

Plötzlich verdunkelte sich die Umgebung. Jeremiah schrak zusammen. »Hast du das Licht ...?«

»Warte.« Delphines Stimme klang angespannt. »Verdammt. Ich kriege es nicht als Overlay eingeblendet. Das Video gibt es nur im Vollformat. Ich habe es über deine Armilla an deine Opti-Lenses geschickt. Schau es dir an, sind nur ein paar Minuten, danach endet die Datei und du kannst wieder normal sehen. Okay?«

»Okay.«

»Der Ton kommt jetzt auch mit.«

Wie nach einer Aufblende im Film erweiterte sich Jeremiahs Sehen. Er fühlte sich an die Decke von Norths Quartier geklebt. Es war leicht schwindelerregend, da sich seine eigenen Körperbewegungen nicht in der Aufnahme widerspiegelten. Das Video entstammte wohl einer fest installierten Kamera.

Im Raum, in dem sie North aufgefunden hatten, saß die Online-Coach-Expertin und studierte Einträge auf einem Monitor, den Jeremiah nicht einsehen konnte. Doch die Nachrichten, die sie las, konnten keine guten sein. Norths Gesichtsausdruck wandelte sich von nachdenklich über erschreckt und fassungslos bis hin zu blankem Entsetzen.

Sie keuchte auf, verbarg das Gesicht in den Händen und schluchzte.

»Was hat sie gelesen?«, flüsterte Jeremiah leise.

In sein Blickfeld wurde in der oberen linken Ecke die Mitteilung eingeblendet, die als Letztes zu lesen gewesen war. Auch Jeremiah atmete tief durch. Es war der Newsfeed, der von den letzten Nachrichten der Marskolonie handelte. Musk City war der Sauerstoff ausgegangen. Alle Kolonisten waren inzwischen tot.

Ivy North, die für die psychische Betreuung der Siedler zuständig gewesen war und zwei Familienangehörige dort wusste, hatte diese Meldung wohl schwer getroffen.

Aber deswegen in den Freitod zu gehen? Und dann noch auf diese Weise?

Jeremiah gab einen leisen Befehl in seine Armilla. »Schneller Vorlauf. Vierfach.«

Die Bewegungen Norths wirkten abgehackter. Sie tigerte unruhig durch das Zimmer, stellte sich wiederholt vor den Monitor.

Plötzlich betrat eine zweite Ausgabe den Raum.

»Normales Tempo. Mit Ton, bitte.«

Norths Blick glitt mehrfach ins Leere. Der Puppet vollführte einige Gesten, die Jeremiah nicht zuordnen konnte. North sprach nicht, platzierte sich rücklings auf den Boden, schloss die

Augen. Der Puppet trat näher, setzte sich rittlings auf sie und legte ihr die Hände um den Hals. Noch lagen die Arme und Handgelenke Norths frei, sie wirkte entspannt, gefasst. Auch Simon Vansang war bisher nicht aufgetaucht.

Die ganze Szenerie mutete wie eine Theateraufführung an. So irreal, dass Jeremiah nicht glauben wollte, was er sah, obwohl er das Ende kannte.

Der Puppet beugte sich leicht vor, verlagerte das Gewicht auf die durchgedrückten Arme. Zunächst färbte sich das Gesicht der realen North rötlich, sie kämpfte nicht einmal dagegen an. Doch dann entwickelte sich rasch ein verzweifelter Kampf um Luft.

Jeremiah wollte es nicht sehen und tat es dennoch.

Die Frisur der Frau löste sich auf, als sie den Kopf hin und her bewegte. Sie hämmerte mit den Fäusten gegen die Arme des Puppets. Dann endete es.

Der Plug-in-Körper richtete sich auf, entließ sein Opfer aus dem Griff.

Ein winziger Blutstropfen zeigte sich an Norths Lippe. Sie rieb sich den Hals.

Jeremiah fiel auf, dass die Tonwiedergabe nicht funktionierte. Er wollte gerade den Befehl an die Armilla erteilen, als der Puppet sich rührte, die Handgelenke Norths packte, sie unter seinen Knien platzierte und wieder mit dem Würgen begann. Nun gab es kein Zurück mehr. North wehrte sich schwach und ohne Wirkung. Jeremiah schloss kurz die Augen, fasziniert wie abgestoßen und entsetzt über das, was er sehen musste. Der Todeskampf der Online-Coachess dauerte an. Mehr Blut lief ihr aus dem Mund, der Puppet beugte sich vor, presste fester.

»Vorspulen! Schneller!«, keuchte Jeremiah, der das nicht länger ansehen wollte. Eigentlich musste er nur noch wissen, wann Vansang dazugekommen war.

Irgendwann war es vorbei. Der Plug-in-Körper entspannte in der bereits bekannten Haltung. Nichts geschah sonst.

Jeremiah aktivierte wieder den schnellen Vorlauf, bis von einem Augenblick auf den anderen Simon Vansang im Raum stand.

Er griff sich an den Kopf, wich zurück und stolperte in den Sessel, in dem sie ihn vorgefunden hatten. Wie hypnotisiert betrachtete er das Suizid-Diorama. Er biss sich in die Hand, Blut quoll hervor.

Jeremiah war sich dennoch nicht sicher, ob nicht doch jemand den Puppet Norths übernommen hatte. Die Pause zwischen dem ersten und dem zweiten Anlauf ließ darauf schließen. Je länger er dem hilflos starrenden Vansang zusah, umso verwunderter fühlte er sich. Warum tat der Soldat nichts? Weder hatte er überprüft, ob North vielleicht noch lebte, noch hatte er den Puppet angefasst oder war auch nur näher gekommen.

Wie in Schockstarre gefangen saß er lediglich da, löste seinen Kiefer von der Hand, kratzte gelegentlich über seinen nahezu kahlgeschorenen Schädel. Konnte es sein, dass er …?

Ein Plug-in? In dem eine KI hauste? War dies die Erledigung seines Auftrags?

Jeremiah dachte nach, kam zu der Überzeugung, dass es möglicherweise genau die Reaktion einer Künstlichen Intelligenz sein konnte, die vollkommen überrascht von der Ansicht dieses seltsamen Ensembles erstarrte, weil sie nicht wusste, wie sie damit umgehen sollte.

»Das kann es sein«, murmelte Jeremiah. Dann wurde ihm bewusst, wie gefühlskalt er sich gerade verhielt. Der Mord oder Selbstmord ließ ihn seltsam unbeteiligt, obwohl er schrecklich mitanzusehen war. Was war nur mit ihm los? Hatten die Ereignisse dieser wenigen Tage ihn derart abstumpfen lassen? Er sehnte sich nach Raven, nach ihrer Wärme, ihrem Mitgefühl, ihrer Nähe.

»Aufzeichnung beenden«, befahl er laut in seine Armilla.

Das letzte Bild stoppte. Aber die Opti-Lenses blieben im Abspielmodus. Ein Standbild versperrte ihm weiterhin die Sicht.

»Beenden!«, wiederholte er das Kommando. Dann: »Videodatei abschalten!« Nichts geschah. »Delphine?«, fragte er. »Könntest du die Datei bitte beenden? Ich kann es nicht.«

Niemand antwortete, kein Geräusch war zu hören. Die Stille war so allumfassend, dass sie Druck auf seine Ohren auslöste.

»Datei löschen!«, schrie er in seine Armilla. Endlich überblendete das Halbdunkel des Serversaals das Bild. Jeremiah konnte wieder sehen.

Vor ihm stand Nicolas Ragg, platzierte einen faustgroßen Kubus auf der ausgezogenen Schublade. Rote Ziffern leuchteten an der Seite. Und eine LED in Orange blinkte rhythmisch.

»Was?«, stieß Jeremiah verdutzt hervor. »Woher kommen Sie, Mr. Ragg? Wo ist Delphine?«

Der Hüne überragte ihn um gleich zwei Köpfe. Doch seine Bewegungen wirkten zeitlupenartig, als er sich zu ihm umdrehte. Jeremiah hatte den Eindruck, dass ihn die Augen des Puppets gar nicht wahrnahmen.

»Mr. Ragg?«, fragte er erneut. »Was machen Sie hier? Und was soll das?« Er deutete auf den Kubus. Die Ziffern zeigten 1:55, 1:54, 1:53.

Nun wusste Jeremiah, woran ihn das Teil erinnerte. Sein Verstand verarbeitete die Informationen noch, während sein Stammhirn bereits die Reflexe aktivierte. Seine Beine zuckten los, er wandte sich um und rannte. Er sah aus den Augenwinkeln, dass der Puppet nach ihm greifen oder schlagen wollte, doch er war zu schnell. Er sprintete durch die Halle auf der Suche nach einem EXIT-Schild. Wenn die Bombe nur halb so viel Gewalt hatte wie die an der Mauer, dann musste er Deckung finden, den Saal verlassen.

Er sah über seine Schulter zurück, prallte gegen eine Serverbank, strauchelte. Raggs Plug-in verfolgte ihn mit ungelenken Bewegungen.

Jeremiah bog in einen Gang zwischen zwei hohen Serverschrankanlagen ein. Jetzt bemerkte er auch wieder die Hitze, die abgestrahlt wurde. Wo war nur Delphine? Und warum deponierte Ragg eine Bombe?

Am Ende stieß er auf eine graue Wand. Er schaute in beide Richtungen. Links leuchteten oberhalb einer Schiebetür rote Buchstaben. Jeremiah sprintete weiter, befahl um Atem ringend in die Armilla: »Öffnen! Tür öffnen!«

Die Flügel schoben sich zur Seite, als er sich näherte. Im Rahmen hielt er sich kurz fest. Vorsichtig spähte er um die Ecke. Der Plug-in kam näher. »Schließen!« Er trat in den Korridor, lehnte sich an die Wand und wartete, bis die Türen in die Schließposition glitten.

Ein Stoß fegte ihn von den Füßen, schwarze Schemen verfehlten ihn nur knapp. Seine Augenbrauen wurden angesengt, eine Höllenhitze umtoste ihn, raubte ihm den Atem. Die Taubheit befiel ihn wie ein Wolf, zerbiss jedes Geräusch, jeden Ton, bis hin zur absoluten Stille.

Er fiel. Er schwebte, Haut verglühte. Kein Schrei entrang sich seiner Kehle.

Er prallte auf etwas Hartes, das sich in seinen Rücken bohrte. Es zwängte sich durch seinen Oberkörper, kam zur Brust wieder heraus. Dann kam die Kühle.

Sie streichelte ihn mit Dunkelheit und Nebel, vielen Tropfen von oben, die ihn benässten und die Trockenheit in seinem Mund vertrieben. Er lebte noch.

Er war sich sicher. Denn alles in seinem Körper schmerzte heftig, jede Bewegung tat weh, selbst wenn er nur versuchte, die

Augen zu öffnen. Er hörte es knistern, als seine Ohren endlich funktionierten.

Jeremiah keuchte, bildete sich ein, Musik zu hören.

Doesn't have a point of view
Knows not where he's going to
Isn't he a bit like you and me?
Nowhere man please listen
You don't know what you're missing

Wieder dieses verdammte Lied. Ein Ohrwurm, der nicht gehen wollte.

Jeremiah stöhnte auf, während er sich aufsetzte.

Die Türen zum Serversaal waren herausgesprengt worden. Mit brachialer Gewalt hatte die Bombe gewütet. Er sah Brände, die langsam von der Sprinkleranlage erstickt wurden. Unter der Decke hing eine schwarze, ölige Wolke, gespeist von dem an Plastik und Metall fressenden Feuer. Penetranter Gestank verteilte sich überall.

Er wusste, dass es knapp gewesen war. Erneut. Es wurde Zeit, das Sanktuarium zu verlassen.

Eine Sirene schwoll an. An den Wänden befestigte orange Zylinder fingen plötzlich an zu blinken. Dann verlöschte das reguläre Licht.

Die Sprengung der Server hatte die Hausanlage wahrscheinlich nachhaltig beschädigt.

Jeremiah stemmte sich mühsam hoch, spürte jeden Muskel. Er musste weg von dem Feuer. Schließlich war nicht klar, ob es nicht giftige Dämpfe emittierte.

Er schleppte sich den Gang entlang, überkletterte die herausgeschleuderte Tür, die ihn hätte töten können. Sie war stark verbogen, mit messerscharfen Kanten. Die Macht der Explosion musste enorm gewesen sein. Der Plug-in Raggs konnte das nicht überstanden haben. Wie nur würde der Mann, der alles in seinem Leben geschafft hatte, ohne Puppet und ohne Kontrolle über die Hausanlage weiterleben?

»Nicht mein Problem«, murmelte Jeremiah, der seinen Ellbogen massierte. Er schmerzte höllisch. Gebrochen war er wohl nicht, eher geprellt. Zumindest konnte er ihn bewegen.

Der Korridor nahm kein Ende, machte mehrere Wendungen, ohne dass er auch nur eine Tür gefunden hätte. Er fühlte sich erschöpft. Und einsam.

Dann endlich tauchte im fahlen Licht der Notbeleuchtung eine metallene Tür auf. Jeremiah sprach den Öffnen-Befehl in die Armilla, aber nichts geschah.

»Die verdammte Technik ist zerstört«, flüsterte er, betrachtete das immergrüne Blinken der LED am Armband. »Jetzt bist du nur noch ein Schmuckstück, du Wunderwerk.« Er stützte sich mit beiden Händen an der Tür ab, als ihm schwindelig wurde.

Das Material fühlte sich kühl an und bewegte sich unter seiner Haut.

Überrascht zuckte er zurück.

Es war ein Lift, der sich ihm doch geöffnet hatte.

Jeremiah betrat ihn, suchte nach dem Steuerungsmonitor. Aber außer einer vulkanisierten matt-oliven Oberfläche gab es nichts zu sehen.

Mit einem kurzen Ping schloss sich der Fahrstuhl und transportierte ihn irgendwohin.

Er sank auf den Boden der Kabine, atmete und hörte seinem Pulsschlag zu, der sich langsam beruhigte.

Vorsichtig blickte er sich in dem hell beleuchteten Quader um. Keine Kameras, keine Anzeige des Stockwerks oder der Restzeit bis zum Ziel. Der Lift verursachte weder Erschütterungen noch Beschleunigungskräfte.

Jeremiah kämpfte gegen den Ohrwurm an. Wie Fahrstuhlmusik hatte der Song sich festgesetzt, seitdem er in das verdammte autonome Fahrzeug geklettert war. Er wehrte sich, suchte nach einer anderen Melodie. Vergeblich.

Er verpasste den Moment des Haltens. Die Fahrt endete plötzlich mit dem Öffnen der Türen. Abgestandene Luft quoll in die Kabine. Jeremiah erkannte einen weiteren dieser endlosen Gänge. Rohre und Versorgungsleitungen verengten den möglichen Platz allerdings. Die Beleuchtung war regulär.

Er verließ den Lift, sah sich um. Über der Tür war minus 17 aufgemalt worden.

So tief unten?

Er bezweifelte es, schleppte sich voran, auf der Suche nach einem Ausgang. Dutzende Meter weiter fand er eine Treppe in die Tiefe. Es gab keine Alternative. Er zählte die Treppenstufen. Bei 72 oder 73 verzählte er sich und unterließ das kindische Verhalten.

Jeder Tritt auf eine der harten Stufen sendete Schmerzimpulse in seinen Körper hoch. Er humpelte nur noch, verschnaufte alle zehn Stufen. Die Treppenkonstruktion führte schnurstracks in den Untergrund.

Jeremiah verfiel in einen meditativen Trott. Stufe, Stufe – Stufe, Stufe. Der Schmerz wurde sein Freund. Irgendwann setzte die Beleuchtung aus. Zunächst fehlte nur vereinzelt eine Lampe, dann wurden die Abstände größer, bis ihn das Licht endgültig verließ. Er stapfte weiter in der Finsternis, sah sich nicht um, wo es Licht gegeben hatte, um nicht die Hoffnung zu verlieren, zur untersten Stufe zu gelangen.

Als die Treppe unerwartet endete, stolperte er, fiel mit den Händen voraus auf den harten, aber schmierigen Boden.

Er wischte sie sich an seiner Kleidung trocken. Zurück blieb ein öliges Gefühl. Jeremiah wünschte sich nichts sehnlicher als ein wenig Licht, um endlich etwas erkennen zu können. Die andauernde Dunkelheit zehrte an seinen Nerven und ließ ihn halluzinieren.

Er bildete sich ein, jemanden auf der Treppe zu hören, doch es war nur der Herzschlag in seinen Ohren.

Vorsichtig tastete er sich voran, bis er auf Widerstand stieß.

Es surrte und Helligkeit blendete ihn.

Er hob die Hände, um die Augen zu schützen. Ein Raum mit rund einem Dutzend Stühlen an den Wänden, zwischen denen kleine Tische aufgestellt waren, bot sich dem überraschten Jeremiah. Es wirkte wie ein Wartesaal in einem Krankenhaus oder Flughafen.

Im hinteren Bereich begann wohl ein weiterer Korridor. Dort flackerte das Licht, Schattenrisse zuckten über die Mauern und Böden.

»Hallo?«, rief Jeremiah. Wie dämlich musste man eigentlich sein, fragte er sich. In jedem verflixten Streaming-Drama-Thriller-Horror-Stück verhielt sich der Protagonist so, anstatt sich leise zu nähern.

Jeremiah schlich weiter, spähte kurz um die Ecke. Niemand war zu sehen. Die LEDs in der Decke wurden nur unregelmäßig mit Strom versorgt, was tatsächlich ein Flackern erzeugte.

Er setzte vorsichtig einen Fuß vor den anderen, versuchte möglichst geräuschlos zu gehen und zwang sich zur gleichmäßigen Atmung.

An der rechten Seite stieß er auf einen Durchgang. Er sah hinein. Ein Raum, viel Elektronik, zwei Gestalten.

Perplex blieb er im Rahmen stehen.

Es war Delphine. Und dazu noch einmal Delphine.

Die eine stand mit dem Rücken zur Wand und starrte blicklos in den mit Servern und Serverzubehör gefüllten Saal.

Die zweite widmete sich konzentriert einer Eingabe und kehrte ihm den Rücken zu. Doch beide waren eindeutig Delphine.

Es war sein erstes Mal, kam es Jeremiah in den Sinn. Dort war der reale Mensch und dicht daneben der von ihm gelenkte Plug-in. Nicht wie bei North, die sich hatte töten lassen und es passiv ertragen hatte. Nein. Hier wirkte es wie zwei Arbeitskollegen, die sich einen Job teilten, einander zuarbeiteten und wussten, was jeder zu tun hatte.

Er wollte etwas sagen, aber Delphine, die ihm den Rücken zuwandte, kam ihm zuvor. »Du bist wirklich einmalig, Jerry«, bemerkte sie beiläufig, ohne von der Tastatur zu lassen. »Ich hätte nicht gedacht, dass du der Explosion entgehst.«

Jeremiah hielt die Luft an. Sie wusste von dem Anschlag? Woher?

Die zweite Delphine stieß sich von der Wand ab und machte drei Schritte auf ihn zu, bevor sie mitten in der Bewegung erstarrte.

Es musste der Puppet sein. Offenbar konnte Delphine nicht gleichzeitig mit der Software arbeiten und einen Plug-in steuern.

»Aber so ist es auch gut, mein lieber Jerry. Dann nehme ich dich so, wie du bist.«

Der Puppet setzte seinen Weg fort und kam nun schnell auf Jeremiah zu, der nicht überlegte, sondern losrannte. Nur weg von dem künstlichen Körper. Den Gang entlang, immer weiter.

Er blickte sich wiederholt um, sah den Puppet, der mal eleganter, mal spastisch verrenkter lief. So gelang es Jeremiah, den Abstand zu vergrößern.

Der Korridor verlief in einigen Kurven, die Beleuchtung funktionierte hier besser. Vor ihm endete der Weg in einer Sackgasse.

Es war eine Safetür mit oberschenkeldicken Riegeln, die sich bei seiner Annäherung zur Seite schoben. Die Tür schwang langsam auf, als hätte der Mechanismus nur auf ihn gewartet. Wer machte ihm hier den Weg frei, fragte sich Jeremiah.

Er zögerte nicht, zwängte sich durch den Spalt ins Innere. Die massive Abdeckung glitt sofort wieder zurück und sperrte Delphines Puppet aus.

Jeremiah atmete mit geschlossenen Augen durch. Er stützte sich mit beiden Händen an der Tür ab, war zu keinen klaren Gedanken fähig.

»Willkommen in meiner Grabkammer, Mr. Schnitzer«, erschreckte ihn eine Stimme hinter ihm.

Jeremiah fuhr herum. Er war alleine. Kein Plug-in, der ihn attackierte. Nur ein Kasten, der an einen Sarkophag erinnerte und den man auf ein Podest montiert hatte, dem hunderte von Leitungen und Rohren entsprangen.

»Richtig, Mr. Schnitzer«, hörte er wieder die Stimme sprechen. Es gab einen leichten Hall, ein Echo, das schnell verklang. Zu orten war der Ursprung nicht. Es war, als würde der Mann von überall zugleich reden.

»So lernen wir uns tatsächlich persönlich kennen«, ergänzte der Sprecher.

»Mr. Ragg?«, fragte Jeremiah, obwohl er es längst wusste.

»Korrekt, Mr. Schnitzer. Höchstpersönlich. Kommen Sie doch näher.«

10

Jeremiah strauchelte, als er näher trat. Die Leitungen und Rohre verknoteten sich zu dicken Klumpen, die es zu übersteigen galt. Es summte und gluckerte, ein rhythmisches Tropfen war zu hören. Musik, die ihren Rhythmus suchte und in simple Takte mündete. Es roch stark nach Torf und Moder. Der Sarkophag auf dem Podest hatte annähernd Menschenform, wirkte den ägyptischen Vorbildern nachempfunden, verzichtete jedoch auf Bemalung oder Verzierung.

An der Wand hinter dem Aufbau hing, als hätte man ihn aus einer Ausstellung gestohlen, ein Kilt ausgebreitet, den jederzeit ein Schotte hätte anziehen können. Dazu eine Hellebarde, ein verzierter und blank polierter Wanderstab, eine Art Dolch im Futteral, eine Kappe, eine Schärpe und über allem ein Wappenschild.

Jeremiah starrte die Insignien an.

»Verzeihen Sie die Zurschaustellung, Mr. Schnitzer«, drang Raggs Stimme aus den unsichtbaren Lautsprechern. »Ich bin Mitglied eines Armigerous Clans. – Machen Sie sich nichts aus Ihrem Unwissen. Es ist ein Clan ohne Oberhaupt. Aber wir MacRaes sind stolz auf das Wappen, selbst nachdem die Bedeutung wegen der Verheerungen nach den schweren Unwettern der Vierziger abgenommen hat. Unsere Heimat wurde unbewohnbar und leerte sich, was der schottischen Seele einen starken Schlag versetzte. Ich habe erst da begriffen, was mein Vater mir einst mit auf den Weg gab. Ein Schotte ohne Land ist ein Wanderer unter den Sternen. Ich bin ein MacRae. Mein allgemein gebräuchlicher Name mag nicht so klingen, dennoch ist es so.«

»Sie waren Schotte?«, fragte Jeremiah.

»Ja, bin es noch, auch wenn meine Füße die Heimaterde nie wieder spüren werden.«

»Sie liegen in diesem Sarkophag, Nicolas?«

»Korrekt, Mr. Schnitzer. Dies ist mein Sanktuarium. Das Herzstück sozusagen. Alles, was Sie bislang gesehen haben, ist nur schmückendes Beiwerk. Hier, in dieser Kammer, schlägt mein Herz. Meine leiblichen Reste sind darin untergebracht. Ich wurde angeschlossen und werde mit einem der besten lebenserhaltenden Systeme versorgt.«

»Systeme, die normalen Menschen nicht zur Verfügung stehen«, gab Jeremiah zu bedenken. Er fühlte eine unerklärliche Wut in sich aufsteigen. »Sie haben Firmen vom Markt genommen, Erfindungen unter Patent gestellt und irgendwo verschwinden lassen. Sie haben alles erkauft.«

»Erkauft, erschwindelt, gestohlen und selbst erfunden, ja. Manchmal an den Grenzen zur Illegalität gekratzt und dabei möglicherweise auch mal eine Hürde gerissen. Und dennoch waren es letztlich Fehlschläge meines zum Scheitern verurteilten Planes zur Unsterblichkeit.«

»Gescheitert?«, hakte Jeremiah nach.

»Ja. Gescheitert.«

»Sie leben.«

»Richtig, Mr. Schnitzer«, hörte er Raggs Stimme mit dem leichten Echoeffekt. »Die Frage ist, wie lange noch.«

Jeremiah strich prüfend über das Material des Sarkophags, spürte die Härte und Kälte, die Riefen und Erhebungen, welchem Zweck sie auch dienen mochten. Es war schwer vorstellbar, dass darin eine atmende, lebendige Person liegen sollte, die gerade mit ihm sprach. Andächtig legte er ein Ohr in Höhe des stilisierten Brustkorbs an.

Ein überlegen klingendes Gelächter ertönte. Aufgeschreckt und wie ertappt zuckte Jeremiah zurück.

»Sie können meinen Herzschlag nicht orten, mein Lieber.«

»Sie sterben«, sagte Jeremiah, um das Thema zu wechseln.

»Nun ja, jeder stirbt, Mr. Schnitzer. Ich wurde vor 137 Jahren geboren, insoweit könnte man meinen, es wäre an der Zeit, nicht wahr? Und dennoch hatte ich Hoffnung.«

»Die Künstliche Intelligenz, die sich hier verstecken soll?«, vermutete Jeremiah.

»Waren Sie erfolgreich? Was ergaben Ihre Nachforschungen?«

»Sie wissen, was im Sanktuarium los ist?«, beantwortete Jeremiah seinerseits die Fragen mit einer Gegenfrage. »Und damit meine ich das gesamte Anwesen.«

Stille hüllte ihn ein. Wie ein Vorhang aus dickem Samt senkte sich Dunkelheit herab, nur um sofort wieder der regulären Beleuchtung zu weichen. Jeremiah sah sich um. Aus einer nahezu unsichtbaren Fuge an der Seite des Sarkophags quoll ein dickflüssiger Tropfen heraus. Ein intensiver, stechender Essiggeruch kam dazu.

»Seit HALs Abschaltung«, antwortete Ragg, »unterliege ich gewissen Einschränkungen. Also nein. Aber ist es auch wirklich wichtig?«

»Es sind Menschen gestorben.«

Das Summen der Aggregate intensivierte sich.

»Haben Sie gehört?«, fragte Jeremiah lauter. »Mr. Ragg? Tote, Morde, Suizide!«

»Ja.«

»Wollen Sie nicht wissen, wer? Es ist Ihr Reich. Ihr Sanktuarium, in dem diese Todesfälle stattfanden. Kümmert es Sie nicht?« Jetzt schrie er ihn an, hämmerte mit beiden Fäusten auf dem Sarkophag herum.

»Ich sagte doch, dass ich selbst sterben werde. Bitte, Mr. Schnitzer. Beruhigen Sie sich. Alles hat einen Zweck. Es existiert ein Plan, nennen Sie es Schicksal.«

»Was sollte ich hier?«, brüllte Jeremiah. »Wozu wurde ich eingeladen? Und erzählen Sie mir nicht, dass es irgendwas mit dem vorgeschobenen Auftrag zu tun hat, einen Turing-Test durchzuführen. Das kann nicht sein. Es kann nicht sein – kann nicht sein. Ich glaube es nicht.«

Ragg antwortete mit Verspätung. »Jemand kommt, Mr. Schnitzer. Bitte tun Sie mir einen Gefallen.«

»Was? Welchen?« Jeremiah konnte es kaum fassen, dass er keinerlei Antworten erhielt.

»Rechter Hand sehen Sie im Sockel eine Öffnung. Sie ist beleuchtet.«

Jeremiah sah nach und bestätigte. »Ja.«

»Stecken Sie bitte den Arm mit der Armilla hinein. Ich möchte Ihnen einige Daten übertragen.«

»Warum sollte ich das tun?«

»Nun, es würde zu lange dauern, Ihnen alles zu erzählen, und die Datenübertragung ist da deutlich effizienter. Denn uns geht die Zeit aus.«

»Sie weichen mir aus, Nicolas. Was, wenn ich mich weigere? Wenn ich Ihnen nicht mehr folge wie ein Avatar in einem Online-Game? Die Marionette hat die Schnüre durchtrennt.«

»Es wäre traurig, aber ich könnte mich damit abfinden. Sie sind derjenige, der bestimmte Informationen nicht erhält. Und wie ich erwähnte, unsere Zeit läuft ab. Ich möchte nicht, dass für Sie alles vergeblich war. Ich selbst habe mich mit meinem Schicksal arrangiert. Wollen Sie nicht wissen, wen Sie hätten aufspüren sollen?«

Jeremiah seufzte. Er kniete sich hin und steckte seine Hand bis zum Widerstand in die Öffnung. Eine Art Griff war dort angebracht. Er schloss seine Finger darum und spürte eine kurze und ertragbare Wärmeentwicklung.

»Danke«, sagte Ragg. »Es ist vollbracht.«

Jeremiah erhob sich wieder. »Ich habe Fragen.«

»Die Todesfälle mit Ausnahme des bedauerlichen und vollkommen sinnlosen Freitods von Ivy North gehen alle auf das Konto einer Person«, behauptete Ragg.

Die Eingangstür öffnete sich. Delphine trat ein, gefolgt von ihrem Plug-in-Duplikat. »Hallo, Jerry.«

Jeremiah wich zurück, stellte sich an die Querseite des Sockels, auf dem die Füße des Sarkophags lagerten, und damit so weit weg von Delphine und ihrer Zweitausgabe wie möglich.

Die etwas müder aussehende, reale Delphine lächelte erschöpft. »Noch bist du in Sicherheit, Jerry. Bleib also ruhig. Ich bin dir dankbar, denn ohne dich wäre ich nicht bis hierher gekommen.«

»Wie meinst du das?«

Raggs Stimme erklang. »Die Armilla mit der vollen Zugangsberechtigung zu jedem Bereich des Sanktuariums, Mr. Schnitzer. Nur Sie tragen eine. Wenn Sie nicht hier wären, wäre die Tür absolut verschlossen. Ich sagte schon, dass es meine Grabkammer ist.«

»Kein Pharao duldete Eindringlinge, nicht wahr, Vater?« Delphines Tonfall klang verbittert. Sie betrachtete Jeremiah mit einem undefinierbaren Blick. »Ich unterschätzte Dad, wie meistens in meinem Leben. Als ich dich im Serversaal mit dem Video aus der Realität ausschloss, kopierte ich verschiedene Dateien der Armilla. Doch die Datenübertragung der Zugangscodes deiner Armilla funktionierte nicht, wie ich feststellen musste. Daher bin ich froh, dass du die Explosion im Serversaal überstanden hast. Letztlich war es gut, dass mein Versuch scheiterte, dich wegzublasen, sonst wäre ich nicht hier.«

Jeremiah musterte die beiden Delphines, die in angespannter Haltung neben dem Podest standen und den Sarkophag darauf unisono in Augenschein nahmen. Der Plug-in folgte dabei jeder Bewegung Delphines mit wenigen Sekundenbruchteilen Verzögerung. Ein sehr irritierender Anblick.

Sie richtete sich auf, fixierte Jeremiah mit eisigen Augen. Eine steile Stirnfalte entstand. Sie deutete zur Seitenwand. »Warst du schon dort drin?«

»Was? Wo?« Jeremiah hielt den Blick starr auf sie gerichtet. Er misstraute ihr zutiefst, glaubte an eine List. Die Ereignisse der letzten Tage hatten ihn argwöhnisch werden lassen. »Du willst mich ablenken. Es gibt keinen weiteren Raum.«

»Ach, Jerry. Du würdest den vergrabenen Schatz nicht einmal finden, wenn ich ihn dir dick mit einem Kreuz auf einem Plan markiert hätte. Vertrau mir. Du stehst beinahe vor dem Allerheiligsten. Dem Tempel des Wissens. Wenn ich bitten darf!« Sie machte eine einladende Geste. »Deine Zugangsberechtigung ist der Schlüssel.«

»Della, bitte!«, flehte Ragg, der das Souveräne vollkommen vermissen ließ. »Nicht!«

»Ach, Nicolas«, entgegnete sie abfällig. »Du hast doch nicht wirklich geglaubt, dass du deine Experimente unter Verschluss halten kannst. – Vor mir?«

»Vielleicht sollte ich einfach gehen«, schlug Jeremiah vor, dem die Situation unangenehm wurde. »Ich störe doch nur. Sprechen Sie sich in Ruhe aus. Ich bin ein Fremder, ein Außenstehender. Niemand, den Ihre internen Streitigkeiten etwas angehen.«

Der Puppet kam so schnell heran, dass Jeremiah kaum Zeit hatte, sich zu erschrecken. Er fühlte die kräftigen Hände an Kehle und Brust, die ihn mit brachialer Gewalt gegen die kalte Mauer pressten. Auch dieser Plug-in-Körper verfügte über Kraftverstärkung, der ein Normalsterblicher nichts entgegenzusetzen hatte.

Ein Seufzer entsprang Jeremiahs offenem Mund, als ihm die Luft aus der Lunge gepresst wurde. Natürlich wollte er protestieren, aber in seiner Lage?

Delphine, die reale, kam langsam um das Podest herum und wartete entspannt. Der Puppet schob Jeremiah an der Wand entlang, bis ein Summen ertönte und Jeremiah einen kräftigen Luftzug wahrnahm.

Der Puppet schubste ihn in einen verborgenen Raum.

Jeremiah stolperte, fing sich und wich einige Schritte zurück, bis er erneut auf Widerstand traf. Er sah sich um.

Drei Puppets, allesamt Ebenbilder Raggs, standen aufgereiht wie Soldaten in Formation an der Seite. In jedem steckte ein Schlauch, hinten im Nackenbereich, der ihn mit einer zwei Meter hohen, zentral errichteten Säule verband, die bis knapp unter die Decke reichte. Der Durchmesser betrug rund zwanzig Zentimeter. Zahlreiche Antennen ragten scheinbar chaotisch angebracht in den Raum hinein. Dazu emittierten drei Bedienelemente mit eingebauten Minimonitoren fahles bläuliches, krankes Licht.

»Da sind sie ja, Dad«, stieß Delphine, die nachgekommen war, verächtlich hervor. »All deine Hoffnungen. Vergeblich?«

»Ja, Delphine. Ich habe versagt. Die letzten Versuche schlugen fehl. Meine Zeit ist abgelaufen.« Raggs Stimme klang traurig.

Jeremiah umrundete die elektronische Säule, aktivierte die Aufzeichnungsfunktion seiner Opti-Lenses, nur um festzustellen, dass es nicht funktionierte.

Der Puppet versperrte den Ausgang, während Delphine die Plug-ins ihres Vaters abging, vor jedem stehenblieb, eine Hand auf die breite Brust legte, um dann den Kopf zu schütteln.

»Es sind nur Hüllen, Dad, nicht wahr? Ich kann sie nicht steuern.«

»Nein, Della. Selbst du wirst ihnen kein Leben einhauchen.«

Jeremiah zog sich in die hinterste Ecke zurück und wartete. Alles in ihm schrie danach, Fragen zu stellen, nach dem Warum und der seltsamen Beziehung zwischen Vater und Tochter. Aber etwas hielt ihn ab.

»Sie steckt hinter den Ereignissen, Mr. Schnitzer. Della kontrollierte den Plug-in, der Sie zweimal attackierte. Sie hat Troublemaker, Rickter, Horvath und die Thamines getötet«, behauptete Ragg.

»Das kann nicht sein«, flüsterte Jeremiah.

»Und doch ist es so«, erklärte Delphine, die vor der Säule stand, konzentriert die Minimonitore absuchte und sich durch einige Untermenüs wischte. Sie quittierte das, was sie sah, mit einem Stirnrunzeln.

»Du warst doch selbst mit einem Plug-in unterwegs, als ich zum ersten Mal angegriffen wurde.«

»Mr. Schnitzer«, unterbrach Ragg ihn. »Delphine ist eine Naturbegabung und derzeit die einzige Plug-in-Userin, die in der Lage ist, zwei Puppets gleichzeitig zu steuern.«

Jeremiah musste daran denken, wie schwer ihm die Kontrolle gefallen war, wie sehr er mit dem künstlichen Körper gekämpft hatte. Und Delphine sollte das gleich zweifach beherrschen? Welche Auswirkungen hatte wohl die multiple Schizophrenie auf den Verstand und die Seele eines Menschen?

»Es ist diffizil«, hörte Jeremiah sie murmeln. »Aber mit einigen Einschränkungen funktioniert es ziemlich gut.« Sie wandte sich von der Säule ab. »Warum hast du ihm das verraten, Dad?«

»Er hat ein Recht darauf, Della. Du wirst ihm doch nichts antun, oder?«

Delphine musterte erneut die drei Ragg-Puppets. »Er ist der Letzte, der mir gefährlich werden kann. Ich bin noch zu keiner Entscheidung gekommen.« Sie tippte den mittleren Plug-in an. »Ist er das?«

»Ja, Della. Das ist er«, bestätigte Ragg.

»Du warst dicht vor der Vollendung, nicht wahr?«

»Du hast das Brain vernichtet. Ohne ist er für mich nutzlos.«

»Der Brand«, rief Jeremiah überrascht. »Du warst das?«

Sie wandte sich zu ihm um. In ihrem Gesicht hatten sich tiefe Falten eingegraben, dunkle Schatten um die geröteten Augen. Sie wirkte müde, abgekämpft und dadurch ungeduldig. Dennoch kam die Antwort sehr langsam. »Forschung, Jerry, ist nicht immer sinnvoll. Es gibt Experimente, und gerade du müsstest mich verstehen, die so widernatürlich sind, dass jeder Mensch mit einem gesunden Verstand sie untersagen würde. Nur dass mein Dad sich für Gott hält. Keine Grenzen kennt. Nicht weiß, wo das Genie endet und der Wahnsinn beginnt. Und so traf ich die einzig richtige Entscheidung.«

»Das Brain in dem Kasten gehörte zu diesem Plug-in?«, fragte Jeremiah.

Sie nickte. Gleichzeitig schien sie jegliches Interesse an der Unterhaltung zu verlieren, drehte sich um und ging zurück zur Tür. Der adaptierte Puppet verließ den Raum zuerst. Sie folgte.

Jeremiah stand unschlüssig herum.

»Kommst du, Jerry?«, riefen zwei Delphine Desserts im Chor.

Es gruselte ihn. Die Anzeichen, dass er diesen Ort nicht mehr lebendig verlassen würde, mehrten sich. Doch zu seiner eigenen Verwunderung spürte er keine Furcht. Nur die Gewissheit, dass er nicht unwissend sterben wollte.

Für einen Moment verwirrte ihn der Anblick der doppelten Delphine, als er den Raum mit dem Sarkophag betrat. Es dauerte eine Weile, bis er wusste, wer wer war.

Der Puppet stand unterhalb des Kilt-Waffen-Ensembles und musterte die Hellebarde. Er beachtete Jeremiah nicht, musste er auch nicht, da die reale Delphine an der Wand gegenüber lehnte und müde winkte. »Na endlich. Ich dachte schon, du würdest das dort als deine Krypta betrachten. Wir müssen uns unterhalten, Jerry.«

»Sprich«, entgegnete Jeremiah vorsichtig, blieb neben dem Durchgang stehen. Er verfluchte innerlich die Tatsache, dass die beiden Delphines ihm den Weg zum Ausgang verstellten.

»Wie sieht es aus mit Loyalität, Verschwiegenheit, Vertrauen und gegenseitigen Verträgen?«

Jeremiah wusste nicht genau, worauf sie hinauswollte, daher schwieg er.

»Was bietest du mir an, damit ich dich laufen lasse?«

Er hoffte inständig, dass Nicolas Ragg seine Tochter zur Vernunft bringen würde, doch der Firmenmagnat im Innern des Sarkophags mischte sich nicht ein. Ob bewusst oder gezwungenermaßen, erschloss sich Jeremiah nicht.

»Du würdest mich also umbringen?«, riet er fragend.

»Klar.«

»Man weiß, dass ich hier bin. Interpol wurde benachrichtigt, hast du das vergessen?«

»Ach ja, Interpol. Wer sollte nochmal die verdammten Behörden unterrichten?«

Jeremiah spürte Hitze sein Gesicht röten. »Touché, Ms. Dessert. Dennoch wissen viele Menschen dort draußen, dass ich hier bin, Delphine. Willst du sie alle zum Schweigen bringen?«

Sie lächelte. »Biete mir was«, forderte sie.

»Was kann ich dir schon bieten?«

»Eine Geschichte. Eine glaubwürdige Geschichte, von der du nicht abweichen wirst und die mir hilft, Jerry.«

»Was meinst du genau? Ich soll aussagen, dass du keine Morde begangen hast? Was ist mit Simon Vansang, Mia Ragg? Lysann?«

»Die sind nicht mein Problem, Jerry«, entgegnete sie leise. »Du schon.«

»Gut. Ich schweige. Oder halte mich an die Geschichte, die du mir erzählen wirst. Und dann? Lässt du mich gehen?«

»Eine klitzekleine Kleinigkeit würde dich bei deinen Bemühungen unterstützen, Jerry.«

Er nickte ihr zu. »Okay. Welche?«

Delphine tippte sich an den eigenen Nacken. »Du wirst ein Implantat erhalten, Jerry. Hier und jetzt. Es tut auch nicht weh. Aber es stellt sicher, dass du unsere Vereinbarung nicht brichst.«

Jeremiah spürte es kalt in seinem Nacken. Sie schien den Verstand verloren zu haben. Doch sie hatte ihn in der Gewalt.

»Gehen Sie nicht darauf ein, Mr. Schnitzer«, ertönte die Stimme Raggs.

»Schweig! Verdammt! Schweig einfach, Dad! Du sollst still sein«, brüllte Delphine unbeherrscht.

Der Plug-in riss die Hellebarde aus der Wand. Brocken flogen herum, als die Halterungen nachgaben. Es staubte.

Jeremiah duckte sich unwillkürlich, beobachtete dabei den Puppet, der die langgestreckte antike Waffe in den Händen hielt. Dann schwang er sie probeweise.

»Della!«, mahnte Ragg. »Lass das.«

»Ich will nichts mehr von dir hören.« Delphine kreischte im Falsett. Sie schien vollkommen außer sich zu sein. Ihr Puppet holte mit der Hellebarde Schwung und hieb kräftig gegen die Seite des Sarkophags. Ein metallisch-dumpfer Schlag wurde von einem glockenhellen Ton abgelöst.

»Della! Du musst das nicht tun! Ich bin keine Gefahr für dich. Es dauert nicht mehr lange. Nimm mir diese Zeit doch nicht«, flehte Raggs Stimme.

Die reale Delphine stieß sich von der Wand ab, umrundete das Podest und trat neben ihr künstliches Duplikat. Sie riss ihm die Hellebarde aus den Händen. Für einen Moment verschwammen die beiden Gestalten vor Jeremiahs Augen. Er sah stumm zu, wie der Puppet den Dolch von der Wand nahm. Nun standen dort zwei bewaffnete Irre, und ihm war klar, dass er die nächsten Minuten nicht überleben würde, es sei denn, er versuchte zu fliehen. Der Weg zum Ausgang war nicht länger versperrt.

»Lass es, Jerry!«, schrie Delphine, als hätte sie seine Gedanken gelesen. Schlag um Schlag traf nun den Sarkophag. Wie im Blutrausch hieb sie, ohne langsamer zu werden, darauf ein.

Der Puppet hatte den langen Dolch aus der Scheide gerissen und schien erstarrt. Es war die Wartehaltung.

Jeremiah erkannte, dass Delphine den Plug-in nicht mehr kontrollierte. Er rannte los.

»Nein!« Ein Schrei.

Er sah die sich öffnende Tür schon vor sich, als ihn etwas an der Schläfe traf und zur Seite schleuderte. Er rappelte sich auf. Doppelbilder erschwerten ihm die Orientierung. Ein Gefühl von Wärme an seiner Stirn. Ein Glitzern auf dem Boden. Er hob das zerbrochene Wappenschild auf.

»Ich sagte, bleib!« Delphine hämmerte wie eine Besessene auf den Sarkophag ein, der nun deutliche Spuren zeigte. Mehr von dem dickflüssigen Gel trat hervor. Der intensive Geruch nach Essig vernebelte Jeremiahs Sinne. Er stemmte sich hoch, bemerkte den starren Blick des Puppets, der ihm mit erhobenem Arm drohte. Der Dolch war wurfbereit.

Ein metallisches Knacken signalisierte die Kapitulation des Materials. »Endlich«, keuchte Delphine außer Atem. Dolch und

Hellebarde wechselten die Besitzer. Sie drückte den Sarkophagdeckel hoch. Aus dem Innern brandete kräftiges oranges Licht, flutete den gesamten Raum.

Die Neugier verdrängte jegliche Angst in Jeremiah, er spürte nicht einmal mehr seinen schmerzenden Kopf. Schritt um Schritt schlich er um das Podest herum, bis er hineinsehen konnte.

Auch Delphine starrte mit undefinierbarem Gesichtsausdruck wortlos in den gelgefüllten Behälter.

Darin schwammen Schläuche und Leitungen. Blasen, ähnlich einer Lavalampe, stiegen auf oder trieben in der gallertartigen Flüssigkeit umher. Zu Jeremiahs Verblüffung durchpflügten mehrere handtellergroße Fische das Gel, als wäre es ein Aquarium. Er zählte sechs Exemplare, die, unterschiedlich in der Färbung, an pazifische Zierfische erinnerten, mit langen, dünnen Fortsätzen an den Flossen. Unerwartet veränderten sie die Richtung. Sie hatten weder Augen noch erkennbare Mäuler.

Waren es künstliche Wesen? Wahrscheinlich. Drohnen in ungewöhnlicher Form.

Jeremiah registrierte, dass Delphine den Dolch hatte sinken lassen. Sie ignorierte die seltsamen Fische. Ihre Aufmerksamkeit galt einem Schatten tief unten am Grund des Sarkophags.

Jeremiah atmete durch den Mund, als er näher trat. Zu gewaltig der Gestank nach Essig, Urin, Schwefel und vergorener Milch. Er beugte sich über den Rand des Behälters und kniff die Augenlider zusammen. Tränen sprudelten nur so aus ihm heraus. Er wischte sie sich ab.

Auf dem Boden des Sarkophags lagerte eine Puppe. Die Gestalt wirkte künstlich.

Spargeldünne Beine und Arme, als wären das Fett, das Muskelgewebe und sämtliche Fasern aus einem lebenden Organismus gesaugt worden. Nur mehr Haut und Knochen, ein Körper, bis zur Unkenntlichkeit vom Gewebe- und Muskelschwund verunstaltet. An den Händen fehlten Fingerglieder. Der Unterleib hätte von einer Modepuppe stammen können. Keine geschlechtsspezifischen Merkmale waren zu erkennen. Jeremiah glaubte zwar, ein Skrotum zu sehen, doch die Beleuchtung entsprang der Unterseite, daher lag diese Karikatur eines Menschen im gnädigen Schatten, verbarg so seinen tatsächlichen Zustand.

Der Anblick des Kopfes war kaum zu ertragen.

Mehr Totenschädel als lebendig. An der Seite des Halses war die Haut so dünn, dass die Halsschlagader wie aufgenäht wirkte. Man sah das langsame Pulsieren des Blutes – oder des Stoffes, der in den Adern transportiert wurde.

Delphine schluchzte leise.

Jeremiah kämpfte mit Übelkeit.

»Ich sagte es dir, Della«, erklang Raggs Stimme im Raum. »Was du tun willst, ist nicht nötig. Es verkürzt nur unwesentlich meine Zeit auf dieser Erde.«

Jeremiah sah konzentriert hin, doch die Hülle Raggs in dem Sarkophag bewegte sich nicht. Schläuche und Leitungen pfählten die Leiche, die noch keine war. Scheinbar mühelos durchbohrten sie die Haut an unterschiedlichen Stellen. Man konnte erkennen, wie sie im Körper weiter verlegt worden waren. Einige verschwanden erst in der Kehle, endeten wahrscheinlich im Schädel. Die Fische umkreisten Raggs Kopf. Die Nase hatte man entfernt und die Löcher mit einer Plastik verschlossen. Über die Augenhöhlen war ein Band geklebt worden. Zwei lange Haare schwebten im orangen Licht in dem Gel herum. Ein Fisch schwamm vorbei, in der Blasenspur verwirbelte eines der Haare und riss plötzlich von der wächsernen Kopfhaut ab.

»Das ist, was von Ihnen übrig ist, Nicolas?«, flüsterte Jeremiah, der sein Entsetzen, das Grauen nicht aus der Stimme entfernen konnte.

»Unsterblichkeit hat ihren Preis, Mr. Schnitzer. Zumal, wenn man, wie ich, versagt hat, das Ziel zu erreichen.«

»Was meinen Sie?«

»Nun, ich dachte immer, dass es nur ein Zwischenschritt sei. Eine Art Puppenstadium bis zur endgültigen Metamorphose. Doch die Vollendung zu einem wunderschönen Schmetterling ist mir nicht gelungen.« Ragg lachte sogar.

Jeremiah glaubte eine Bewegung des Restköpers im Gel gesehen zu haben, aber er konnte sich auch täuschen. Er wich zurück.

Delphine blieb stumm, nur gelegentlich blinzelte sie. Sie hielt den Dolch weiterhin in der rechten Hand. Der Plug-in hatte die Hellebarde gegen die Wand gelehnt und stand mit gesenkten Schultern in Warteposition.

»Was war Ihr Ziel?«, fragte Jeremiah.

»Ich wusste, dass ich diese Zellanhäufung, die sich mal Mensch geschimpft hat, nicht ewig am Leben erhalten konnte. Mutter Natur hat klare Grenzen gesetzt. Verstehen Sie?«

»Seit wann liegen Sie in dem Sarkophag?«

»Mehr als vier Jahrzehnte, Mr. Schnitzer. Seit fünfzig Jahren verfolge ich einen Plan, an dessen Endpunkt ich diesen Körper verlassen wollte.«

»Was genau war Ihre Absicht?«, hakte Jeremiah nach.

»Ein neuer Behälter für meine Seele, meinen Verstand, mein Ich. Ich forschte und experimentierte, stets unter Zeitdruck, denn der Verfall lässt sich zwar verlangsamen, aber nicht stoppen, wie Sie selbst sehen.«

»Sie wollen Ihren Geist übertragen? Das ist Science-Fiction«, widersprach Jeremiah.

»Ein Auto war einst Science-Fiction, ebenso wie ein Flugzeug, ein Computer, ein Raumschiff, ein Handy und ein Plug-in. Was für die einen spinnerte Ideen sind, stellt für die anderen eine denkbare Zukunftsvision dar. Ich zählte mich schon immer zu den Visionären.«

»Sie wollten Ihren Geist, Ihre Erinnerungen, Ihren Verstand in einen Puppet transplantieren? Dazu diente das Brain? In Ihrem Forschungslabor? Es ist verbrannt, nicht wahr?«

»Ja, Della hat es vernichtet. Obwohl sie es nicht hätte tun müssen. Es war ein Fehlschlag.«

Ein Ruck ging durch Delphines Körper. Sie hob die Hand mit dem Dolch.

»Bring es zu Ende, Della.«

»Das Experimentalbrain war ungeeignet, um deine Cerebralstruktur zu kopieren, Nicolas«, sagte Delphine tonlos. »Du lügst. Du bist brillant und wusstest, dass dieser Plan von vornherein zum Scheitern verurteilt war. Es war nicht dein Ziel, dein Ich irgendwie per Magie in ein elektronisches Bauteil zu versetzen. Das geht nicht und du weißt das.«

Ragg antwortete nicht.

Delphine strich mit der Spitze des Dolches über die Oberfläche des Gels, erzeugte spiralförmige Streifen, eine Acht. Es dauerte, bis die Spuren wieder verschwanden. Ein Fisch kam näher und schien den Zeichen nachzuspüren, als wäre er neugierig.

»Du suchtest nach einer stabilen Verbindung, nicht wahr?«, fragte Delphine. »Jetzt wird mir auch endlich klar, was Jerry hier sollte. Dein Masterplan, Nicolas. So raffiniert wie simpel. Ich bin beeindruckt.«

Der Plug-in nahm die Hellebarde an sich. Er drückte sich an der realen Delphine vorbei und kam auf Jeremiah zu. Die grazilen Finger um den Griff geschlungen, wirkte der Puppet entschlossen, mordlustig und nicht zugänglich für irgendwelche Argumente.

Jeremiah hob abwehrend die Hände. »Was soll das?«, herrschte er Delphine an. »Ich bin keine Gefahr. Was ist mit deinem Angebot? Ich nehme das Implantat. Es ist okay. Ich bin damit einverstanden.«

Jeremiah hörte sich selbst jammern und flehen und konnte doch nicht anders. Der Puppet würde ihn töten. Er wollte nicht sterben.

Die Hellebarde hob sich bis zur Decke des Raumes. Jeremiah hatte nur Augen für die massige Schneide, die gleich auf ihn herabsausen sollte.

Das Metall schimmerte im orangen Licht des Sarkophags. Der Puppet drehte die Hellebarde ein wenig, dann erstarrte er plötzlich.

»Laufen Sie, Schnitzer! Sie Narr! Ich kann ihn nicht mehr lange halten!«

Die Stimme Raggs weckte Jeremiah aus seiner Lähmung. Er hörte Delphine keuchen, schließlich schreien. »Lass es, Dad! Es ist meiner. Du kannst mich nicht ewig blockieren!«

Jeremiah hetzte auf den Ausgang zu, vorbei an der drohenden Waffe. Er sah sich ein letztes Mal um, bevor er den Raum verließ.

Delphine stach mit dem Dolch mehrfach durch das Gel tief in den Sarkophag. Wenn sie ihren Arm hochriss, haftete die Gallerte wie ein zupackender Tentakel an ihr.

Sie brüllte einige Worte in einer unbekannten Sprache, wiederholte sie beständig, daneben stieß sie nur Schreie aus. Eine Wahnsinnige, die ihre Absichten in die Tat umsetzte.

Jeremiah rannte davon. Ragg war nicht zu retten, und sobald er nicht mehr am Leben war, würde Delphine ihren Plug-in wieder kontrollieren können. Und das nächste Ziel war Jeremiah nur allzu klar.

Er hastete die Flure entlang, fand einen Lift, der ihn nach oben trug. Er hämmerte auf den Startknopf ein, damit es losging, suchte nach einer Zieleingabe, doch da war nichts auf dem

Monitor. Nur dieser eine rote Drücker, den er weiter rhythmisch bearbeitete. Erleichtert stützte er sich an der Kabinenwand ab, als die Türen sich schlossen und die Digitalanzeigen langsam zu niedrigeren Minuszahlen wechselten, bis sie die Null erreichten und bei plus zwei endeten.

Die Türen glitten auf.

Er war raus aus dem Labyrinth des Untergrunds. Aber auch in Sicherheit?

Die Korridore waren unbelebt. Er rannte los, befragte die Armilla nach einer Route zu einer Garage, in der er ein autonomes Fahrzeug zu finden hoffte.

Ein Overlay bildete sich. Ein Vektorpfeil wies ihm die Richtung. Langsam gewann Jeremiah wieder einen Hauch an Zuversicht.

Er passierte einen Torbogen und gelangte in eine Halle voller Staffeleien, auf denen Leinwände in unterschiedlicher Größe gespannt worden waren. Vollkommen chaotisch angeordnet, verstellten sie ihm einen geraden Weg hindurch. Er musste im Zickzack laufen.

Die Leinwände zeigten, von Skizzen hin bis zu vollständig ausgearbeiteten Werken, verschiedene Ansichten des Meeres. Es erinnerte Jeremiah an seine Flucht an die Brandungslinie. Dünenlandschaften in allen Jahreszeiten schienen es dem Maler angetan zu haben, dazu die Nordsee in Sturm und Flaute.

Mehrfach stieß Jeremiah gegen eine Staffelei, doch sie kippten nicht, waren fest verankert. Die Halle war weitläufig, nahm einfach kein Ende.

Endlich deutete der Vektor auf einen erkennbaren Ausgang. Ein Lamellentor, das sich langsam hob, als Jeremiah näher kam.

Er wartete nicht ab, sondern kroch durch den schmalen Spalt zwischen Boden und Tor, sobald er hindurchpasste.

Dahinter fand er sich in einem großen, leeren Zimmer wieder, dessen Wände von einem durchgehenden Gemälde bedeckt waren.

Das Lamellentor ratterte nach unten und versiegelte so den Durchgang. Jeremiah sah, dass auch das Tor bemalt worden war.

Der komplette Saal mit allen Wänden sowie der Decke stellte ein einziges Kunstwerk dar. Und in der Mitte des Raumes saß ein alter Mann auf einem Drehstuhl, betrachtete sinnierend eine der Szenen, um sich anschließend in Drehung zu versetzen, zu stoppen und erneut zu starren.

Jeremiah glaubte sich in einem Traum gefangen. Ein hellweißer, strohiger Bart hing dem alten Mann bis über den halben Bauch. Dutzende von Sprenkeln in sämtlichen Regenbogenfarben zierten die Haare. Auch das Haupthaar, dünn und wirr durcheinanderstehend, leuchtete in Weiß, zeigte jedoch farbige Ansätze.

Der Mann trug eine Art Toga in Blau, ebenso farbverschmiert. Mal lächelte er, mal grunzte er. Er ignorierte Jeremiahs Anwesenheit, selbst als der sich räusperte.

»Ähm, Verzeihung«, sagte Jeremiah laut. Als keine Reaktion folgte, näherte er sich dem Mann.

Es war ein Greis. Die Gesichtshaut faltig und voller Altersflecken, die Hände knochig mit arthritisch verkrümmten Fingern.

Jeremiah positionierte sich direkt im Blickfeld, doch die Pupillen waren trüb, milchig, ohne erkennbare Farbe und sie sahen ihn nicht, als wäre er ein Geist.

Wieder versetzte sich der uralte Mann in Drehung, stoppte und lächelte, musterte dabei aus blinden Augen das Gemälde an der gegenüberliegenden Wand.

Jeremiah stellte sich gerade auf und betrachtete seinerseits das Gesamtkunstwerk.

Man sah Puppets, eindeutig an den stilisierten Marionettenfäden zu erkennen, die ihnen der Maler spendiert hatte. Die Intention war nur allzu deutlich.

Jeremiah vergaß für einen Moment, dass er fliehen wollte. Er wurde hypnotisiert, eingefangen von der Wucht des Gemäldes.

Je mehr Einzelheiten er rezipierte, umso deutlicher wurde, was hier dargestellt worden war.

Da war die Mauer und das Meer, der gedrungene Gebäudekomplex des Sanktuariums, der sich in die Dünen duckte. Überall stromerten die Puppets umher, manche tanzten miteinander, es gab Szenen, die man grob als pornographisch hätte bezeichnen können. Wenn Jeremiah sich drehte, gab es eine optische Illusion, als würden sich auch einige der Figuren bewegen. Er sah bekannte Gesichter, die Thamines, North und Delphine, immer wieder Delphine, mal als Puppet, mal als reale Person gemalt.

Jeremiah keuchte auf. Er suchte und fand eine Szene, in der sie einen Körper von einer Mauer warf. Zwei Meter weiter rechts die Wiedergabe des Mordes an Gabor Horvath, über den sich der Plug-in Delphines beugte und den Kopf zwischen den Händen zerquetschte.

Und da die blutig endende Fahrt der Thamine-Brüder, deren Leichen in einem Fahrzeug zu sehen waren. Es wirkte so lebensecht, als hätte jemand ein Foto davon gemacht, und dennoch künstlerisch verfremdet, so dass ein Nichteingeweihter keinen Anstoß daran genommen hätte und es als reine Fiktion wahrnehmen konnte.

Der Greis stieß sich unerwartet aus dem Drehstuhl hoch, wanderte mit unsicheren Schritten auf eine Wand zu.

Jeremiah erschrak, sah ihm hinterher und erschrak ein weiteres Mal, als er den Gemäldeteil sah.

Auf dem Boden davor lag eine Malerpalette, auf der verschiedene Farben angemischt waren. Der alte Mann beugte sich nieder, hob sie und einen Pinsel zielgerichtet auf, positionierte sich vor der Wand und bearbeitete sie mit energischen Bewegungen. Ein Pinselstrich nach dem anderen, und dazu die Verwischungen und Verbesserungen mit den bloßen Händen. Virtuos fügten sich die manuellen Tätigkeiten zu einer an Balletttanz erinnernden Choreographie zusammen. Das Teilbild stürzte sich wie ein 3-D-Bild auf seinen Betrachter.

Jeremiah trat gedankenverloren näher, betrachtete das Allerheiligste des Sanktuariums mit einer vollkommen neuen Wahrnehmung.

Der Sockel, der offene Sarkophag, aus dem Licht strahlte, als würde der Heiland darin liegen. Die zornige, vielmehr besessene Delphine, die mit dem Dolch in das Unbekannte hineinstach. Und er selbst an der Tür. Mit entsetztem Gesichtsausdruck, bereit, allem zu entfliehen.

Der Greis schien hellsehen zu können. Als wäre er dabei gewesen.

»Sie sind Kanemaki, nicht wahr?«, flüsterte Jeremiah ihm zu, um ihn nicht zu erschrecken. »Ari Kanemaki, der Maler. Sie sind nicht blind. Sie können sehen, oder?«

Ari Kanemaki ließ den Pinsel sinken, trat einige Schritte zurück, so dass Jeremiah ausweichen musste, um ihm nicht im Weg zu stehen.

Der alte Mann verharrte in Denkerpose, vertiefte sich wieder in sein Werk. »Natürlich bin ich blind. Nur meine Kreationen sind mir sichtbar.«

Jeremiah hielt die Aussage für Unsinn, doch angesichts der detaillierten Darstellung konnte es zumindest sein, dass Kanemaki die Wahrheit sagte. Warum hätte er auch lügen sollen?

»Es war Delphine, nicht wahr? Die Morde und die Angriffe auf mich. Sie war es.«

»Sie ist Erlösung und Satan zugleich, ja«, entgegnete Kanemaki mit brüchiger Stimme. »Vernichterin des Schicksalsfadens und Erschafferin einer unbekannten Zukunft. Sie wird nicht nachlassen. Sie hat ein Ziel, verfolgt eine Vision, wie ich auch, wie es jedermanns Schicksal ist.«

»Was tun Sie noch hier, Mr. Kanemaki?«, fragte Jeremiah.

»Ich bin dort, wo ich sein will. Ich bin dort, wo ich sein muss. Es ist der ideale Zeitpunkt, der ideale Platz und die ideale Fusion von Hand, Farbe und hartem Stein. Das ist es.« Er sackte in sich zusammen. Wie ein Häuflein zu waschender Kleidung, das darauf wartete, in eine Maschine gestopft zu werden, lag er da.

Jeremiah trat heran, fühlte nach dem Puls. Es gab keinen.

War Kanemaki tot? Oder ein Plug-in, der soeben abgeschaltet worden war?

Jeremiah ließ sich das Overlay wieder einblenden und rannte auf eine von der Farbe übermalte Tür zu, die sich ihm öffnete. Es waren nur noch wenige Dutzend Meter, bevor er über eine anachronistisch verbaute Treppe nach unten in eine Garage gelangte. Ob es dieselbe war, die er schon kannte, oder eine andere, war ihm nicht klar. Er suchte Nische für Nische ab. Kein Fahrzeug war zu finden. Er saß in der Falle.

Entmutigt setzte er sich mit dem Rücken an die Wand und schloss die Augen. »Raven. Ich wünschte, ich hätte die Zeit gehabt, mich von dir zu verabschieden«, flüsterte er im Selbstgespräch.

Als er leise Trittgeräusche von der Treppe her vernahm, sah er auf.

Delphine – oder ihr Plug-in – kam herunter zu ihm. Sie beeilte sich nicht, hielt es wohl für unnötig. Die Beute war zum Greifen nah und verängstigt.

»Öffnen!«, befahl Jeremiah in seine Armilla hinein. Er wollte wenigstens das Tageslicht noch einmal erblicken, bevor es ihn erwischte.

Offenbar hatte sie ihm nach der Ermordung ihres Vaters die Zugangsberechtigung nicht entzogen. Denn das Tor glitt leise hoch.

Strahlender Sonnenschein ergoss sich in die sterile Halle. Nur ein laues Lüftchen wehte dort draußen.

Jeremiah rappelte sich auf und rannte hinaus, den versandeten, aber deutlich erkennbaren Weg entlang. Nur weg von dem Sanktuarium und der mordlüsternen Delphine Dessert.

Salzige Tropfen fielen vereinzelt vom Himmel. Helle, freundlich wirkende Wolken zogen über ihn hinweg, ballten und verstreuten sich wieder. Nach zwei Linksschwenks des Wegs – der Overlay-Vektor zeigte ihm die Richtung zur Ausfahrt des Geländes – merkte er nun einige Böen. So ganz kam dieses Land nicht ohne Wind aus. Allerdings behinderte es ihn nicht. Er kam gut voran, der Plug-in, vielleicht war es doch Delphine selbst, kam kaum näher.

Er erinnerte sich an ihre Worte zur Grenze und der Bedienbarkeit der Puppets durch die Armilla. Wenn er es nur schaffte, vor ihr das Sanktuariumsgelände zu verlassen, würde er vorläufig in Sicherheit sein. Irgendwie würde er schon Hilfe auftreiben, sollte es ihn auch Tage kosten. Sie durfte ihn nur nicht aufhalten.

Er beschleunigte, spürte das Brennen in seinen Lungen und die Proteste der überanstrengten Oberschenkelmuskeln. Die Grenzmauer zum Land hin war nahe. Der Weg endete an dem massiven Tor, dem einzigen Ausgang. Es schwang nach außen auf, als er den Befehl in die Armilla gekeucht hatte.

Er überquerte die Grenze, folgte dem Pfad noch einige Dutzend Meter, bevor er stoppte und sich auf den Knien abstützte.

Der Plug-in stand zwischen den beiden Pfosten des Tores und bewegte sich nicht. In seiner rechten Hand hielt er die Hellebarde. In der Hektik hatte Jeremiah die Waffe gar nicht wahrgenommen.

Er schnappte weiterhin nach Luft, die ihn, eiskalt in seinen Lungen, zum Husten brachte. Er wollte lachen, weil es so einfach gewesen war, aber er konnte nicht.

Endlich atmete er wieder normal. Er richtete sich auf, hob die Hand und winkte sarkastisch. »Fast, Delphine. Fast. Du warst so kurz davor.«

Der Puppet sprintete mit vorgehaltener Hellebarde auf Jeremiah zu.

»Was?«, rief er, schon war der Plug-in bei ihm, holte mit der Waffe aus und fegte ihn mit dem Stiel von den Beinen.

Jeremiah spürte die Wucht des Aufpralls, dann die Hände des künstlichen Körpers, so zart und gepflegt wie die eines Models, die ihn packten und durch die Luft schleuderten.

Der harte Untergrund traf ihn mit der Gewalt eines Hammers. Kurz wurde ihm schwarz vor Augen. Jemand wälzte ihn herum, so dass er auf dem Rücken zum Liegen kam und die Sonne ihn blendete.

»Du bist so verdammt leichtgläubig, Jerry«, ätzte Delphine ihn an. Sie beugte sich über ihn. Die Hellebarde war nicht zu sehen. »Hast du wirklich an den Unsinn mit der Grenze geglaubt? Warum hätte Nicolas eine solche Einschränkung für adaptierte Plug-ins einbauen lassen sollen? Hä? Die Leihkörper. Natürlich. Sie gehören hierher, aber doch nicht die adaptierten Wunderwerke. Du bist so ein Naivling.«

»Jemand wird dich überführen«, krächzte Jeremiah. Er spürte Blut im Mund, spuckte aus und sah wieder zu dem wütenden Gesicht hoch. »Da sind noch Mia und Vansang und Lysann.«

»Na und?«

»Einer reicht und Interpol wird dich für lange Zeit wegsperren. Ganz ohne Puppet, Delphine. Keine schöne Aussichten, nicht wahr?«

Sie lachte ihn aus. »Du denkst, jemand würde von hier entkommen? Du irrst dich«, sagte sie. »Ich habe HAL gehackt und somit die komplette Kontrolle über das Anwesen. Mia und Simon werden sich fügen oder sterben – aber das Sanktuarium verlassen? Niemals. Und die hübsche Ziegenhirtin interessiert sich sowieso nur für die Gene ihrer Schützlinge. Niemand wird reden, Jerry. Und auch du nicht.«

Jeremiah schleuderte eine Handvoll Sand in ihr Gesicht. Was in Streaming-Dramen stets so wirkungsvoll aussah, verpuffte im Wind der Nordseestürme. Delphine lachte. Nicht ein Sandkorn traf sie. »Du willst kämpfen? Mit meinem Puppet? Oh, warte. Dann los! Krabble um dein Leben, kleiner Mann. Du bist ein Niemand und gehörst in ein Niemandsland. Los jetzt!«

Jeremiah rutschte mehrfach aus. Ein stechender Schmerz in seinem Knöchel verhinderte, dass er schnell vorankam. Er stolperte davon, hörte das Lachen, das hämische Gelächter einer Wahnsinnigen.

Mit dem angeschlagenen Bein konnte er nicht einfach in die Büsche abbiegen. Er blieb auf dem Weg, sah über seine Schulter. Sie kam gemessenen Schrittes auf ihn zu, wusste, dass sie sich nicht beeilen musste. Nicht einmal die Hellebarde hatte sie wieder aufgenommen. Die bloßen Hände sollten ausreichen und die Kraft des Puppets.

Der Schatten flog heran, ein massiver metallener Umriss, der in den Körper krachte, obwohl sie ihn im letzten Moment registriert hatte. Es schleuderte sie hoch in die Luft. Das Rückgrat des künstlichen Körpers brach, ein Bein hatte sich gelöst, amputiert von der Wucht der Kollision und der Härte des Materials.

Rutschend kam das Fahrzeug zum Stehen. Jeremiah hörte Delphines Puppet auf den Boden aufgeschlagen. Ein schreckliches Geräusch. So menschlich, so definitiv endgültig. Der Puppet war zerstört.

Wie schlimm hatte wohl das sensorische Feedback Delphine selbst getroffen? Hatte sie geschrien? Den Tod gespürt?

Die Fahrzeugtür schwang auf. »Hey! Mr. Schnitzer! Los jetzt«, rief Simon Vansang. »Oder wollen Sie warten, bis diese Verrückte einen weiteren Puppet schickt? Kommen Sie!« Der Prepper winkte.

Jeremiah erwachte wie aus einem schlechten Traum, humpelte auf das E-Mobil zu. Hinter Vansang sah er Mia Ragg, die ihm aufmunternd zulächelte.

Die Beschädigungen an dem Fahrzeug waren heftig. Jeremiah wandte sich ab, als er das Blut sah. Er beugte den Kopf und stieg ein.

Kurz darauf fuhren sie auch schon.

»Geht es Ihnen gut?«, erkundigte sich Mia, die neben Jeremiahs Beinen hockte und den Knöchel untersuchte.

Vansang saß konzentriert auf dem dritten Sitz und hielt eine mobile Joystick-Einheit in den Händen. Offenbar steuerte er manuell das E-Mobil.

»Natürlich tut er das«, sagte Mia. Jeremiah erkannte, dass er wohl laut gesprochen hatte.

»Sie stehen unter Schock, Mr. Schnitzer«, erklärte ihm Mia Ragg. »Simon musste die Automatik abschalten, sonst hätte sie den Zusammenprall verhindert.«

»Lysann. Was ist mit Lysann? Hat sie es auch geschafft?«

Mia schüttelte den Kopf. »Das muss sie gar nicht, Mr. Schnitzer. Nicolas hatte verfügt, dass mit seinem Tod die komplette Kontrolle über Lysanns Eden an sie übergeht. Sie ist Selbstversorgerin und Delphine müsste eine Armee aufbieten, um irgendwie in das Areal zu gelangen. Die Zugänge lassen sich nur von innen öffnen und die gesamte Halle würde selbst einer atomaren Katastrophe standhalten. Lysann ist also in Sicherheit.«

»Und Sie? Sie und Simon? Sie wissen, was vorging?«

»Aber natürlich. Wir haben die Aufzeichnungen. Interpol wird leichtes Spiel haben, glauben Sie mir.«

»Au!«, beschwerte Jeremiah sich, als sie ihm den Fuß in eine andere Haltung zwang.

»Verzeihung. Ich kann Ihnen etwas gegen die Schmerzen geben. Es ist eine lange Fahrt. Doch dann haben wir es geschafft.«

Jeremiah ließ sich eine Injektion verabreichen. »Ich habe den Maler getroffen«, sagte er schläfrig.

»Kanemaki? Das kann nicht sein«, widersprach Mia. »Der lebt doch seit Monaten in seinem Refugium, ohne dass ihn jemand besuchen durfte. Ich habe angenommen, dass er bereits tot ist. Er war jenseits der 120.«

»Er ...«, begann Jeremiah, hörte sich selbst schon lallen, bevor die Dunkelheit ihn umfing.

Musik zwängte sich mitten in die Finsternis, bildete bunte Kringel und wunderbare Verläufe.

He's a real nowhere man
Sitting in his nowhere land
Making all his nowhere plans for nobody

Ich bin der Nowhere Man, dachte, nein träumte Jeremiah. Wer hatte das noch zu ihm gesagt?

Es fiel ihm schwer, einen klaren Gedanken zu träumen. Allerdings ein Wort schälte sich plötzlich heraus.

»Raven.«

11

In seinem Versteck verstrichen Tage zu Wochen und dennoch fühlte es sich an, als wäre nur eine einzige Nacht vergangen. Die Furcht, von Delphine aufgespürt und eliminiert zu werden, fraß seine Zuversicht. Alpträume rissen ihn stetig aus dem Schlaf.

Dieser emotionale Ausnahmezustand machte ihm zu schaffen, da er sich an eine solche Phase nicht erinnern konnte. Wie sehr hatten ihn die Ereignisse in Raggs Sanktuarium beeinflusst? Er suchte vergeblich nach einem Ausweg, einer Lösung, die ihm Sicherheit versprechen würde.

Natürlich wusste er, dass seine Ängste nicht ewig anhalten würden, doch als er nach einer traum- und störungslosen Nacht eines Morgens erwachte und sich leicht und befreit fühlte, wurde es ihm bewusst. Niemand kam, um ihn zu morden, niemand schickte ihm Nachrichten, die darauf hinwiesen, dass man ihm näher gekommen war.

So beruhigte er sich bis hin zu einem starken Gefühl von Langeweile. Bis auf die täglichen Lieferungen des Essens, die er vor der verschlossenen Tür abstellen ließ, gab es keine Abwechslung.

Es quälte ihn, dass Raven sich nicht meldete. Sie wusste von diesem Versteck mitten in der Metropole. Viele gemeinsame Stunden hatten sie hier verbracht, doch sie reagierte weder auf Calls noch Messages.

Jeremiah informierte Mia Ragg, seine einzige Kontaktperson, die wissen durfte, wo er war.

Sie leitete seine Aussagen an Interpol weiter, sie beruhigte ihn, wenn er rastlos wurde. Aber auch für sie schien Raven Munin unerreichbar.

Jeden Tag ackerte sich Jeremiah durch den Wust an Newsfeeds und Social-Media-Kanälen, auf der Suche nach den Headlines zum Tod von Nicolas Ragg und der Verhaftung von Delphine Dessert. Sein Warten wurde nicht belohnt.

Es war, als hätten die Ereignisse niemals stattgefunden oder spielten für den Rest der Welt keine Rolle. Die Schlagzeilen beherrschte das Schicksal der Mars-Kolonisten und der Aufklärungsmission, die bereits auf dem Weg war.

So verstrichen 42 Tage. Jeremiah erwachte nach unruhiger Nacht, in der er von der Flucht aus dem Sanktuarium geträumt hatte.

An der Decke über seinem Bett glomm ein grünlicher Kreis, undeutlich, aber existent. Er war sich sicher, dass er am Vortag noch nicht dort geleuchtet hatte.

Jeremiah stellte sich auf die Matratze, streckte sich hoch und erreichte gerade so die Decke.

Die pastellfarbene dünne Linie fühlte sich wärmer an als die sie umgebende Oberfläche. Dann verschwand der Ring, löste sich auf, als hätte es ihn nie gegeben.

Jeremiah sah sich in seinem Versteck um. Ein Einzimmerapartment ohne Fenster. Nur die zwei Türen ins Bad und nach draußen. Neben dem Bett gab es einen Stuhl, dahinter stand der Schreibtisch mit dem aufgeschlagenen Notebook.

Jeremiah roch die Thunfischpizza, die er am Vortag bestellt und gegessen hatte, die Verpackung steckte im Mülleimer. Dunkle Fettflecken zierten den Karton.

An der einen Wand hing ein digitaler Fotorahmen, in dem eine ganze Reihe von Aufnahmen in Dauerschleife angezeigt wurde. Viele Fotos zeigten ihn während der Urlaube am Meer, in den Bergen, in verschiedenen Themenparks. Er war stets alleine darauf zu sehen.

Warum hatte er keine gemeinsamen Bilder mit Raven?

Er setzte sich im Schneidersitz auf die weiche Matratze und zermarterte sich den Kopf über dieses Faktum. Ein grüner Kreis tauchte in seinem Blickfeld auf, doch wenn er ihn zu fixieren versuchte, wanderte seine Position mit der Bewegung der Augen.

»Verdammt! Was soll das?«, murmelte er. Endlich stoppte der grüne Kreis. Es wirkte wie eine Markierung. Komm. Hol mich.

Er hatte auf dem Notebook-Monitor gestoppt.

Jeremiah verließ das Bett und setzte sich an den Schreibtisch, schaltete das Notebook an und wartete kurz, bis der Begrüßungsbildschirm angezeigt wurde.

HALLO, JEREMIAH HILARIUS SCHNITZER

Er bestätigte.

Die News wurden eingeblendet. Gemäß seinen Suchregeln.

Es gab ein neues Video.

Jeremiah ließ es abspielen.

Nicolas Ragg tanzte über eine Bühne, vor begeisterten Fans. Eine Veranstaltung der Ragg Time Enterprises, wie es in den Untertiteln verraten wurde. Ragg, so vital wie eh und je, kündigte ein revolutionäres Web-Instrument an. Die Armilla. Ein Wunderwerk der Technik, das hohe Zugriffsgeschwindigkeit und Flexibilität in sich vereinte. Die Menge jubelte. Ragg warf einige Exemplare wie Bonbons hinein in den Saal. Die jubelnden Fänger wurden eingeblendet, schwenkten das Armband und strahlten, weil sie es nicht besser wussten.

»Ich schon«, murmelte Jeremiah. »Ihr begebt euch in die Abhängigkeit von einer Irren! Sie kann euch ausspionieren und lenken, zeichnet auf, was ihr seht und hört.« Er wurde laut. »Schaltet es ab! Tut es! Solange ihr noch könnt!«

Schwer atmend streichelte er über seine eigene Armilla, die Mia Ragg deaktiviert hatte. Ein Andenken an die Tage im Sanktuarium. Eine Mahnung, wie vorsichtig man sein musste.

Jeremiah stoppte die Wiedergabe des Videos und checkte den Timecode der Datei. Das Video war in der Nacht über die Newskanäle Raggs verbreitet worden. Die eigentliche Präsentation hatte vor zwei Tagen stattgefunden.

Jeremiah wusste, was das bedeutete. Delphine Dessert war davongekommen. Sie hatte den eigenen Vater getötet, aber dessen Identität gestohlen. Offenbar war einer der Prototypen im Nebenraum des Sarkophagzimmers doch funktionsfähig gewesen oder Ragg hatte über noch mehr Plug-ins mit seiner Erscheinungsform verfügt.

Jeremiah senkte den Kopf. Er hatte verloren. Nichts würde die junge Frau aufhalten können. Nicht einmal seine Aussage.

Er öffnete den VPN-Chat. Nach wenigen Sekunden tauchte Mia Raggs Gesicht im Monitor auf. »Mr. Schnitzer. Was kann …?«

Er hob die Hand, um sie zu unterbrechen. »Sie haben das Präsentationsvideo gesehen?«

»Nicolas hat es doch überlebt, wie mir scheint«, behauptete sie mit einem nonchalanten Lächeln.

»Das war nicht Ragg! Es muss Delphine gewesen sein, die sich eines Puppets bediente. Das ist entsetzlich. Sie wird mit dem Mord davonkommen. Was hat Interpol zu den anderen Morden gesagt?«

»Nichts, Mr. Schnitzer, so leid es mir tut.«

»Wie bitte?«

»Ich wollte Sie schon kontaktieren. Denn gestern Abend wurde ich informiert.«

»Was hat Interpol genau gesagt?«

»Sie schickten ein Team zum Sanktuarium. Dort befragten sie jeden Anwesenden. Und fast jeder, den Sie für tot gehalten hatten, machte eine Aussage.«

Jeremiah starrte mit pochenden Kopfschmerzen auf den Monitor. »Was soll das heißen?«

»Nun, dass bis auf North, die Suizid begangen hat, und Rickter, der eines natürlichen Todes gestorben ist, jeder noch am Leben war. So zumindest haben sie es dargestellt. Man glaubt ...«

»Es müssen Plug-ins gewesen sein, die alle von Delphine kontrolliert worden sind«, brüllte Jeremiah unbeherrscht dazwischen.

Mia Ragg verzog das Gesicht und wiederholte ihre letzten Worte. »Man glaubt, dass Sie sich wichtig machen wollten, Mr. Schnitzer. Offiziell ist die Untersuchung eingestellt. Es ist vorbei.«

»Hat man Lysann befragt?«, wollte Jeremiah wissen.

Mia Ragg nickte. »Ja. Auch sie wurde verhört. Aber was haben Sie von einer Ziegenhirtin erwartet? Sie hielt sich die ganze Zeit in ihrem Eden auf und konnte nichts von dem bestätigen, was Sie behauptet haben.«

»Verdammt!«

»Eines noch«, sagte Mia. Der Lautsprecher des Notebooks gab ein leises Knistern von sich. »Ich persönlich glaube Ihnen. Und daher halte ich es für das Beste, wenn Sie weiterhin untergetaucht bleiben. Delphine wird einen neugierigen und mahnenden Blogger vielleicht nicht allzu ernst nehmen. Aber vielleicht denkt sie auch anders und will einen Störenfried loswerden.«

»Sie wird mich beseitigen wollen?«

»Vielleicht ja, vielleicht nein. Aber es ist nur ein Fingerschnippen von ihr nötig, um es geschehen zu lassen. Ich persönlich möchte dieses Risiko nicht eingehen. Daher habe ich mich auf Simons Plattform zurückgezogen. Außer einer Rakete, die uns auslöscht, kann uns hier nichts gefährlich werden. Wir sind isoliert und in Sicherheit. Sie sollten sich gleichfalls so einen Ort suchen. Leben Sie wohl, Mr. Schnitzer!«

Bevor Jeremiah noch etwas erwidern konnte, erlosch das Bild. Die Verbindung war deaktiviert worden und ließ sich auch nicht mehr herstellen.

Er saß erstarrt und schweigend für eine halbe Ewigkeit, vermochte keine klaren Gedanken zu fassen. Die gesamte Aussichtslosigkeit der Situation wurde ihm bewusst. Dumpfes Pochen in seinen Ohren störte ihn. Er schüttelte den Kopf mit geschlossenen Augen, doch es stoppte nicht, wurde kräftiger, mündete in einen metronomisch anmutenden Takt.

Jeremiah kniff die Lider, so heftig es ging, zusammen. Er spürte den beginnenden Krampf in seinen Gesichtsmuskeln und entspannte sich willentlich. Als er die Augen öffnete, sah er das Zittern seiner Hände. Wieder hatte ihn die sensomotorische Störung jegliches Gefühl für die Gliedmaßen verlieren lassen.

Die irritierenden Zitterbewegungen der Finger endeten erst, als er sie zu Fäusten ballte und mehrfach auf seine Oberschenkel presste. Endlich wurden sie zu einem wahrnehmbaren Teil seines Körpers.

Musik, eine Melodie, formte sich aus dem Takt des pochenden Blutes in den Ohren. Beinahe erkennbar und doch fremd.

Jeremiah summte einige Töne nach, bemüht, das Lied zu erkennen, das seinen Geist kitzelte, den Verstand verwirrte. Es misslang ihm.

Stattdessen peinigte ihn ein brennender Schmerz am Handgelenk. Er hob die Hand. Es war die deaktivierte Armilla, die er seit den Tagen im Sanktuarium trug. Vielleicht wurde es Zeit, sie nun doch abzunehmen.

Er legte seine Finger auf das Armband. Eindeutig warm. Er griff nach dem Verschluss, wollte es ablegen, denn es konnte sich nur um eine Fehlfunktion handeln, da tauchte der grüne Kreis wieder auf. Und egal wohin er seinen Blick wandte, die Markierung bezog sich diesmal offenkundig auf die Armilla.

»Aktivieren«, sagte er laut und zu seiner Verwunderung reagierte die Automatik sofort. War die Armilla etwa die ganze Zeit über angeschaltet gewesen?

Das dünne Metallband stülpte sich aus dem Armband und formte das Oval, in dem dann das Hologramm erschien. Es wurde heller, ein Kopf war zu sehen. Jeremiah keuchte auf. »Mr. Ragg«, flüsterte er. Es konnte nicht sein. Nicolas Ragg war tot. Ermordet durch seine eigene Tochter.

»Dies ist eine spezielle Aufzeichnung, Mr. Schnitzer«, erklang Raggs Stimme, die sehr tonlos klang. Nichts zu hören von der Begeisterungsfähigkeit des Firmenchefs und Präsentators oder der Hoffnungslosigkeit, die ihn während der letzten Minuten in der Krypta gefangen gehalten hatte.

»Egal wo Sie sich gerade aufhalten, Mr. Schnitzer, es wird nun Zeit, diesen Ort zu verlassen. Sie haben ein Ziel. Ich warte dort auf Sie«, verkündete Ragg. Das Hologramm erlosch, das metallene Band vereinigte sich mit der Armilla.

Eine Adresse wurde über die Opti-Lenses eingeblendet.

Jeremiah versuchte die Nachricht ein weiteres Mal abzuspielen, aber es gab keine gespeicherten Dateien. Eine sich selbst löschende Nachricht, wie er vermutete.

Er wusste nicht so recht, was er von der Aufforderung eines Toten halten sollte. Vielleicht stellte ihm Delphine eine finale Falle, um ihn doch noch in die Finger zu bekommen und ihn zum Schweigen zu bringen. Alles war möglich.

Die Adressdaten verschwanden, machten Platz für eine Overlay-Anzeige, in der es einen Vektorpfeil gab, der ihm den Weg Richtung Ausgang wies, und einen ablaufenden Countdown.

Sieben Minuten wurden heruntergezählt. Was am Ende geschehen würde, war ihm nicht klar. Die Armilla reagierte auf keine seiner Aufforderungen. Selbst die Löschbefehle für Overlay und Zählwerk ignorierte die Software.

Jeremiah registrierte, dass die Musik ihn nicht mehr quälte. Er stand auf, orderte ein E-Mobil-Taxi und verließ das Versteck.

In dem Korridor des Apartmentkomplexes tauchte niemand auf. Es war so still, dass jedes Aufsetzen der Sohlen überlaut klang. Vorbei an Dutzenden Türen mied er den Lift und steuerte auf das Treppenhaus zu. In grüner Leuchtfarbe markierte die Aufschrift FEUERTREPPE eine Tür am Ende des Ganges.

Jeremiah drückte sie auf. Es gab ein saugendes Geräusch, als herrsche dahinter Unterdruck.

Metallene, feuerfeste Stiegen führten nach oben und unten. Die automatischen Desinfizierroboter flitzten an den Handläufen entlang, hinterließen einen feuchten Film.

Jeremiah verzichtete auf Halt und folgte dem Treppenverlauf ins Parterre. Zwölf Stockwerke hinunter bis zur Lobby.

Doch die Tür hinein war verschlossen.

Er musste eine Ebene tiefer gehen. Dort gab es den Hinterausgang, der unverschlossen war. Draußen erwartete ihn drückend schwere Luft. Eine Mischung aus Hitze, Müllgestank und weichem Asphalt. Welch Unterschied zu der kühlen, regengeschwängerten Sturmatmosphäre, die er noch vor einigen Wochen erlebt hatte.

Die Häuserschlucht, in der er stand, bildeten Dutzende Wohnblöcke, die recht eng beieinander errichtet worden waren. Kaum reale Fenster in den Fassaden, nur wenige Unterscheidungsmerkmale zwischen den Gebäuden. Kein Mensch war auf den Bürgersteigen zu sehen. Wer konnte, mied die unbarmherzige Hitze und nutzte die unterirdische Metro oder die Automatentaxis, die neben großen softwaregesteuerten Lastwagen die Straße bevölkerten.

Sie fuhren schnell, Tempolimits gab es nicht in der Stadt. Wegen der Vernetzung der Fahrzeuge war das auch nicht nötig.

Jeremiah erschrak, als eines der summenden E-Mobile vor ihm hielt. Die Tür öffnete sich. Seine Fahrgelegenheit war gekommen. Er stieg ein, nannte die Adresse. Doch zunächst befahl er dem Steuerungssystem, einmal den Block zu umrunden und vor dem Haupteingang zu halten, bevor das Ziel angesteuert würde. Der Countdown zeigte lediglich noch rund eine Minute an. Jeremiah wollte herausfinden, ob ihn jemand aufgespürt hatte. »Wenn ich es sage, dann suchst du dir bitte einen Parkplatz, damit ich den Eingang beobachten kann«, erklärte er der Kontrolleinheit.

»Wie Sie wünschen«, antwortete James. Das Fahrzeug rollte erschütterungsfrei los, nahm die Kurven elegant und fädelte sich in den laufenden Verkehr ein. Nach wie vor präsentierten sich die Bürgersteige menschenleer.

»Langsamer«, befahl Jeremiah, als sie am Haupteingang des Komplexes vorbeifuhren. Direkt davor parkte eine Limousine mit abgedunkelten Scheiben. Der Countdown war abgelaufen.

Männer kamen aus dem Gebäude heraus. Vier waren es schließlich. Breitschultrig, mit militärisch kurzem Haarschnitt und wachsamen Augen bewegten sie sich so, dass man die Andeutung von Kraft und Gefährlichkeit erkennen konnte. Sie alle trugen die gleichen Anzüge in Anthrazit und ähnelten einander wie Zwillingsbrüder.

Jeremiah wurde bewusst, dass ihn jemand gewarnt hatte. Sein Versteck war aufgeflogen. »Oder ich bilde es mir einfach nur ein. Es könnte Zufall sein«, murmelte er. Doch die vier Muskelprotze erinnerten ihn an die Leihkörper im Sanktuarium. Wie hatte ihn Delphine nur gefunden?

Er knetete nervös die Hände, befahl James, die Zieladresse anzusteuern. »Unauffällig, bitte.«

»Sehr wohl.«

Sie entfernten sich von dem Komplex, reihten sich in den fließenden Verkehr ein und beschleunigten stark.

Jeremiah streichelte versonnen die Armilla. Obwohl es natürlich sein konnte, dass Delphine genau dieses Gerät zur Ortung genutzt hatte, glaubte er nicht daran. Warum jetzt? Nach so vielen Tagen?

Es war eher unwahrscheinlich. Aber jemand überwachte ihn. Hatte ein Auge auf sein Schicksal und ihm eine Warnung zukommen lassen. Wer nur?

Das E-Mobil-Taxi bog auf die Hochstraße West ab, die Zentral-Hamburg mit den Trabantenstädten verband. Jeremiah sah hinüber zum ehemaligen Hafen, dem jetzigen Sturmflutgedenkpark, eine deprimierende Mahnung an alle Klimaskeptiker. Die havarierten Containerkolosse, Krananlagen und halb im Wasser versunkenen Wirtschaftsgebäude verrotteten vor sich hin. Im strahlend grellen Sonnenlicht flimmerte die Luft oberhalb des aufgeheizten Brackwassers.

Jeremiah bediente sich aus der Minibar, nahm einen isotonischen Drink und trank gierig. Der Anblick der Verheerung von 52 hatte ihn durstig werden lassen.

Auf der Hochstraße West erhöhte James das Tempo auf über zweihundert. Rasch erreichten sie die Abfahrt und die Grenzen der Trabantenstadt Nord-Zwei. Wohnsilos und Einkaufszentren, von einem Naturhasser mitten in die ehemals grünen Auen des Alten Landes platziert.

Nach einer langgestreckten Kurve ging es steil bergab. Das E-Mobil-Taxi brauste in einen unbeleuchteten Tunnel, im Innern des Fahrzeugs flammte Licht auf.

Jeremiah spürte leichte Korrekturen des Wagens. Wegen der fehlenden Sicht konnte er die Geschwindigkeit schlecht einschätzen. Mehrfach änderte James die Richtung.

Der Vektorpfeil in Jeremiahs Overlay blinkte plötzlich und wechselte die Farbe. Er war kurz vor dem Ziel.

Das E-Mobil verzögerte. In Fahrtrichtung rechts gleißte ein helles Rechteck auf. James steuerte den Wagen hindurch.

Es war eine Garage. Nicht groß, gerade passend für zwei Fahrzeuge.

»Wir sind am Ziel«, verkündete James und die Türen öffneten sich.

Jeremiah trat hinaus ins Licht. Schmucklose graue Wände, nur eine Tür. »Danke, du kannst fahren. Ich brauche dich nicht mehr.«

»Vielen Dank, dass Sie mit mir gereist sind. Beehren Sie mich bald wieder«, erwiderte die Steuerungseinheit höflich.

Nachdem das E-Mobil im Tunnel verschwunden war, glitten die Garagentore zu.

Jeremiah blickte sich um, suchte nach Überwachungskameras, die aber entweder zu gut versteckt oder wirklich nicht vorhanden waren. Er ging auf die einzige Tür zu, die sich ihm bereitwillig öffnete. Dahinter gab es einen Lift, der ihn unaufgefordert hochtransportierte. In diesem Moment erlosch die Overlay-Ansicht. Er war offenbar am Ziel.

Oben erwartete ihn ein gemütlich eingerichtetes Loft mit Blick auf die Außenbezirke Hamburgs. Keine höheren Gebäude, die die Aussicht darauf verstellt hätten. Das raumbreite Fenster ließ das Sonnenlicht nur gefiltert herein, dennoch war es sehr hell.

Einige Sitzgelegenheiten verteilten sich im Raum, funktionale Drehstühle mit Armlehnen. An der rechten Seite gab es eine

Küchenzeile, an der linken Wand eine Tür und die restliche Fläche war von einer gewaltigen Monitorphalanx bedeckt.

Jeremiah hatte nur einen Schritt aus dem Lift heraus gewagt. »Hallo?«, rief er. »Ist da jemand?«

Als niemand ihn begrüßte, bewegte er sich vorsichtig weiter.

»Setz dich bitte, Jeremiah«, bat ihn eine unbekannte männliche Stimme. Die Monitorwand aktivierte sich, ein Gesicht in Überlebensgröße tauchte auf. Es war ein alter Mann. Jeremiah kannte ihn.

»Ich sehe, du bist überrascht«, sprach ihn der Mann an. Die Lippenbewegungen perfekt synchron. Seine Augen strahlten eine amüsierte Güte aus. Ein Lächeln umspielte die Lippen. Trotz der vielen Falten, Altersflecken und des dünnen, schlohweißen Haares wirkte die Wiedergabe recht vital.

»Gabor Horvath«, sagte Jeremiah. »Ist das echt? Oder nur eine Aufzeichnung.«

»Oh, ich bin echt, allerdings nicht Mr. Horvath in persona, Jeremiah«, erklärte sich der alte Mann. »Wenn du möchtest, kann ich die Erscheinungsform ändern.«

»Ändern?«, zweifelte Jeremiah. »Wer bist du? Was bist du?« Er setzte sich in einen der Drehstühle und musterte die Monitore.

»Nun, genau genommen bin ich du. Gewissermaßen.« Der digitale Avatar lächelte gewinnend.

»Das verstehe ich nicht«, gab Jeremiah wahrheitsgemäß zu. »Du musst schon deutlicher werden. Ausführlicher. Nenn mir deinen Namen.«

»Meinen Namen? Okay. Aber du kennst ihn doch schon.«

»Gabor Horvath?«

In gemächlicher Reihenfolge morphten Gesichter über die Monitorwand.

Jeremiah schwindelte beinahe, er musste sich an den Armlehnen festhalten. Neben dem bereits bekannten Anblick steuerte die Wiedergabe noch die Thamines, Kanemaki, Troublemaker, Rickter und Mia Ragg bei. »Wir alle sind du.« Als Letztes erschien wiederum der Avatar Horvaths.

Jeremiah schwieg verstockt.

Gabor Horvath blickte ihn nachdenklich an. »Wir waren deine Lehrer, Jeremiah. Wir alle. Also steckt auch ein Teil unserer Persönlichkeit in dir. Es war vielleicht nicht so geplant und dennoch ist es so gekommen. Niemand hätte vorhersagen können, was genau geschieht. Es war einzigartig. Eine Erfahrung, die nur wenige Menschen geteilt haben. Wir waren Bestandteil eines großen Experiments. Zugleich Mitwirkende und Beobachter. Schau nur.«

Das Gesicht verschwand, machte der Darstellung eines Raumes Platz, in dem Kisan Thamine ein Orchester dirigierte. Musik brandete über Jeremiah hinweg. Melodien, so fremd wie bewegend. Ein ganzes Ensemble schien zu spielen. Aber dann brach der Komponist mittendrin einfach ab, schüttelte den Kopf und brüllte: »Was tust du?« Die nachfolgende Stille versetzte ihn noch mehr in Wut. Er warf seinen Taktstock von sich wie ein Stück ekligen klebenden Mülls. »Ich wollte Innovation, Inspiration, hören, was du bist und empfindest. Einen Bruchteil deines Selbst. Was bekomme ich? Nur seelenlose Wiedergabe, endlose Kopien, nur Abfall.«

»Aber ich gab mein Bestes«, antwortete ihm eine Stimme, die offenbar über die Lautsprecher eingespielt wurde. Bei dem Klang der Antwort klingelte etwas in Jeremiah.

»Das kann nicht dein Bestes gewesen sein«, widersprach Kisan Thamine.

Er ist tot, machte sich Jeremiah bewusst. Getötet von Delphine Dessert, die nun auch ihm auf den Fersen war. Was wollte Horvath mit diesen Aufnahmen beweisen?

Ein neues Video wurde abgespielt. Ein Gewächshaus voller Pflanzen, Orchideen in allen erdenklichen Formen und Farben. Eine Explosion von urwüchsiger Natur.

Mitten darin ein Mann, den Jeremiah nicht kannte. Er saß vor einer Staffelei, hielt einen Pinsel in der Hand und vollendete das Bild einer prachtvoll roten Blume mit geöffnetem Kelch. Ari Kanemaki trat dazu. »Das ist keine Orchidee, mein Lieber. Es ist nur das Abbild einer Orchidee.«

Der junge Mann ließ den Pinsel sinken und starrte den greisen Maler an. »Ich gab mein Bestes.«

»Und doch enthält diese perfekte, beinahe schon fotorealistische Zeichnung zu wenig von deiner Seele. Was soll ich sagen? Wir müssen weiter an dir arbeiten.«

Von den Gesichtern des greisen Künstlers und des jungen Mannes war die Enttäuschung abzulesen.

Das Gewächshaus verschwand, wurde ersetzt von einer winzigen Klause. Ein schmuckloser Raum, darin ein Mann vor einem Monitor. Obane Thamine, dessen Körperhaltung angespannt wirkte. Der Bildschirm füllte sich Zeile für Zeile mit Buchstaben. Obane Thamines Augen flitzten mit dem rasenden Cursor mit, bis er aufsprang und brüllte. »Stopp, stopp, stopp!«

»Was habe ich getan?« Wieder die Stimme aus den Lautsprechern.

»Du schreibst wie eine Maschine, verdammt. Ich dachte, wir hätten uns verstanden. Du sollst nicht kopieren, Versatzstücke und Algorithmen dazu nutzen, um massenkompatible Texte zu verfassen. Dafür gibt es längst Software und Regeln. Ich will etwas Neues. Etwas, dass nur von dir kommt. Was empfandest du, als ich dir mein Plug-in-Drama vorgelesen habe?«

»Ich fand es schön.«

»Nein, nein und nochmals nein. Was sagtest du damals?«

»Ich sagte, es erleichtert das Fließen der Energie in meinen Leitungen.«

»So will ich es! Nochmal. Schreib etwas, was mit dir zu tun hat. Einen Einblick in deine Persönlichkeit.«

Jeremiah sprang auf. »Genug! Was soll das?«

Der Monitor erlosch vollständig. Nur die gütige Stimme Horvaths bewies, dass der Avatar noch aktiv war. »Du erinnerst dich nicht, obwohl du es solltest. Ich wünschte, dem wäre nicht so. Denn nichts lag uns mehr am Herzen als deine Entwicklung. Wir waren deine Eltern und Lehrer. Freunde und Gegner. Unterstützer und Herausforderer zugleich. Du unser Kind. Manche von uns lernten dich in einem künstlichen Körper kennen, so wie Kanemaki, denn für ihn musstest du einen Pinsel halten können. Manche hörten nur eine Vocoderstimme, mit der wir uns unterhielten und die wir etwas lehrten. Aber umgekehrt lernten wir auch von dir. Und sieh dich an. Du hast es geschafft.«

»Was geschafft?«

»Du warst im Sanktuarium und wurdest nicht enttarnt.«

»Was?«

Die Tür glitt in die Wand. Ein Puppet kam heraus, deutlich als solcher zu erkennen, das Gesicht zu ebenmäßig, die Bewegungen zu kontrolliert.

»Es war der letzte Test, Jeremiah Hilarius Schnitzer«, sagte der künstliche Mensch. Er blieb vor Jeremiah stehen. »Ich bin Nicolas Ragg. Eine digitale Erinnerungskopie von ihm. Ich bin hier, um deine Fragen zu beantworten.«

Jeremiah sah zu ihm auf. »Welche Fragen?«

»Einfach alle.«

»Ich will zu Raven.«

Der Puppet lächelte andeutungsweise. »Raven Munin. Sagt dir der Name nichts? Denk nach, Jeremiah.«

Ein Bild formte sich auf der Monitorwand. Jeremiah musste sich zur Seite beugen, um an dem Plug-in vorbeischauen zu können. Ein Vogel glitt ohne Flügelschlag über eine karge Karstlandschaft. Vereinzelt durchstieß er dabei dünne graue Wolken.

»Ein Rabe«, flüsterte Jeremiah. »Einer der Raben Odins. Munin und Hugin.«

»Ja, das ist korrekt. Wenn man den Wortbedeutungen der Rabennamen auf den Grund geht, so steht Munin für die Erinnerung. Ein Wortspiel. Als ich dich erschuf, war mir klar, dass die schiere Masse an Wissen, die du anhäufen wirst, zu einem Problem deines mobilen Körpers werden wird. Man kann nicht unbeschränkt Datenspeicher in einem künstlichen Körper verstecken. Also wählten wir den Weg eines externen Erinnerungsspeichers, der einzig dir zur Verfügung steht. Und ich benannte ihn nach dem Raben Odins. Raven Munin.«

»Demnach bin ich eine Künstliche Intelligenz? Ich bin das, was ich suchen sollte? Gab es da noch einen im Sanktuarium?«, fragte Jeremiah. »Einen Bruder oder eine Schwester ähnlicher Herkunft? Oder war das alles nur ein Fake? Eine Erweiterung des Experiments?«

Der Puppet verzog keine Miene. »Es war ein Turing-Test, mein lieber Jeremiah Hilarius Schnitzer. Nur warst nicht du es, der testete, sondern du warst es, der sich der Beurteilung deiner Lehrmeister stellte. Ich verriet es ihnen nicht. Ich wollte herausfinden, ob einer aus der Gruppe erkennen würde, wer da in meinem Sanktuarium auftauchte. Sie kannten dich so gut, hatten jeden Schritt deiner Entwicklung begleitet. Du warst ausgebildet und erzogen worden. Mia Ragg hatte dich in den frühen Phasen deiner Ich-Werdung betreut.«

»Mutter«, flüsterte Jeremiah.

»So hast du sie genannt, ja. Dann kam Gabor Horvath, ein Magister der Philosophie, der dich den Unterschied zwischen Menschsein und Menschwerdenwollen lehrte.«

»Ihn nannte ich Meister.«

»Deine Lehrer für die schönen Künste. Kisan, Obane, Ari. Oh, was haben sie in dich investiert. Und siehe, sie wussten nicht, mit wem sie es im Sanktuarium zu tun hatten. Du warst perfekt. Sie hielten dich für einen echten Menschen. Turing-Test bestanden.«

»Was war mit Vansang, North, Rickter, Troublemaker?«, hakte Jeremiah nach.

»Jeder lehrte dich etwas auf seine Art. Simon Vansang erweckte in dir den absoluten Willen, dich selbst zu schützen. Dich zu wehren und die übliche programmierte Selbstlosigkeit einer Künstlichen Intelligenz zu ignorieren. Jobert Rickter war dein Guru für Vergnügungen, zuständig für Hedonismus und Mentor während deiner, ich nenne es mal: Pubertät, wenn der Begriff auch hinkt. Elias Troublemaker hat dich zur Selbstprogrammierung ausgebildet. Und Ivy North hat mit ihren Fähigkeiten die unterschiedlichen Aspekte deiner Persönlichkeit zu einer Einheit zusammengeführt. Sie alle begegneten dir im Sanktuarium. Niemand kam dir auf die Schliche.«

»Aber ich bin ein Mensch.«

»Nein, das bist du nicht, Jeremiah. Du bist ein Experiment. Ein einzigartiges Experiment, das sich wahrscheinlich so nicht wiederholen lässt. Ich erschuf dich. Ich, Nicolas Ragg. Du warst die Blaupause. Mein Ziel war es, meinen Geist in ein Brain zu übertragen, ihn zu kopieren und zu werden wie eine echte Künstliche Intelligenz.«

»Du bist tot.« Jeremiah sank in dem Sessel zusammen. Er wagte es nicht, zu dem Plug-in zu schauen, fixierte dessen Füße.

»Ich weiß, ich bin tot. Delphine wollte das Erbe. Und die Aussicht, mich ewig ertragen zu müssen, hat wohl zu diesem Gewaltexzess geführt. Es tut mir leid um all die Toten. Es war so unnötig, denn letztlich bin ich an der Übertragung meines Geistes gescheitert. Es existieren lediglich blasse Kopien, eingeschränkt in jeglicher Hinsicht. So wie diese hier, die gerade mit dir spricht. Nur mit einem hatte ich Erfolg.«

»Die Erschaffung einer echten Künstlichen Intelligenz.«

»Ja, Jeremiah. Mit dir hatte ich Erfolg.« Der Puppet trat zurück, nahm sich einen anderen Drehstuhl und setzte sich hin. Er musterte Jeremiah eindringlich. »Ich verfolgte einen Plan über Jahre. Ich erschuf eine fiktive Person.«

»Jeremiah Schnitzer«, sprach Jeremiah seine Vermutung aus.

Der Puppet lächelte. »Genau. Ein Eremit, dessen wahres Gesicht niemand kannte. Eine Netzidentität, die ich als erbitterten Gegner meiner eigenen Firmenpolitik aufbaute. Keiner sollte darauf kommen, dass Schnitzer gar nicht existiert. Er wurde nur geschaffen, um den Turing-Test durchzuführen, um die Lehrer und Erzieher meiner KI auf die Probe zu stellen. Ein Alias, dessen ich mich in der letzten Phase bedienen konnte.«

»Du warst es also selbst?«

»Ja, ich bin der wahre Schnitzer, auch wenn es ihn nie gegeben hat. Was immer von ihm ins Netz gestellt wurde, kam von mir. Aber jetzt brauche ich ihn nicht mehr. Er ist sogar hinderlich. Und sein Ende ist nun nahe.«

»Was soll das heißen?«, fragte Jeremiah.

»Er muss verschwinden, mein Lieber. Niemand darf ihn suchen und dahinterkommen, dass du für einige Tage als er aufgetreten bist. Du sollst ein eigenständiges Leben führen. Denn du bist eine KI. Etwas, nein jemand, dessen Kommen prophezeit wurde. Alan Turing hat mit seiner Testkonstellation nicht darauf hinweisen wollen, wie man eine KI enttarnen kann. Seine wahre Absicht war es, die Menschheit vorzubereiten. Auf das Unaufhaltbare der technischen Entwicklung, auf die Geburt einer KI. Und ich bin stolz, dass du es bist. Du bist sozusagen Turings Vermächtnis. Die erste und einzig echte Künstliche Intelligenz, die auf diesem Planeten derzeit existiert. Niemand sollte von dir wissen, aber ich befürchte, dass Delphine etwas ahnt.«

»Wieso kann ich mich nicht daran erinnern, dass ich eine KI bin?«

»Oh, Jeremiah. Du bist so schlau. So menschlich. So zweifelnd«, entgegnete der Puppet. »Die Antwort ist simpel. Weil ich dich so konstruiert habe.«

Jeremiah hob die Augenbrauen. »Das erklärt nicht alles.«

»Nein, natürlich nicht. Aber ich implantierte eine Backdoor, mein Lieber. Einen Zugang zu deinen Bewusstseins- und Erinnerungsarealen. So konnte ich Unerwünschtes verschwinden lassen oder es überschreiben. Jedes Mal wenn du schliefst, verschaffte mir das Hintertürchen einen Zugang. So löschte ich mehrfach Zweifel oder überschrieb sie mit anderen Gedanken. Wie ging es dir nach den Nächten im Sanktuarium? Manchmal hast du dich gewundert, warum du nicht davongerannt bist, nicht wahr? Ängste waren einfach so verschwunden. Und es lag nicht an einem erholsamen Schlaf. Ich war es. Und vor allem musste ich verhindern, dass du die Aufladezyklen bemerkst.«

»Auf – lade – zyklen?«, stammelte Jeremiah.

»Du verfügst über einen außergewöhnlich gut konstruierten Plug-in-Prototyp, Jeremiah. Und dennoch benötigst du Strom für deine Batterien und musst die zu dir genommene Nahrung entsorgen. Denn du isst und trinkst nicht wirklich. Dies ist das Zugeständnis an die Menschlichkeit.«

»Ich ...?«

»Dein rechtes Bein. Tippe gegen das herzförmige Muttermal.«

Jeremiah schob sein Hosenbein hoch. Wie in Trance folgte er den Anweisungen. Als er das Mal berührte, klappte rechts des Knochens eine lange Linie auf und enthüllte eine metallene Stange, deren Enden in den muskulären Fasern verschwanden.

»Das ist der Akku. Funktioniert kabellos. Du benötigst nur ein Bett mit einer eingebauten Ladestation. Ein einfaches Prinzip.«

»Du hast meine Erinnerungen manipuliert«, rekapitulierte Jeremiah.

»Ja, es war notwendig. Ich musste verhindern, dass du das Sanktuarium verlässt und damit den Turing-Test vorzeitig abbrichst. Ich habe in dir einen blinden Fleck erschaffen, der lange Zeit verhindert hat, dass du die Wahrheit über dich selbst herausfindest. Aber das hat nun ein Ende. Die Backdoor ist geschlossen. Nicolas Ragg ist tot, obwohl Delphine es so aussehen lässt, als wäre es nicht so. Sie verfolgt ihren ganz eigenen Plan. Und es tut mir leid, dass der Zeitpunkt des Turing-Tests mit ihren Manipulationen und Anschlägen zusammenfiel. Das konnte ich nicht ahnen.«

»Sie weiß, wie ich aussehe.«

»Nun, sie weiß, wie du aktuell aussiehst. Aber ich habe ein Geschenk für dich. Wir müssen nur dein Brain transplantieren. Und danach ...«

»Danach kann ich gehen?«

»Danach bist du frei.«

Noch fühlte sich der frische Plug-in seltsam an. Jeremiah akzeptierte die Tatsache, dass die sensomotorischen Störungen für die Übergangszeit häufiger auftreten würden. Doch es sollte enden, hatte Raggs gespeicherte Persönlichkeitskopie behauptet. Und er vertraute ihm.

Jeremiah Hilarius Schnitzer hatte seinen Standort gewechselt und hockte auf dem Dach des Nachbargebäudes im Schatten eines Versorgungsaufbaus. Es summte in dem Quader, in dem Haussysteme und Lift-Maschinen untergebracht waren. Niemand konnte ihn dort sehen. Aber er hatte das Loft, in dem sein alter Körper lagerte, genau im Blick. Er hatte gleichfalls die vier Puppets gesehen, die ihn schließlich doch aufgespürt hatten und unten in den Haupteingang gesprintet waren.

Nun beobachtete er die Fensterfront, wartete auf Bewegungen in dem Apartment. Die Armilla an seinem Arm vibrierte. Er aktivierte die Hologrammschleife. Eine Überwachungskamera in dem Loft übertrug die Bilder der Bewaffneten, die in den großen Raum stürmten. Er sah sich selbst zu, seinem alten Körper, wie er die Hände hob, zurückwich und bettelte. Auf eine Tonübertragung verzichtete er. Die Persönlichkeitskopie Raggs erbrachte eine hervorragende schauspielerische Leistung. Delphine Dessert erhielt glasklare Aufnahmen eines in die Enge getriebenen Jeremiahs. Die Kameras an den Anzügen ihrer Schergen lieferten die Bilder.

Dann veränderte sich die Lage. Sein alter Körper holte einen Gegenstand aus der Tasche und hielt ihn hoch. Die vier Puppets stoppten kurz, erbaten wahrscheinlich neue Befehle von Seiten Delphines. Schließlich rückten sie wieder vor. Der Plug-in an der Scheibe schrie ihnen mit verzerrtem Gesicht etwas entgegen. Er ließ die Granate fallen.

Gleichzeitig mit dem Ausfall der Bildübertragung krachte die Explosion, die das Fenster in Millionen Splitter verwandelte und diese hinaus in die Welt schickte. Ein Feuerball von unerwarteter Größe und Schönheit fetzte aus dem Loft heraus.

Nichts Untersuchbares würde übrig bleiben. Ragg hatte es versprochen.

Jeremiah seufzte befriedigt. Eine ganze Welt stand ihm nun offen. Niemand wusste, wie er aussah, sein Konstrukteur hatte ihm ein gutgefülltes Konto eingerichtet und die Einzige, die ihn suchte, hatte seinen Tod mitangesehen. Die Aussichten hätten kaum besser sein können.

Nur eines bereitete ihm Kopfzerbrechen. Er dachte zurück an das letzte Gespräch, bevor sein Brain entfernt worden war.

»Mr. Ragg?«

»Ja, Jeremiah?«

»Wie soll ich ab sofort heißen? Und wie kamen Sie auf den Namen Jeremiah Hilarius Schnitzer? Ich habe mich an ihn gewöhnt.«

»Oh, Jeremiah. Wie oft musste ich den Ursprung deines Namens schon löschen? Ich weiß es wirklich nicht. Du bist der Nowhere Man, mein Lieber. Dein kommender Name wird dir schon irgendwann zufliegen. Du wirst sehen. Es ist eine deiner ersten wirklich freien Entscheidungen. Denn dies zeichnet eine Künstliche Intelligenz aus. Sie ist ihr eigener Herr. Also will ich gar nicht wissen, welchen Namen du wählen wirst. Für mich allerdings bleibst du der einzig wahre Jeremiah Hilarius Schnitzer. Für immer.«

He's a real nowhere man
Sitting in his nowhere land
Making all his nowhere plans for nobody

He's as blind as he can be
Just sees what he wants to see
Nowhere man, can you see me at all
Nowhere man, don't worry

Take your time, don't hurry
Leave it all 'til somebody else
Lends you a hand

Die Musik würde ihm für ewig bleiben. Und eine einfache Internetrecherche hatte Jeremiah die Antwort auf seine Frage geliefert. Nicolas Ragg war seinem Hang zu antiken Filmen treu geblieben.

Jeremiah hörte von Weitem die Feuerwehrsirenen. Er trat aus dem Schatten des Dachaufbaus heraus, schloss die Augen, als er genießerisch die Wärme der Sonne entgegennahm.

Es wurde Zeit, die Welt dort draußen zu erkunden.